하늘과 땅의 수호자
제1부

Ten to Chi no Moribito Part 1

Text Copyright ⓒ 2006 by Nahoko Uehashi
Illustrations Copyright ⓒ 2006 by Makiko Futaki
First published in Japan in 2006 by KAISEI-SHA Publishing Co., Ltd., Tokyo
Korean language translation rights arranged with KAISEI-SHA Publishing Co., Ltd.
through Japan Foreign-Rights Centre/Shinwon Agency Co.

하늘과 땅의 수호자
제1부

우에하시 나호코 지음 김옥희 옮김

스토리존

그대는 내가 이 길을 택한 것을 한탄할까? 어린애 같은 마음으로 이루지도 못할 꿈을 좇고 말았다고 한탄할까? 하지만 슈가, 나는 어른이라면 택하지 않을 이 길을 가기로 결정했다.

남쪽 대륙에서 나는 많은 것을 봤다. 타르슈는 정말로 대국이었다. 아무리 말해도 그대 눈으로 보지 않고는 못 믿을 정도로 엄청난 번영을 이룬 대국이다. 신요고 따위는 그 나라에 비하면 형편없는 나라다. 우리가 총력을 기울여 대항해도 그들의 눈에는 사마귀가 맥없이 도끼를 휘두르는 것으로밖에 보이지 않을 것이다.

슈가, 내가 어리석을지도 모른다. 내가 가장 두려운 것은 이 길을 택함으로써 많은 백성들을 헛되이 죽게 하지나 않을까 하는 점이다.

라울 왕자, 그 오만한 타르슈 제국의 제2왕자가 제안한 대로, 나는 고국으로 돌아가서 타르슈에 항복해 속국이 되는 길을 택해야 했는지도 모른다. 그러는 편이 죽는 사람은 적을지도 모른다. 누가 나라를 통치하든 백성이 행복하기만 하면 그것으로 충분하다. 속국이 됨으로써 백성이 행복해질 거라는 말을 믿을 수 있었다면, 나는 나의 긍지 따위는 버리고 라울 왕자의 명령을 따랐을 것이다.

하지만 슈가, 나는 그 앞에 있는 어둠을 알고 있다. 속국이 된 후에 신요고 백성들이 어떤 어둠 속으로 떨어질지 알고 있는 것이다.

속국이 되어버리면 신요고 백성들은 속국군의 병사로 징집되어 로타 왕국이나 칸발 왕국을 공격하는 도구로 쓰인다. 이제까지 친구였던 나라들의 백성을 죽이라는 명령을 받는 것이다. 단지 타르슈 제국의 이익을 위해 도구로 쓰여 친구를 죽이고, 친구에게 살해당하며, 종국에는 로타와 칸발 백성들의 원망을 사는 미래다.

그런 미래를 나는 백성들에게 주고 싶지 않다. 내가 원해서 황제의 아들로 태어난 것이 아니고, 황제가 되고 싶다는 생각은 한 번도 해본 적이 없지만. 그래도 나는 어쩔 수 없이 나라를 책임지는 입장에 있다. 그렇다면 나는 백성의 행복을 위해 내가 할 수 있는 최선의 선택을 해야만 한다.

슈가, 약간의 희망은 있다. 타르슈 제국에도 약점이 있기 때문이다. 가령 북쪽 대륙을 공격할 권리를 갖고 있는 라울 왕자를, 형 하잘 왕자는 어떻게든 밀어내고 싶어 한다. 그런 이유로 나를 암살하려 했을 정도다. 대국이라도 내부에 균열이 있다면 공격할 방법은 있을 것이다.

로타 왕은 영민한 분이다. 나는 로타 왕이 나와 똑같은 미래

를 꿈꾸어주실 거라는 데 걸겠다. 나는 내가 가는 길 끝에 있
는 빛을 본다. 희미하지만 분명한 한 줄기의 빛을….

— 챠그무가 슈가에게 보낸 편지에서

서장
빛의 강

어둠 속에서 갑자기 불이 타올랐다.

타오르는 횃불의 불빛이 어두운 강 수면에 비쳐, 고기잡이용 조각배가 모습을 드러냈다.

"어, 도착했다, 도착했어!"

손주를 업고 강가 풀숲에 서 있던 노인이 기쁜 듯이 소리를 질렀다. 뒤를 이은 아들들이 처음으로 자기들 힘으로 횃불을 써서 물고기를 그물로 유인하는 고기잡이에 도전한 순간을 제대로 보기 위해, 일부러 불을 끄고서 어둠 속에서 기다리고 있었던 것이다.

"물고기를 태우는 거야?"

놀란 듯한 목소리가 등 쪽에서 들려왔다.

"아니다, 아니야. 태우는 것이 아니라 겁주는 거야. 아직 잠이 덜 깬 물고기를 말이다, 놀라게 해서 그물로 몰아넣는 거지. …아, 굼뜨군, 저 멍텅구리들. 서로 소리를 질러서 박자를 맞춰야지. 저런 식으로 흔들면 물고기들이 저쪽으로 도망쳐 버리잖아…."

그 후로는 어설프게 횃불을 돌리는 아들들을 욕하며, 노인은 발돋움하듯이 하고서 배를 쳐다봤다.

"…할아버지."

업혀 있는 손주가 속삭였다.

"저쪽에도 불이 타오르고 있어."

노인이 깜짝 놀라 아들들의 배에서 눈을 돌려 강을 둘러봤다.

"어디지?"

오늘 밤 고기잡이를 하는 것은 그의 가족만의 특권이었다. 횃불을 써서 고기를 잡을 수 있는 날은 집마다 정해져 있다. 마을 사람 누군가가 규칙을 깨고 몰래 고기잡이를 시작했나 싶어, 노인은 강의 상류 쪽을 살펴봤다.

"그쪽이 아니야. 저쪽."

두툼한 모직 어깨걸이 밖으로 손을 꺼내 손주가 가리킨 것은 강이 아니라 갈대밭이었다. 그쪽으로 눈을 돌리며 노인은 눈살을 찌푸렸다. 손주 말대로 자그마한 붉은빛이 보였다.

'불이 났나?'

이리저리 흔들리며 춤추는 빛이 갑자기 둘로 갈라졌다. 셋으로 갈라지고, 넷으로 갈라지며 점점 수가 늘어갔다. 노인은 머리카락이 곤두서는 느낌이었다.

일단 갈라진 것처럼 보인 빛은 곧바로 다시 모여서, 마치 모기떼처럼 소용돌이치며 갈대밭에서부터 어두운 허공을 향해 올라갔다. 모기의 날갯짓 소리와도 같은 윙윙거리는 높은 소리가 대기를 약하게 흔들었다. 수많은 빛줄기들이 천천히 앞머리를 북쪽으로 꺾어, 노인과 손주가 멍하니 소리도 못 내고 지켜보는 가운데, 북쪽을 향해 낮게 공중으로 흘러가기 시작했다.

굽이치다가 퍼지고, 퍼졌다가 모이는 빛은, 마치 보이지 않는 큰 강을 헤엄치는 잔물고기떼처럼 보였다. 그 빛이 향하는 곳에 조각배가 있다는 데 생각이 미쳐, 노인은 정신을 차리고 소리를 질렀다.

"어이! 도망쳐라! 이상한 빛이 그쪽으로 간다!"

마침 그때 아들들은 물고기를 유인하기 위해 횃불을 흔들며 소리를 지르기 시작했다. 기세 좋은 그 소리에 묻혀 노인의 목소리는 전혀 배에 도달하지 못했다.

노인은 손주를 등에서 내리더니, 강가의 돌을 주워서 아들들의 배를 겨냥해 계속 던졌다. 노련한 어부가 던진 돌은 겨냥했던 대로 뱃전 바로 옆 수면에 떨어졌다. 돌을 몇 개째 던졌을 때, 마침내 한 아들이 알아차리고 어둠 너머로 아버지 쪽을 쳐다봤다.

"도망쳐라! 그쪽으로 이상한 빛이…!"

그러나 노인의 목소리가 도달했을 때는 이미 빛줄기가 아들들 바로 옆까지 와 있었다. 아들들은 의아해하며 얼굴을 들었다. 그 순간 그들은 횃불이 타는 냄새와는 다른, 비릿하고 역겨운 물 냄새에 휩싸였다. 노인과 손주의 눈에는 그들이 빛의 띠에 갇혀 있는 것처럼 보였지만 아들들한테는 빛이 안 보였다. 단지 묘하게 미지근한 바람이 부는 듯한 느낌이 들었을 뿐이다.

노인은 숨 쉬는 것도 잊고 있었다. 무시무시한 광경이었다. 아들들의 몸이랑 배를 빛줄기들이 뚫고 지나갔다. 그런데도 아들들은 그저 신기하다는 듯이 이쪽을 보고 있을 따름이었다. 이윽고 빛줄기들은 아들들 몸속을 빠져나가서 노인이 있는 쪽으로 왔다.

노인은 떨리는 손으로 손주를 안아 올리고, 매달리는 손주에게 한 팔을 두르고서 빛이 흐르지 않는 방향으로 도망치기 시작했다. 한참을 도망치다가 뒤돌아보니, 조금 전에 자신들이 서 있던 강가 근처에서도 빛이 휙 날아올라 빛의 띠에 합류해가는 것이 보였다. 그 앞머리가 숲 근처에 이르렀을 때, 푸드덕 푸드덕 하고 갑자기 격렬한 날갯짓 소리가 들리기 시작했다.

밤에는 날지 않는 작은 새들이 미친 듯이 숲에서 튀어나와서는, 마치 강으로 뛰어들어 잔물고기를 노리듯이 빛줄기를 공격했다. 빛줄기들 또한 공격받은 잔물고기들처럼 짝 흩어져서 숲속으로 흘러갔다.

이윽고 그 빛줄기들은 스르르 소용돌이를 그리며, 얼마 전에 산사태가 난 부근의 땅속으로 들어가 사라졌다.

노인은 손주를 안고서 부들부들 떨면서 작은 새의 난무가 멎을 때까지 우두커니 서 있었다.

꽃⊰

여름 햇볕이 목덜미와 등에 쨍쨍 내리쬐고 있었다.

계곡 비탈의 초목이 뿌리째 쓰러져 있는 산사태의 흔적을 올려다보던 탄다가 뒤에 서 있는 노인을 돌아봤다. 무릎까지 오는 짧은 바지 차림으로, 이 계절에도 아직 밀짚으로 짠 삿갓을 쓰고 있었다. 그는 이 근처 강줄기 어부조합의 대표였다.

"기묘한 빛이 날았다는 곳이 이 근처인가요?"

탄다가 묻자 노인은 고개를 끄덕이고는, 계곡 쪽에서 산사태 흔적까지를 죽 손으로 따라가며 말했다.

"저쪽에서 이 근처를 향해서 말이야, 부요(잔물고기)떼가 떠내려오듯이, 반짝반짝한 빛줄기가 흘러오는가 싶더니, 이 근처에서 새떼가 숲에서 나와서 그 빛줄기를 공격하기 시작했지."

노인이 맨살이 드러난 팔을 문질렀다.

"그건 정말 기분 나쁜 광경이었어. 마치 눈에 보이지 않는 강이 이 근처에 흐르고, 잔물고기떼가 그 물결을 타고서 헤엄치는데, 새가 강으로 뛰어들어서 잡아먹는 것처럼 보였거든."

"아, 그렇군…."

중얼거리며 탄다는 눈을 감았다.

입 안에서 주문을 외워, 주발의 밑바닥을 향해 나선형으로 내려가듯이 마음을 집중시켰다.

이윽고 희미하게 나유그(저쪽 세계)가 보였다.

탄다는 멍하니 그 풍경을 바라보다가, 곧바로 사그(이쪽 세계)의 산사태 흔적이 어렴풋이 겹쳐 보이는 곳으로 한 발짝, 한 발짝 걸음을 옮기며 헤엄치듯이 두 손을 움직였다.

눈을 뜨더니 탄다는 후 하고 깊이 숨을 내뱉었다. 이마가 땀으로 흠뻑 젖어 있었다.

　잠시 탄다는 생각에 잠겨 있다가, 이윽고 얼굴을 들어 비탈 위쪽에서 산사태 난 곳 근처에 쭈그리고 앉아 있는 사람에게 말을 걸었다.

　"사부님!"

　그 사람이 얼굴을 든 순간, 흙 표면이 부슬부슬 무너져 내리기 시작했다. 그 사람은 미끄러져 떨어지는 흙과 함께 원숭이처럼 날렵하게 뛰어내려 와, 탄다가 내민 오른손에 매달리듯이 해서 멈췄다.

　끔찍할 정도로 못생긴 노파였다. 검은 피부에 거미줄처럼 주름이 진 이 노파가 바로 당대 최고로 알려진 주술사 토로가이였다.

　"뭐 하신 거예요, 사부님! 위험하잖아요."

　탄다가 말하자 토로가이가 제자의 팔을 탁 때렸다.

　"네가 큰 소리를 질러서지. 이 덜 떨어진 제자야."

　발을 문지르며 토로가이가 탄다를 올려다봤다.

　"발이 아프구나. 돌아갈 때는 업어줘야겠다."

　탄다가 한쪽 눈썹을 치켜올리며 한숨을 쉬었다.

　"…그래서 뭔가 발견하셨나요?"

　토로가이가 코웃음을 쳤다.

"너는 어떻게 생각했느냐? 먼저 말해봐라."

탄다가 진지한 얼굴로 돌아갔다.

"이 부근은 다른 곳보다 훨씬 덥다고 할까, 미지근한 물에 들어가 있는 느낌이 들어서, 지금 나유그를 들여다봤는데…."

탄다가 얼굴의 땀을 닦았다.

"전에 봤을 때는 이 부근이 깊은 협곡이었는데, 지금은 물이 가득 찬 큰 강으로 변했어요. 게다가 그 큰 강 속에 다른 곳보다 온도가 높은 물이 흐르고 있고요. 바로 이 근처에서 수온이 변했어요."

탄다는 산사태 난 곳 근처에서 손바닥을 움직여 보였다.

토로가이가 고개를 끄덕이며 어부를 뒤돌아봤다.

"당신들이 봤다는 빛 자체는 별로 걱정할 것이 아닐 거다. 나유그의 강에 떼 지어 다니는 잔물고기 중에는 이따금 이쪽에도 등지느러미의 빛을 보여주는 녀석들이 있지. 이유는 모르겠지만 말이야. 반짝이는 등지느러미를 보여주지 않는다고 해서 이쪽 세계의 새한테 잡아먹히는 것도 아닐 텐데."

탄다가 턱을 문질렀다.

"사그의 새가 나유그의 물고기를 잡아먹는다는 것이 신기하네요. 실체가 어떤 식으로…."

탄다가 하려던 말을 토로가이가 중간에 끊었다.

"그런 주술문답은 나중에 하기로 하고 말이다. 지금은 좀 더 신경 쓰이는 것이 있다."

토로가이가 오른쪽 손바닥을 펼쳐서 쥐고 있던 것을 어부에게 보여줬다.

"이 벌레를 아느냐?"

그것은 토로가이의 엄지 정도 크기의 갑충이었다. 검은빛을 띠며, 입이 커다란 집게발처럼 생겼다. 벌레는 흙투성이인 채로 입에 달린 집게발을 천천히 움직이고 있었다.

"아, 그건 쵸(나무뿌리를 갉아 먹는 해충)다. 나무뿌리를 먹어치우는 나쁜 녀석들이지. 그러고 보니 요즘 이 녀석들을 자주 보는군. 보통은 가을이 되면 안 보이는데."

"여름에 번식하는 벌레냐?"

"글쎄. 나는 잘은 모르지만, 전에 향나무 베는 사람이 여름이 더우면 쵸가 늘어서 큰일이라고 하는 말을 들은 것 같군."

어부가 말을 이었다.

"나는 가끔 새 사냥도 하는데, 오쇼로(철새의 일종)는 이 녀석의 유충을 무척 좋아하지. 오쇼로는 겨울 철새인데, 겨울에서 봄에 걸쳐서 이 근처에 오면 이 계곡 주변 숲가에서 흙 속에 있는 쵸의 유충을 파내서 먹곤 하지."

그렇게 말하고 나서 그가 생각난 듯이 덧붙였다.

"그러고 보니 올 초봄에는 오쇼로를 전혀 못 봤네. 유난히 더웠기 때문인가?"

쵸가 집게발을 움직이는 걸 보면서 토로가이가 미간을 모았다.

"지반이 내려앉은 이 근처에는 이 녀석들이 우글우글하던데."

탄다가 놀라며 토로가이를 봤다.

"지반 붕괴가 그 벌레 탓인가…?"

토로가이가 고개를 갸웃했다.

"올해는 랏카루(회오리바람)가 이상하게 많이 불어서 비나 바람으로 이 근처 비탈의 지반이 약해진 탓도 있겠지만, 이 녀석들이 풀이나 나무의 뿌리를 갉아 먹어서 나무가 쉽게 쓰러졌는지도 모르겠구나."

토로가이는 한참을 고개 숙이고 생각에 잠겨 있다가, 이윽고 얼굴을 들어 어부를 봤다.

"아까도 말했지만, 당신이 걱정하던 빛은 그렇게 나쁜 짓을 하는 악령은 아니다. 그건 안심해도 좋다."

금세 어부의 표정이 풀어졌다.

"그렇군. 그 말을 들으니 안심이다."

그렇게 말하면서, 허리에 매달고 있던 마른 생선 다발을 집어서 토로가이한테 건넸다.

"변변찮은 것이라 미안하지만 성의를 생각해서 받아주기 바란다."

토로가이는 말린 생선을 세 마리만 집고, 나머지 네 마리를 어부에게 돌려줬다. 의아해하는 표정의 어부에게 토로가이가 말했다.

"아니, 나도 한 가지 부탁할 게 있거든. 세 마리면 충분하다."

"부탁이란 게 뭐지?"

"당신이 이 근처 어부들의 토이(조합)의 대표지? 어부들에게 고지를 해서 그런 빛을 본 자가 또 있는지, 봤다면 언제쯤, 어느 강줄기였는지 물어봐주지 않겠나?"

어부가 고개를 끄덕였다.

"아, 그거야 아무것도 아니지. 바로 고지를 하지."

어부와 헤어져 집을 향해 걸으면서 탄다가 토로가이에게 말을 걸었다.

"사부님은 지반이 붕괴된 것을 염려하시는 건가요?"

토로가이가 제자를 올려다봤다.

"너는 어떻게 생각하느냐?"

탄다가 생각하면서 대답했다.

"나유그에 봄이 와서 나유그의 강의 수량이 늘었어요. 그래서 이제까지는 나유그의 물에 잠긴 적이 없는 이런 고지대까지 그 영향을 받는 거겠죠.

그런데 나유그의 봄에 영향을 받아, 어찌 된 셈인지 이쪽 세계의 기온도 올라가 문제가 생긴 거죠. 겨울에 오는 철새가 월동 장소를 바꾸는 바람에, 봄에 유충이 잡아먹히지 않아서 성충으로 자란 쵸가 많아진 거예요."

토로가이가 고개를 끄덕였다.

"이런 일이 여기저기서 일어나고 있다면 큰일이 날지도 모르겠구나."

탄다가 사부의 얼굴을 봤다.

"촌장에게 알려서 강줄기의 지반을 다지라고 하면⋯."

말을 하려다가 탄다가 고개를 저었다.

"아니, 무리겠구나. 요즘 촌장들은 민병 징집 일로 정신이 없을 테니까."

1년 반쯤 전에 타르슈 제국과 산갈 왕국이 손을 잡은 걸 알게 된 이후로, 신요고 황국의 마을들에는 열다섯 살부터 쉰 살까지의 남자 열 명을 공병(工兵)으로 보내라는 고지가 내려왔다.

차출된 남자들은 도읍을 지키기 위해 황국 각지에서 시작된 요새 건설에 파견되어 아직 돌아오지 않았다.

그런데 이번에는 열여덟 살에서 마흔 살까지의 남자 열 명을 민병으로 징집한다는 고지가 왔다.

또다시 한창 일할 나이의 남자들을 빼앗긴다는 공포와, 누구를 선택할 것인가 하는 문제로 마을에서는 벌집을 쑤신 것 같은 소동이 벌어졌다. 일어날 거라는 확신도 없는 지반 붕괴를 위해, 강줄기의 지반을 다질 만한 여유는 어느 마을에도 없을 것이다.

"가장 좋은 방법은 슈가 씨에게 말하는 거겠지만…."

중얼거린 탄다에게 토로가이가 고개를 저었다.

"슈가는 어려운 입장에 처해 있는 듯하다. 더 이상 밀회와 같은 위험한 일은 안 할 거다."

고개를 끄덕이다가, 탄다는 갑자기 통증이 엄습한 듯이 얼굴을 찡그렸다. 챠그무 생각이 마음을 스친 것이다.

토로가이는 탄다의 표정을 흘끗 보더니, 입술을 꽉 다물고 잰걸음으로 걷기 시작했다. 뒤도 돌아보지 않고 발을 쿵쿵거리며 산길을 내려갔다.

그 뒷모습을 보면서 탄다는 천천히 산길을 내려갔다.

뜻밖의 소식을 들은 이후로 계속 슬픔이 가슴 깊은 곳에

뿌리를 내려, 어쩌다가 생각날 때마다 심장을 쥐어뜯기는 듯한 통증이 흐른다. 아마도 토로가이 사부님도 마찬가지일 것이다. 그 이후로 챠그무 얘기는 전혀 입에 담지 않게 되었다.

멍하니 챠그무 생각을 하면서 걸어서 자신의 집 뒤편에 이르렀을 때, 탄다는 깜짝 놀라 발걸음을 멈췄다.

사람의 기척이 느껴졌기 때문이다.

순간 바르사가 돌아왔나 싶었지만, 앞마당에 사람의 형체가 보이자 사냥꾼 차림의 체구가 큰 남자가 있는 것을 알 수 있었다. 처음 보는 남자였다.

토로가이는 손님을 봤으면서도 얼굴 마주치기가 귀찮아 슬쩍 뒷문으로 들어가버렸을 것이다. 남자는 오래 기다린 듯한 얼굴로 마당의 돌에 앉아 있었다.

탄다가 뒷산에서 앞마당으로 내려오자 남자가 벌떡 일어섰다.

"…당신이 탄다 씨인가?"

"그렇습니다만."

남자의 얼굴에 기뻐하는 빛이 나타났다.

"고마운 일이군. 사실은 탄다 씨한테 긴히 부탁할 일이 있네. 한시라도 빨리 바르사라는 사람을 만나야만 한다….."

제1장

챠그무를
찾는 자

1

산을 넘다

   석양이 나뭇가지들 끝을 벌겋게 비추고 있지만, 발밑의 풀들은 이미 또렷이 보이지 않았다.

   바르사는 땀을 닦으면서, 짐승들이 다니는 길이 뻗어 있는 전방을 확인했다.

   산길에 익숙한 바르사는 어떻게든 길을 찾아낼 수는 있지만, 무성한 풀이 길을 뒤덮고 있어서 어디가 길인지 눈으로 더듬어 찾는 것은 어려운 일이다.

   올해는 가을이 쉬이 끝나려 하지 않는다. 여느 해 같으면 잎이 떨어지지 시작할 나무가 아직도 푸릇푸릇한 잎을 매달고 있어 산을 어둡게 만들었다.

   뒤에서 나뭇가지가 우지직 꺾이는 소리가 나며 자그마한

비명 소리가 들렸다.

돌아보니 행상인 사이소가 발이 풀에 미끄러져서 넘어진 것이 보였다. 사이소의 아내 토키가 황급히 손을 내밀려고 하지만, 오른손으로 딸을 받치고 있어서 좀처럼 손이 닿지 않았다.

바르사는 산길을 되돌아가 사이소의 팔을 붙잡아서 끌어당겨줬다.

"…아, 고맙군. 미안. 발이 미끄러졌다."

통통한 사이소는 땀으로 범벅이 된 모습이었다. 짊어진 짐을 흔들어서 올리며 헉헉, 거친 숨소리를 냈다.

"어디가 길인지 잘 안 보이는군. 오늘은 이 근처 어디서…."

말을 이으려는 사이소를 바르사가 조용히 제지시켰다.

"목소리를 낮추세요. 들리죠?"

사이소가 겁먹은 표정을 지었다.

"들리느냐고? 뭐가…?"

"강물 소리요."

사이소도, 옆으로 온 토키와 딸도 잠자코 귀를 기울였다.

"아아…."

그들이 고개를 끄덕이는 것을 보고 바르사가 낮은 목소리로 속삭였다.

"이 비탈을 내려가면 강가 자갈밭이 나와요. 시야가 트이는 곳이니까, 감시하는 병사가 있다면 거기일 거예요. 가능하면 땅거미가 내려앉은 지금 돌파했으면 해요."

사이소의 눈이 흔들렸다.

"아예 해가 진 다음이 더 낫지 않을까? 캄캄해지면 우리 모습도 안 보일 테고."

바르사가 고개를 저었다.

"캄캄해지면 당신들은 못 걷잖아요."

낙담한 얼굴로 입을 다문 사이소 옆에서 여섯 살짜리 딸이 몸을 꿈틀거렸다.

긴장한 얼굴로 자신을 올려다보는 어린 여자애한테 바르사가 웃으며 말을 걸었다.

"조금만 더 참아라, 라이. 모레면 집에 돌아갈 수 있으니까."

라이가 고개를 끄덕였다.

바르사는 사이소와 토키에게로 시선을 돌리더니 온화한 어조로 말했다.

"지금은 발이 미끄러지지 않게 하는 데만 집중해주세요. 천천히 가도 괜찮으니까. 그리고 가능하면 소리를 내지 않도록 하세요. 야영지가 가까워지면 병사가 순찰을 돌고 있을지도 몰라요."

두 사람이 고개를 끄덕이는 것을 확인하고, 바르사는 발길을 돌려 또다시 산길을 내려가기 시작했다. 사이소 가족이 따라올 수 있도록 발로 풀을 밟아서 길을 내주며 내려갔다.

뒤에서 사이소가 투덜거리는 소리가 들렸다.

"왜 우리가 이런 일을 겪어야 하지? 우리가 뭘 잘못했다고. 고향으로 돌아가는데 이렇게 도둑처럼 병사들의 눈을 피해 목숨 걸고 산을 넘어야 하다니…."

산을 넘기 시작했을 때부터 그는 같은 말을 반복해서 중얼거리고 있다. 불평을 함으로써 고통을 잊으려는 걸 거라고 생각해서 이제까지는 아무 말도 하지 않았지만, 지금은 그냥 내버려둘 수가 없었다.

바르사가 뒤돌아서 사이소에게 손을 흔들어 손가락을 입에 갖다 대 보이자, 사이소가 얼굴을 찌푸리며 알았다, 알았다 하는 뜻의 동작을 했다.

또다시 발을 힘주어 내딛으며 걷기 시작하면서, 바르사는 어슴푸레한 길의 전방을 응시했다.

그의 심정은 충분히 이해한다.

1년 전쯤에 신요고 황국의 황제가 낸 통고는 너무나도 갑작스럽고 너무나도 터무니없는 것이었다. 황제는 황국을 더럽힌 적으로부터 지키기 위해서라는 이유로 느닷없이 쇄국을 선언한 것이다.

타르슈 제국에서 사신이 온 이후로, 신요고 황국은 마치 가시를 곤두세우고 웅크려서 자신의 몸을 지키려 하는 파키(고슴도치)처럼 되어버렸다.

산갈과의 국경의 관문만이 아니라 로타 왕국이나 칸발 왕국과의 국경도 전부 폐쇄되어, 그곳을 넘어서 국경을 출입하려고 하는 자는 적의 밀정으로 간주해 처형한다는 방문(榜文)이 붙었다.

비참한 것은 로타나 산갈에 나와 있던 요고 상인들과, 신요고 황국으로 장사하러 와 있던 로타인, 돈 벌러 와 있던 칸발인들이었다.

그들은 느닷없이 고향으로 돌아가는 길이 폐쇄되어, 이유 불문하고 타국에 머물러야 하는 처지가 되고 만 것이다.

쇄국이 시작되었을 때 바르사는 신요고 황국에 있었는데, 어찌할 바를 몰라 하는, 친분이 있는 로타 상인을 몰래 산을 넘어서 고향으로 돌아가게 해준 것을 계기로, 그 이후로 몇 번이나 국경을 무시하고 산을 넘는 일을 맡게 되었다.

사이소도 그 소문을 듣고 바르사에게 부탁해 왔다.

정식 관문을 거치지 않는, 산속 짐승들의 통로 중에서 사람이 다닐 만한 길을 바르사는 몇 개인가 알고 있었다. 하지만 이번처럼 가족인 경우에는 너무 험한 길은 이용할 수 없다.

산을 넘는 것은 위험하고 힘든 일이다. 그래도 사이소 가족처럼 목숨을 걸어서라도 고향으로 돌아가고자 하는 사람들이 많았다.

사이소와 아내는 네 살짜리 막내딸을 노부모에게 맡기고 왔다. 비록 목숨이 위험하더라도 신요고로 돌아가고 싶다고 알음알음으로 바르사에게 부탁해 온 것이다.

신요고 황국군은 비정상적일 정도로 신경을 곤두세우고 있어, 사람이 지나간다는 소문을 들은 길에는 이런 짐승들의 통로와 같은 산길에도 감시병을 배치했다.

그렇게 되자 바르사의 일은 단순한 길 안내로 끝나지 않았다.

'…기분을 달랠 수 있어서 좋지, 뭐.'

발을 살며시 내딛으며 바르사는 마음속으로 생각했다.

지금은 일이 있는 편이 낫다. 아무것도 안 하고 있으면 챠그무 생각을 하게 된다. 로타에서 바르사는 마음이 찢어질 듯한 이야기를 들었다. 그때부터 뭘 하고 있어도 그 말이 마음에서 떠나지를 않았다.

바르사는 머리를 살짝 흔들어 잡념을 떨쳐냈다. 지금은 산을 넘는 데 집중해야 한다.

시냇물 흐르는 소리가 커졌다.

바르사는 연기 냄새를 느끼고 미간을 모았다.

뒤돌아서 사이소 가족에게 거기서 멈춰 앉아 있으라고 손으로 신호를 보내더니, 바르사는 손에 들고 있던 단창을 나무에 기대어 세워놓고 잰걸음으로 짐승들의 통로를 내려가기 시작했다. 여우나 그 비슷한 짐승이 달리는 것처럼 거의 소리를 내지 않았다.

길로 뻗어 나온 나뭇가지를 요리조리 몸을 비켜 피하며 점점 작아져가는 바르사의 모습을 사이소와 토키는 눈을 동그랗게 뜨고 지켜봤다.

"…어떻게 몸이 저렇게 움직이지?"

사이소가 중얼거렸다.

실력이 뛰어난 호위무사가 있어 산을 넘게 해준다는 소문을 들었을 때, 중년의 거친 무사를 상상했던 사이소는 상인들의 여인숙에서 바르사를 만나고서 깜짝 놀랐다.

바르사가 30대 중반 정도의 여자였기 때문이다. 윤기라곤 전혀 없는 검은 머리를 목덜미에서 하나로 묶었으며 햇볕에 그을어 있었다. 여자치고는 키가 큰 편이었지만 몸집이 큰 것은 아니었다.

단지 옆에 놓은 단창은 손때가 묻어 흑단처럼 빛났다.

이런 여자에게 자신과 처자의 목숨을 맡겨도 좋을지 불안했지만, 상인들의 여인숙에 드나드는 실력이 만만치 않아 보이는 호위무사들이 바르사를 만나면 말없이 경의를 표하는 것을 보고서 평판을 믿어볼 마음이 들었다.

"…사이소 씨."

자신을 부르는 소리를 듣고 사이소는 튀어 오를 듯이 놀랐다. 생각에 잠겨 있기는 했지만 바르사가 어느 틈에 돌아왔는지 전혀 몰랐기 때문이다.

잠깐 사이에 잠이 들어 엄마한테 기대어 쌕쌕거리던 라이가 흠칫 몸을 떨며 눈을 떴다.

어스름이 산을 뒤덮어, 가까이 있어도 이제는 바르사의 얼굴도 또렷이 안 보였다.

"역시 감시병들이 있어요."

사이소와 토키의 얼굴이 경직되었다. 바르사가 말을 이었다.

"다행인 것은 병사가 셋뿐이라는 점이에요. 야영 천막의 크기로 봐서도 그 이상은 없을 거예요. 셋이라면 어떻게든 될 거라고 생각하지만, 한 명이라도 실력이 좋은 녀석이 있으면 전원이 부상 없이 빠져나가기는 어려울지도 몰라요."

그렇게 말하고 나서 바르사가 사이소와 토키를 말끄러미 쳐다봤다.

"어떻게 할까요? …갈까요, 돌아갈까요?"

언제 타르슈군이 공격해 올지 모르는 고향. 거기로 목숨 걸고 돌아갈 것인가? 아니면 여기서 되돌아가서 전란이 잠잠해질 때까지 로타에서 지낼 것인가?

입을 연 사람은 토키였다.

"갈게요."

막내딸과 노부모를 생각하고 사이소도 고개를 끄덕였다.

"아아, 그렇다. 돌아가야 한다."

그렇게 말하고 나서 사이소가 갑자기 손을 뻗어서 바르사의 팔을 붙잡았다.

"만약 우리한테 무슨 일이 일어나면 이 아이만은 꼭 집으로 데려가주기 바란다. 부탁한다."

손이 떨리고 있었다. 바르사가 사이소의 손을 꽉 쥐었다.

"반드시 그렇게 하죠."

그리고 사이소의 손을 놓더니 둘에게 자상하게 가르치듯이 말하기 시작했다.

"이제부터 내 뒤를 따라서 강변까지 내려갈 겁니다. 천천

히, 조용히, 서로의 등이 닿을 정도로 바싹 붙어서 한 발짝씩
따라와주세요.

　당신들이 내려가는 강변은 병사들의 야영지가 있는 장소
에서는 꽤 떨어진 곳이에요. 큰 나무가 강변으로 튀어나와
있으니까 거기 숨어 있으세요."

　두 사람이 고개를 끄덕이는 것을 보고 나서 바르사가 말을
이었다.

　"나는 따님을 업고 강을 건너, 두 분이 붙잡고 올 수 있도
록 밧줄을 칠게요.

　그런 다음 내가 병사들을 유인해 꼼짝 못 하게 할 테니까
그사이에 강을 건너세요. 그렇게 깊은 강은 아니지만 물살은
빠른 편이에요. 발이 미끄러지면 목숨을 잃게 됩니다."

　바르사가 낮은 목소리로 말했다.

　"나를 믿고 당황하지 말고 강을 건널 생각만 하세요. 강을
건너면 숲으로 들어가 거기서 기다리세요."

　두 사람은 빨려 들듯이 고개를 끄덕였다.

　바르사가 일어섰다.

　"그럼 갈까요?"

　모닥불의 불꽃이 춤추고 있었다.

방금 잡은 물고기를 꼬치에 끼워 구우면서 병사는 주위를 둘러봤다. 어스름이 나무도 천막도 똑같은 색으로 뒤덮어, 강 양쪽 기슭에서 산길이 강변과 만나는 부근에 서서 감시를 하고 있는 동료의 모습도 푸른 환영처럼 보였다.

이틀 후면 교대다. 그때까지 참으면 된다고 생각하며 물고기 꼬치에 손을 뻗었을 때, 병사는 깜짝 놀라 고개를 들었다. 어린아이 울음소리를 들은 것 같아서다. 순간 요괴의 소리를 들은 것 같아 소름이 돋았지만, 곧바로 국경 침범자일지 모른다는 생각이 들어서 일어서려고 했다.

반쯤 일어섰을 때 휙 하고 바람을 가르는 소리가 났다. 등에 격렬한 충격을 받고 병사는 신음 소리를 내며 푹 고꾸라졌다. 오른쪽 어깨 부근에 돌멩이를 맞은 것이다. 골절되지는 않았지만 금이 갔을 것이다. 오른쪽 어깨가 저려서 창을 들어 올릴 수가 없었다.

몸을 비틀듯이 하고서 돌아보니, 이쪽 기슭에 있던 동료에게 뭔가가 덤벼드는 것이 보였다. 사람의 형체 둘이 서로 뒤엉키는 것처럼 보이더니, 곧바로 한쪽이 지면에 양 무릎을 탁 꿇으며 고꾸라졌다.

서 있는 형체는 동료가 아니었다.

오른쪽 어깨를 누르며 일어서서, 병사는 이를 악물고 그 형체 쪽으로 내달렸다.

건너편 기슭에 있던 동료가 첨벙첨벙 물을 헤치며 이쪽 기슭으로 돌아오는 것을 보고, 병사는 조금 마음이 놓이는 것을 느꼈다.

'녀석이 오면 이제 안심이다.'

동료는 검술의 고수다. 칼이 어스름에 희끄무레하게 모습을 드러냈다.

사람의 형체가 동료와 대치하는 것을 보고서 그는 발걸음을 멈췄다. 어설피 가세하려고 하면 방해가 될지도 모른다.

동료와 마주하고 있는 사람의 형체는 의외로 체구가 작았다. 손에 짧은 창 같은 것을 들고 있었다.

창이 움직인 순간, 날카로운 기합 소리와 함께, 동료의 칼이 바람을 휙 가르며 창을 향해 내리쳤다.

위잉 하는 소리가 들렸다. 창이 칼과 교차하듯 하며 땅을 찍었다가 떠내듯이 위로 올라간 순간, 내리친 힘 그대로 칼을 든 동료의 팔이 튕겨 나가, 칼이 강변의 돌에 부딪혀 불꽃을 일으켰다.

채찍처럼 휜 창에 옆구리를 맞아 동료의 몸이 옆으로 꺾이는 것이 보였다. 가죽 갑옷 위로 맞았는데도 동료는 숨을 멈추는 듯한 소리를 내며 신음하더니, 강변의 자갈밭에 무너져 내리며 그대로 기절해버렸다.

싸우는 소리가 사라지자 상류 쪽에서 누군가가 강을 건너는 소리가 또렷이 들려왔다. 또다시 어린아이의 울음소리가 들렸다.

병사는 오른쪽 어깨를 누른 채로 떨고 있었다. 사람의 형체가 이쪽으로 달려온다.

모닥불 불빛에 희미하게 그 모습이 떠오르는 것을 본 것 같은 생각이 든 순간, 명치에 극심한 통증이 일어 병사는 숨을 쉴 수가 없어졌다.

무슨 짓을 당했는지도 모르는 채로 그는 자갈밭에 무너져 내리며 정신을 잃었다.

바르사는 아직 소년으로 보이는 병사 옆에 허리를 굽히고 서 턱을 받치고 입을 벌렸다. 목구멍 쪽으로 말려 들어간 혀를 꺼내주더니, 숨이 막혀서 죽지 않도록 턱 위치를 바로잡아주고 눕혔다.

그런 다음 황급히 상류 쪽으로 몸을 돌렸다.

라이는 참을성이 많은 아이여서 이제까지 불평도 안 하고 따라왔지만, 바르사가 업어서 강을 건넌 다음 나무 밑동에 혼자 두었더니 무서워진 것이리라.

바르사가 나무줄기에 밧줄을 걸어서 건너편 기슭으로 돌아올 때까지는 참고 있었지만, 바르사의 모습이 보이지 않자 엄마를 부르며 울기 시작한 것이다.

하지만 그 덕분에 사이소와 토키는 딸이 있는 곳으로 가려고 안간힘을 쓰느라 겁먹을 틈도 없었던 것 같다. 무사히 한 덩어리가 되어 나무 밑동에서 기다리고 있는 모습이 어렴풋이 보였다.

2

진이 보낸 편지

그날 밤은 커다란 바위 밑에서 노숙을 했다.

불을 피우는 것은 위험했지만, 바르사는 아주 잠깐만 불을 붙여서 애써 따뜻한 식사를 만들어줬다. 무서운 생각을 하면 배탈이 나는 경우가 많다. 체력을 잃으면 산을 넘을 수 없다.

꿀을 녹여 넣은 따뜻한 오르소(보리죽)를 먹자, 사이소 가족은 편안해진 듯 금세 잠들어버렸다.

불을 끄자 산속의 깊은 어둠에 휩싸였다.

나뭇가지들 끝에 별빛이 보인다. 바르사는 바위에 기대어 그 빛을 바라보고 있었다.

챠그무가 죽었다.

로타의 술집에서 정보 장사꾼이 가르쳐준 것이다.

'신요고 황국의 황제가 성대한 장례식을 치른 후에 황태자를 신으로 모시는 의식을 치르겠다고 했다던데.
바다 건너에서 다가오는 재난을 막기 위해서, 황태자가 스스로 바다로 뛰어들어 고국을 지키는 수호신이 되셨다고 하더군.'

정보 장사꾼이 코웃음을 쳤다.

'알고 있나? 올해는 이변이 계속되었고, 랏카루(회오리바람)가 엄청 많이 불었잖아. 그런 천재지변은 챠그무 황태자가 돌아가신 탓이라거나, 사실은 비명횡사하신 셈이라 재앙을 내리시는 거라는 소문이 퍼져 있지.
산갈에 붙잡혔다가 어떻게 풀려났는지 석연찮은 점이 많기도 하고, 챠그무 황태자는 산갈에서 뭔가 뒷거래를 요구해, 그래서 고향으로 돌아갈 수가 없어서 몸을 던졌다는 소문도 있어.
황제로서는 그런 소문을 가라앉히고 싶을 거야.'

그런 말을 바르사는 아무 말도 하지 않고 듣고 있었다.

'그 아이가 투신 같은 걸 할 리가 없어.'

불타는 궁을 응시하며 흐르는 눈물을 주먹으로 훔치던 어린 챠그무의 얼굴이 눈에 선했다. 열한 살 때도 고난을 이겨내는 기골이 있었던 아이다. 어떤 상황에 내몰려도 죽음으로 도피할 리는 없다.

'…살해당했을 거야.'

투신으로 보이게 해서 암살한 것이리라.

'아니면 정말로 몸을 던졌을까?'

부정을 참지 못하며 책임감이 강한 소년이니까, 가령 백성의 명운을 가르는 뒷거래를 강요당했다면, 그것을 거부하기 위해 죽음을 택했을지도 모른다.

여하튼 너무나도 끔찍한 죽음이다.

바르사는 눈을 감았다.

챠그무가 이제 이 세상에는 없다. 그 발랄하던 소년이 그런 식으로 인생을 마감했다는 생각을 하니 애간장이 녹아내리는 듯한 심정이다.

'이런 날이 올 거라면 그때 궁으로 돌려보내지 말걸….'

멀리서 나뭇가지 밟는 소리가 났다.

바르사는 깜짝 놀라 눈을 뜨더니 단창을 손에 들고 일어섰다.

누군가가 다가왔다. 작은 불빛이 보였다.

바르사는 살며시 단창을 소리 나는 쪽으로 겨눴지만, 그 불빛은 단창이 미치지 않을 정도의 거리를 두고 멈췄다.

어둠 너머에서 속삭이는 소리가 들려왔다.

"놀라게 해서 죄송합니다. 수상한 자는 아닙니다. 사슴 사냥을 하는 자인데, 어쩌다 보니 소금이 떨어져서요. 연기 냄새가 나서 누군가 계시지 않을까 해서 와봤는데…. 그쪽으로 가도 될까요?"

토키가 깜짝 놀라 잠에서 깨어나 몸을 일으켰다.

바르사가 몸을 굽혀 토키의 귓가에 속삭였다.

"사이소 씨를 조용히 깨워서 언제든지 도망칠 수 있도록 준비하고 있으세요.

소금이 떨어진 사슴 사냥꾼이라고 하지만 아무래도 수상합니다. 도망치라고 소리치면 이 바위 뒤쪽으로 돌아서 거기에 숨어 있으세요. 아시겠어요?"

토키가 고개를 끄덕였다.

바르사는 일어서서 불빛 쪽으로 말을 걸었다.

"조금이라면 소금을 나눠드리지요. 그쪽으로 갈 테니까 거기 계시지요."

바르사가 스윽 다가갔다.

바르사는 밤눈이 밝다. 조금 다가간 것만으로도 등불을 들고 있는 사람이 사냥꾼 차림을 한 남자인 것을 파악했다.

그러나 바르사는 남자가 사냥꾼이라고는 생각하지 않았다. 말투가 이 부근의 사냥꾼 말투가 아니고, 가령 소금이 떨어졌다 해도 사냥꾼은 해가 저문 후에 산속을 돌아다니거나 하지 않는다.

오른손에 단창을 든 바르사의 모습이 불빛에 드러났을 때, 남자가 앗 하고 숨을 멈췄다. 남자의 입에서 튀어나온 것은 의외의 말이었다.

"혹시 바르사 씨인가?"

바르사는 미간을 모았다. 본 적이 없는 얼굴이었다. 하지만 남자의 얼굴에 떠오른 흥분과 기쁨은 아무리 봐도 연기로는 보이지 않았다.

"바르사 씨인가? 그렇지? 그대를, 찾고, 또 찾아서…."

바르사가 남자의 큰 목소리를 끊었다.

"쉿. 목소리가 크다."

남자가 놀라서 목소리를 낮췄다.

"실례했군. 너무 기쁜 나머지…. 나는 오루라고 한다. 사정이 있어서 바르사라는 칸발인 여자 호위무사를 찾고 있다. 탄다라는 사람에게 지나갈 가능성이 있는 산길을 물어서, 그런 산길을 계속해서 왔다 갔다 하고 있었다."

바르사가 얼굴을 찌푸린 채로 나지막이 말했다.

"당신이 찾고 있는 사람이 나인 것은 분명한 듯한데, 그렇게까지 해서 찾으려 했다니 대체 무슨 용건입니까?"

오루라는 이름의 남자가 목소리를 낮춰 속삭였다.

"나는 본래 신요고 황국 해군의 상급 수병이다."

무인의 말투로 바뀌어 있었다.

"그대가 정말로 바르사 씨라면 그대에게 건네줄 것이 있다. 하지만 만에 하나의 실수도 용납되지 않는 중요한 일이다. 확인을 하고자 한다.

예전에 그대가 챠그무 황태자 전하를 모시고 여행할 때, 산을 넘기 위한 식량을 사러 간 자의 이름은?"

바르사는 잠시 생각하고 나서 속삭이는 목소리로 대답했다.

"토야."

오루의 온몸에서 힘이 쫙 빠지는 것이 보였다.

"아아… 천신이시여. 감사합니다."

오루가 중얼거리고는 품에서 두툼한 편지를 꺼냈다.

"나는 신요고 황국 해군의 기함에 탔던 자로, 오랫동안 산갈 왕국의 포로가 되었지만 챠그무 황태자 전하께서 포로의 몸에서 해방시켜주셔서 고향으로 돌아왔다.

하지만 도중에 이런저런 일이 있어서⋯ 황제 폐하의 호위를 맡고 계시는 아무스란 님이 나를 신뢰해 내리신 밀명을 받아 산갈 반도에 상륙하기 전에 몰래 배를 떠났다⋯."

챠그무라는 이름을 듣고 고동이 빨라졌다. 아무스란이란 아마도 '사냥꾼' 진의 본명일 것이다. 진이 자신에게 무슨 말을 전하려는 것일까?

빨리 사정을 알고 싶었지만, 바르사는 손을 들어서 오루의 말을 끊었다.

"이야기는 천천히 들을 테니까 조금 기다려주시지 않겠습니까? 여기 계세요. 곧 돌아오겠습니다."

그렇게 말하고 바르사는 사이소 가족 곁으로 달려가서, 염려하지 않아도 되고 아는 사람이 인편을 보내와서 좀 할 이야기가 있으니까 먼저 자라고 알렸다.

사이소 가족은 안심한 얼굴로 누웠다.

오루한테로 돌아오더니, 바르사는 사이소 가족에게 목소리가 들리지 않는 곳까지 오루를 끌고 갔다.

"고마워요. 자, 계속하세요."

오루가 고개를 끄덕이고 이야기를 시작했다.

오루는 챠그무 황태자를 태우고 산갈에서 돌아온 배의 선원이었다. 도중에 사건이 생겼지만 그 진상을 알고 있는 사람은 '황제의 방패'로 불리는 아무스란과, 챠그무 황태자의 시중을 들던 륀, 그리고 오루, 이렇게 세 명뿐이라고 한다.

"산갈에서 챠그무 황태자 전하와 우리가 포로가 되었을 때, 나는 전하를 모시고 탈출을 시도한 사람 중 하나다. 그 일도 있어서 아무스란 님이 나를 신뢰해 진상을 털어놔주셨다.

산갈 반도에 도착하게 되면 감시가 심해질 테니까, 반도에 도착하기 직전에 나는 아무스란 님이 맡기신 이 문서를 갖고 배에서 도망쳤다. …어떻게든 그대를 찾아내서 이것을 건네주라는 명을 받았기 때문이다."

오랫동안 품에 넣고 다녀 꼬깃꼬깃해지고 약하게 온기가 느껴지는 편지 봉투를 바르사는 받아들었다.

"조금 전의 문답을 지시한 것도 아무스란 님이다. 청무 산맥 산중의 오두막에 사는 탄다라는 사람에 대해서도 가르쳐주었다. 그대가 지나갈 만한 산길을 그 사람이 가르쳐주었지만, 계속 움직이는 그대와 마주치는 것은 구름을 잡는 것과 같았지…."

이야기를 하고 있는 오루에게 고개를 끄덕이며 바르사는

편지를 펼쳤다. 나무 밑동에 오루의 휴대용 등불을 두고 그 위에 숙이듯이 해서 최대한 불빛이 새어 나가지 않게 하고서, 등불로 편지를 비추며 읽기 시작했다.

진의 문장은 간결했지만, 바르사가 사태의 전체적인 윤곽을 파악할 수 있도록 이런저런 설명을 덧붙이느라 편지가 길어졌다.

읽기 시작하고 곧바로 바르사의 얼굴에 기뻐하는 빛이 떠올랐다. 하지만 금세 그 빛은 사라지고 표정이 굳어갔다.

다 읽고 나서도 한동안 바르사는 굳은 표정으로 편지를 바라보며, 봉투 안에 들어 있던 금화 세 닢을 손 안에서 굴리고 있었다.

오루가 초조한 듯이 속삭였다.

"사정은 알았겠지?"

바르사가 얼굴을 들어 고개를 끄덕였다.

"그럼 한시라도 빨리 로타로 돌아가 전력을 다해주기 바란다."

오루의 말에 바르사가 고개를 저었다.

"…로타로는 돌아갈 거다. 하지만 저 가족을 마을로 돌려보낸 후다."

수염이 잔뜩 난 오루의 얼굴이 분노로 달아올랐다.

"뭐라고? 하찮은 평민을 위해 귀중한 시간을 낭비하겠다는 것이냐!"

바르사가 조용히 말했다.

"맡은 일을 도중에 내팽개칠 수는 없다."

소리치려고 했을 때 오루는 차가운 것이 목덜미에 닿는 것을 느꼈다. 어느 틈에 창집을 벗겨냈는지 창끝이 목덜미에 닿아 있었다.

억제된 목소리로 바르사가 말했다.

"이 조용한 산속에서 소리칠 생각이냐?"

그 눈을 보고 오루는 입을 다물었다. 싸늘한 칼날 같은 눈이었다.

오루가 숨을 헐떡이며 나지막이 말했다.

"내가 저 가족을 마을까지 데리고 가겠다. 그러니까 그대는 로타로 떠나도록 해라."

바르사가 창끝을 오루의 목에서 뗐다.

"…그건 안 된다. 당신은 우수한 수병일지는 모르지만, 산을 걷는 법도, 산에서 소리를 전달하는 법도 모른다. 당신에게 맡길 수는 없다."

편지와 금을 품에 넣고 바르사는 단창 끝에 창집을 씌웠다.

"이 편지에 대한 답장을 쓰고 싶은데, 아무스란 님에게 전해줄 수 있을까?"

오루가 얼굴에 난 땀을 커다란 손바닥으로 닦았다. 그리고
마지못해 고개를 끄덕였다.

"전달 방법은 정해져 있다. 종이도 갖고 있다."

바르사는 오루가 지고 있던 자루에서 꺼낸 두루마리 종이
와 필통을 받았다.

진에게 답장을 쓰면서 바르사는 마음속의 초조함과 필사
적으로 싸우고 있었다. 사이소 가족을 이대로 두고 갈 수는
없지만 한시라도 빨리 로타로 돌아가고 싶다. 돌아가서… 챠
그무를 찾고 싶었다.

'어떻게 그런 무지막지한 짓을….'

밤에 바다로 뛰어들어서 무사히 섬에 도착했을까?

여비로 산갈 왕한테서 받은 보석을 갖고 있었다고 하지만,
그런 고가의 것을 산갈인에게 보였다가는 빼앗아달라고 부
탁하는 격이다.

불안과 초조로 속이 탔다.

붓 끝이 흔들리지 않도록 숨을 가다듬으며 바르사는 편지
를 써 내려갔다.

진의 편지 내용이 이따금 머리를 스쳤다.

…전하를 도와드릴 가능성은 적을 것이다.

신뢰할 말한 우리 편의 수는 너무 적고, 적의 수는 너무 많다. 전하가 살아계시는 것을 타르슈 제국에도, 우리 나라 사람에게도 눈치채여서는 안 된다. 진상을 아는 사람을 늘려서는 안 된다.

바르사, 자유롭게 움직일 수 있는 사람은 그대뿐이다.

만약 지금도 무사하셔서 어딘가에서 살아계신다면, 어떻게든 찾아내서 지켜드리기 바란다.

'무사히 살아 있다면.'

바르사는 붓을 놓고 먹물이 마르기를 기다렸다가 편지를 접기 시작했다.

'반드시, 찾아내겠다. 설령… 죽었다 해도.'

바르사가 일어섰다. 그리고 오루한테서 받은 밀랍 조각을 살짝 불에 쬐어 엄지로 힘껏 짓누르듯이 해서 편지에 봉인을 했다.

"이 편지를 틀림없이 전해주기 바란다."

오루는 고개를 끄덕이고 품에 편지를 아무렇게나 밀어 넣었다. 얼굴을 들어 자신을 바라보고 있는 바르사의 눈을 발견하자 오루가 허리를 폈다.

바르사가 조용히 말했다.

"…그 편지도 아무스란 님 이외의 사람 손에 들어가면 큰일 난다. 하지만 나를 찾아내준 당신을 아무스란 님과 마찬가지로 나도 믿기로 하지."

오루의 얼굴에 혈색이 돌아왔다.

"신뢰를 배반하는 짓은 하지 않는다. 그대도 죽을힘을 다해주기 바란다."

바르사는 고개를 끄덕이고, 오루가 사라져가는 것을 지켜봤다.

❧

다음 날 산길에서 나와 계곡 옆 산골마을에 도착할 즈음해서 날씨가 변하기 시작했다. 하늘이 온통 구름으로 뒤덮여 어둑어둑해진 것이다. 바람도 강해졌다.

"또 랏카루가 부는 것 같군."

사이소가 중얼거렸다. 그의 집이 있는 타마루까지는 아직하루는 남았지만, 바르사가 동행을 약속한 것은 타마루 바로전 마을 토루소의 여인숙까지였다.

"토루소까지 버텨주면 좋을 텐데."

사이소의 소망이 전해졌는지 비가 내리기 시작한 것은 대나무숲 속의 차분한 여인숙에 들어간 후였다.

거센 바람이 불기 시작하고 비가 퍼붓는 소리가 들리는 가운데, 여인숙 주인이 바르사 일행을 맞았다.

"아슬아슬했군요. 뜨거운 목욕물이 준비되어 있습니다. 우선 땀을 씻어내세요."

안심한 얼굴로 댓돌 위에 앉은 사이소 가족에게 바르사가 말했다.

"여기까지 왔으면 이제 괜찮을 겁니다."

사이소의 얼굴에 처음으로 환한 미소가 떠올랐다. 사이소가 일어서서 깊숙이 고개를 숙였다.

"도와줘서 정말로 고맙습니다."

그런 다음 품에 손을 넣더니 돈주머니를 열어 신중하게 돈을 세어 약속한 보수를 바르사에게 건넸다. 조금 망설인 다음 동화 다섯 닢 정도를 더 얹으려고 하는 것을 바르사가 말렸다.

"이제부터는 이래저래 돈 들 일이 많을 거예요. 약속한 보수만으로 충분합니다."

그리고 여인숙 주인에게로 얼굴을 돌렸다.

"죄송하지만, 조금 이른 저녁과 항상 해주던 여행 채비를 서둘러주실 수 있을까요? 산길용 짚신 두 켤레와 우비도 부탁해요. 돈은 지금 바로 지불할 테니까, 가능하면 1단(약 1시간) 이내에 준비해줬으면 좋겠어요."

오래전부터 알고 지낸 여인숙 주인이 놀란 얼굴이 되었다.

"뭐라고? 1단이라니, 바르사 씨, 이 폭풍 속에 나갈 생각이
야?"

바르사가 고개를 끄덕였다. 댓돌에 앉아 빠른 동작으로 너
덜너덜해진 짚신을 벗더니 발을 헹구고 욕탕 탈의실로 올라
갔다.

"출발할 때까지 목욕을 하고 조금 쉬겠습니다."

사이소와 토키가 얼굴을 찡그리며 바르사를 올려다보고 있
었다. 바람이 점점 거세지며 대나무숲을 빠져나가는 피리 소
리 같은 소리와, 딱딱한 대나무들이 부딪히는 소리가 들렸다.

"바르사 씨, 그건 무리다. 밤에도 제대로 자지도 않고 그토
록 힘든 길을 오느라 지쳤을 텐데 이 폭풍 속에 나가다니…."

그렇게 말한 사이소에게 바르사가 살짝 미소를 지었다.

"고마워요. 하지만 괜찮아요. 익숙하니까요."

살짝 고개를 숙이고는 욕탕 쪽으로 걸어가는 바르사의 뒷
모습을 사이소 부부는 조용히 바라보고 있었다.

3
황제라는 천개(天蓋)

누군가가 몸을 흔들어 슈가는 깜짝 놀라 눈을 떴다.

악몽의 뒤끝이 가슴을 짓눌러 한동안 자신이 어디 있는지 알 수가 없었지만, 선뜩한 어둠을 바라보는 사이에 차츰 '별의 궁' 침실에 있다는 것을 깨달았다.

슈가는 황급히 상반신을 일으켰다. 침상 옆에 누군가가 앉아 있었다. 천창(天窓)으로 들이치는 새벽의 푸른빛이 침실을 푸르스름하게 물들였으며, 그 희미한 빛 속에 남자의 형체가 떠올랐다. 그 형체가 손가락을 입에 갖다 댔다.

"쉿, 조용히. 접니다."

슈가가 몸에서 힘을 뺐다.

"진이로구나. …놀라게 하지 마라. 자객인가 했구나."

그렇게 말하고 슈가가 진을 지그시 바라봤다.

"아니면 혹시 내 목을 베러 왔느냐?"

진의 입술에 엷은 미소가 떠올랐다.

"그렇다면 주무시고 계실 때 저세상으로 보내드렸겠지요."

그렇게 말하고 나서 진이 미소를 거뒀다.

"자객의 가능성은 적을지 몰라도 독살의 가능성은 있을 겁니다. 주의하시기 바랍니다."

슈가가 쓴웃음을 지었다.

"그렇겠지. 가능하면 눈에 띄지 않도록 얌전히 있지만, 그래도 신경이 쓰이는 분도 있는 것 같아서 문제지."

챠그무 황태자가 돌아가셨다는 소식을 갖고 진 일행이 산갈에서 귀환한 후에, 곧바로 타르슈 제국의 제2왕자 라울이 보낸 사신이 찾아왔다.

타르슈 제국에 복종의 의지를 보여주고 신속히 속국이 되도록 하라. 거절하면 신요고 황국을 대대적으로 공격해 멸망시키겠다. 응답의 기한은 타르슈력(曆) 라크룬(한여름의 달) 초하루까지라고 했다.

타르슈력 라크룬 초하루는 신요고 황국의 달력으로는 토울(눈 녹는 달) 열이틀에 해당한다. 약 반년 정도의 유예 기간을 준 것은 그 시기에 나요로 반도의 근해에 파도가 심해 군선의 항해가 어렵다는 사정 때문만은 아닐 것이다. 타르슈 제국군이 산갈 반도에 발판을 구축해, 만에 하나 산갈이 배신하더라도 등을 찔리지 않도록 준비할 생각인 것이다.

타르슈 제국이 확실하게 침공 의사를 보인 것과 황태자의 죽음이라는 두 가지 중대한 사태는 황제와, 제2황자의 조부인 육군대장 라도우, 그리고 성도사 후보 가카이, 이 세 사람을 단단히 결속시켰다.

황제는 챠그무 황태자의 장례 의례를 마치자마자 제2황자 투그무의 태자 책봉식을 치렀다. 황태자의 조부가 된 라도우 대장은 궁정 안을 자랑스러운 듯이 턱을 치켜올리고 으스대며 다녔다.

지금 궁은 이 세 사람의 은밀한 논의만으로 움직인다고 해도 좋다. 형식적인 회의는 수없이 열리지만, 결정은 전부 황제와 라도우 대장, 가카이의 은밀한 논의에 의해 이루어진다.

신요고 황국은 닥쳐오는 위협을 느끼고 한 방향으로 폭주하기 시작한 말과도 같았다. 그 고삐를 쥐어 멈춰 세울 수 있는 사람은 성도사 히비 토난뿐이지만, 그는 올봄에 갑자기 쓰러져 지금은 일어나지도 못하고 별의 궁 안에서 계속 자고 있다.

챠그무 황태자가 서거하셨다는 소식은 궁 안의 챠그무 황태자를 지지하는 파벌을 붕괴시키고 말았다.

기세가 등등해진 가카이는 아직 정식으로 성도사 직위를 물려받지 않았는데도 마치 성도사가 된 것처럼 행동해, 같은 성도사 후보인 슈가를 어떻게든 배제시키려고 혈안이 되어 있다. 슈가는 그를 상대해줄 생각은 없었다.

"눈에 띄지 않도록 하시는 것은 현명한 판단이라고 생각합니다만, 하지만… 이대로 은둔하실 생각은 아니시겠지요?"

진의 말에 슈가가 미소를 지었다.

"그렇게 되지 않도록 열심히 생각을 하고 있다. 다행히 최근에는 생각할 시간만은 많으니까."

그렇게 말하고 나서 슈가가 고개를 갸웃했다.

"그런 이야기를 하기 위해 일부러 이런 곳까지 몰래 들어온 것은 아닐 텐데?"

진이 표정을 가다듬었다.

"물론입니다. 한 가지 좋은 소식을 전하러 왔습니다."

슈가의 얼굴이 밝아졌다.

"그대가 보낸 자가 그녀를 만난 것이로구나."

진의 얼굴에도 미소가 나타났다.

"창끝으로 목덜미를 겨눴다고 하더군요."

슈가가 소리 내지 않고 웃었다.

잠시 두 사람은 아무 말도 하지 않고 어스름 속에서 각자의 생각에 잠겨 있다가, 이윽고 슈가가 진에게 말했다.

"그대는 복잡한 심정이겠구나."

진은 챠그무 황태자의 암살에 성공한 것으로 되어 있다.

황제는 그 공적에 대한 보상으로, 체력이 조금 떨어진 '사냥꾼'의 우두머리 몬을 대신해서 진을 실질적인 우두머리로 임명했다.

진은 챠그무 황태자의 목숨을 구하려고 바르사를 로타로 보냈다. 하지만 만약 바르사가 챠그무 황태자를 찾아내는 데 성공해 황태자가 무사히 이 나라로 귀환이라도 하게 되면, 그때는 그가 황제에게 한 거짓말이 탄로 나게 되는 것이다.

진이 살짝 웃으며 눈썹을 치켜올렸다.

"그렇게 복잡하지도 않습니다. 잘 아실 겁니다. 타르슈 제국은, 근위병은 가족까지 몰살시키는 것으로 유명하지요. 결국 타르슈 제국이 본격적으로 공격해 오면 어차피 죽을 목숨이니까요."

슈가가 진을 찬찬히 바라봤다. 겉모습은 평범해 보이는 사내인데 내면에는 놀라울 정도로 호탕하고 담대한 정신을 갖고 있다.

"그대들이 그렇게 쉽게 죽지 않게 하는 것이 내 임무다."

뺨을 손으로 만지며 슈가가 나지막이 말했다.

"…타르슈 제국과 내통하고 있는 자는 찾았나?"

진이 고개를 저었다.

"유감스럽지만 아직입니다."

"가능한 한 빨리 찾아주기 바란다. 그 인물이 누구인지 알게 되면 손쓸 방법도 생각해낼 수 있다."

진이 고개를 끄덕였다.

"최선을 다하겠습니다."

진이 소리도 없이 사라진 후에도, 슈가는 혼자서 새벽 어스름을 바라보고 있었다.

챠그무 황태자는 자신이 알아낸 타르슈 제국의 내부 사정을 적어서 슈가에게 남겨줬다. 간결하지만 필요한 점을 놓치지 않은 그 문장을 읽었을 때 슈가는 마음속으로 놀랐다. 본래 현명한 분이었지만, 그 문장에서 풍기는 풍격은 도저히 열여섯의 젊은이의 것이 아니었기 때문이다.

나라의 명운이라는 거대하고 무거운 짐을 짊어지고서 혼자서 적진에서 보낸 세월이 챠그무 황태자를 이렇게 성장시켰다는 생각을 하니 복잡한 심정이 되었다.

무사히 돌아와주었으면 좋겠다. 강렬한 빛을 띤 그 눈을 보고, 생기발랄한 그 목소리를 듣고 싶었다.

'하지만 지금의 이 나라의 상황을 생각하면, 오히려 돌아오시기를 바랄 수도 없는 형편이지. 이 나라는 멸망을 향해 무서운 기세로 치닫고 있으니까….'

신요고 황국은 전쟁으로는 절대로 타르슈 제국을 당해낼 수가 없다.

타르슈 제국의 침공을 정면으로 받으면, 병사들은 헛되이 죽고 국토도 불타버리는 비참한 멸망을 맞게 될 것이다.

그런 운명을 피할 수 있는 길은 두 가지다.

하나는 타르슈 제국에 항복하는 것. 전쟁에 져서 항복할 바에는 전쟁이 시작되기 전에 항복해야 한다. 전쟁에 지기 전이라면 교섭 여하에 따라 조금은 좋은 조건으로 속국이 될 수 있을 것이다.

'또 하나는….'

챠그무 황태자가 택한 길, 즉 이웃 나라 로타 왕국과 칸발 왕국, 이 두 나라와 동맹을 맺어 세 나라가 함께 타르슈 제국에 대항하는 것이다.

그것이 실현되면 산갈 왕국은 힘 있는 쪽에 붙는 나라이므로, 남북 양 대륙 사이에서 힘의 균형을 잡도록 노력하기 시작할 게 틀림없다….

로타와 동맹을 맺어야 한다고 황제에게 호소하던 챠그무 황태자의 검은 눈동자와 목소리가 마음속에 되살아나, 슈가는 순간 눈을 감았다.

무모한 것은 알면서도 이 길밖에 없다고 확신한 길을 택한 챠그무 전하의 영민함과 용기, 그것이 받아들여지지 않는 이 세상의 비정함이 안타까웠다.

그가 황제가 되었다면 이 나라는 전혀 다른 길을 걷고 있었을 텐데.

로타와의 동맹도 가능했을 텐데.

슈가는 오른손으로 관자놀이를 눌렀다.

'폐하는 절대로 로타나 칸발로 지원군을 부탁하는 사신을 보낼 리가 없다.'

천신으로부터 이 나라를 통치하라는 사명을 받은 황제로서 자신의 나라를 지키기 위해 타국의 힘을 빌린다는 것은 있을 수 없는 일이라고 생각하시는 분이다.

특히 로타 왕국은 신요고 황국보다 훨씬 기동적인 기마군단을 갖고 있다. 그들의 힘을 빌리면 타르슈 제국의 침략을 막는다 해도, 그 후에 이 북쪽 대륙에 형성되는 나라들의 연합체 안에서 신요고 황국은 로타 왕국보다 낮은 위치에 있을 수밖에 없다.

그렇게 되면 신요고 황국은 더 이상 신의 가호를 받는 성스러운 나라라고 할 수 없게 된다. 신의 아들이 누군가의 아래에 위치한다는 것은 있을 수 없는 일이니까….

'폐하는 예리한 분이시다. 그렇게 될 것을 진작부터 예측하셨다.'

그런 상태에서 선택한 길이 쇄국이라는 것은, 황제는 천신의 가호를 믿고, 천운이 없는 경우에는 자신과 함께 이 나라가 완전히 멸망하는 길을 택할 생각인 것이다.

쿡쿡 쑤시는 관자놀이를 누르고 있는 손가락이 차갑게 느껴졌다.

이 나라를, 이 나라에 사는 사람들을 구하기 위해서는 나라를 멸망시키지 않는 방향으로 황제의 마음을 움직이는 수밖에 없다. 그것이 바로 가장 현명한 성독박사가 떠맡아온 '성도사'의 임무다.

그러나 성도사 히비 토난이라는 현자의 인도를 받을 수 없는 지금, 황제의 생각만이 압도적인 힘이 되어 이 나라를 완전히 뒤덮어 뭉개버리려 하고 있다.

챠그무 황태자가 살아서 이 자리에 계신다면 손쓸 방도도 있다. 챠그무 전하 자신은 절대로 허락하지 않겠지만 슈가는 망설임 없이 실행했을 것이다.

'하지만….'

비록 바르사가 떠났다고 해도, 챠그무 황태자를 찾아내서 무사히 데려온다는 것은 꿈같은 일이다. 챠그무 황태자 생환의 꿈을 꾸며 세월을 보낼 수는 없다.

'전하가 안 계시는 상태에서 이 나라를 뒤덮고 있는 황제라는 천개(天蓋)에 바람구멍을 뚫어야만 한다.'

성도사에 이르는 길은 끔찍하게 어둡고 악취가 나는 길이다…라고 했던 히비 토난의 말이 마음속에서 울려 퍼졌다.

성독박사가 되는 꿈을 꾸던 어린 시절에는 성독박사란 이 세상 누구보다도 맑고 순수한 사람들이라고 생각했다. 신이 하늘에 그리는 장대한 이치를 해독해, 천신의 아들인 황제를 섬기며 세상 사람들이 행복한 나날을 보낼 수 있도록 인도하는 존재라고.

'성스러운 존재는… 멀리서 우러러 받들어야 하는 것 같구나.'

다가가면 다가갈수록 그 투명한 광채는 옅어지고, 보고 싶지 않은 것이 보인다.

물속과도 같은, 소리 없는 푸른 어둠을 슈가는 지그시 응시하고 있었다.

4
장물아비

검은 바다가 넘실거리고 있다.

높은 돌탑 위에 밝혀져 있는 상야등(常夜燈) 불빛이 검은 이
랑을 은은히 비추는 것을 바르사는 항구 선착장의 말뚝에 기
대어 멍하니 바라보고 있었다.

바르사는 별로 바다를 좋아하지 않는다. 산간 지방에서 태
어난 탓일까? 바닥도 없고, 끝도 없는 바다를 보고 있으면 왠
지 불안해진다.

'용케도 이렇게 어두운 바닷속으로 뛰어들었구나.'

아버지에 의해 궁에서 쫓겨나, 타르슈의 밀정에게 납치되
어, 머나먼 남쪽 대륙으로 끌려갔다가 이런 암흑의 망망대해
로 뛰어들었다니….

'타르슈의 손아귀로부터 나라를 구하고자 하는 마음은 그 아이에게 정말로 절실한 것이었구나.'

그렇지 않고는 이 미끈거리는 광활한 밤바다로 몸을 던질 생각을 할 리가 없다.

타르슈에 대항하기 위해 동맹을 맺어달라고 로타 왕을 설득하는 일이 챠그무에게는 그 정도로 중요한 소망이었다고 생각하니 묘한 기분이 들었다.

5년이라는 세월이 챠그무를 어떤 식으로 성장시킨 걸까?

'황태자 같은 거 되고 싶지 않아. 계속 바르사와 탄다와 함께 있고 싶어'라고 하며 매달리던 챠그무의 따뜻한 손을 떠올리며, 바르사는 자기도 모르게 눈을 감았다.

진의 편지를 받고 나서 이제 거의 보름이 지나려 하고 있다.

사이소 가족과 헤어진 여인숙에서부터 로타 산맥을 또다시 로타 쪽으로 빠져나가서 남하해, 도중에 있는 마을에서 말을 사서 항구마을 쓰라무로 향한 것은 도박과도 같은 일이었다. 챠그무를 찾을 단서는 아주 조금밖에 없었기 때문이다.

챠그무를 찾을 단서를 생각했을 때, 맨 먼저 머리에 떠오른 것이 챠그무가 갖고 있었다고 하는 산갈 왕의 선물이었다.

챠그무의 출발 준비를 도왔다고 하는 시종 말로는, 챠그무가 여비로 갖고 있었던 것은 은화와 금화, 그리고 산갈 왕이 보내준 보석이었다고 한다.

챠그무가 운 좋게 산갈인에게 지닌 것을 몽땅 털리지 않고 로타로 건너갔다면, 뱃삯은 대충 은화 세 닢 정도로 충분하다.

하지만 배에서 바다로 뛰어든 챠그무가 향했다고 하는 소그루섬은 산갈 반도에 가깝다. 당연히 산갈 왕국이 신요고 황국과 전쟁을 시작한다는 소문은 섬사람들 귀에 들어갔을 테고, 챠그무가 도착한 시기에는 이미 신요고 황국 상인들이 산갈로는 장사하러 가지 않았을 것이다. 챠그무는 눈에 확 띄었을 것이다.

신요고 황국 수병 옷을 입은, 귀족 분위기가 나는 챠그무가 뱃삯으로 은화를 내면, 산갈인 선장 눈에는 뭔가 사정이 있는 먹잇감으로 비쳤을 게 틀림없다. 설령 언뜻 보기에 제대로 된 교역선으로 보여도, 산갈의 교역선은 상황에 따라서 해적선으로 둔갑한다. 은화 같은 걸 보이면, 자신은 돈 많은 먹잇감이라고 자진해서 털어놓는 꼴이 된다.

한 가지 다행스러운 것은 산갈인은 아무렇지도 않게 남의 것을 빼앗기도 하고 사람을 납치하기도 하지만, 죽이는 경우는 좀처럼 없다는 점이다. 산갈인들은 죽여버리면 상품이 안 된다고 생각하는 것이다.

챠그무가 산갈 해적의 손아귀에 들어갔다면, 챠그무 자신과 그가 갖고 있던 보석은 상품으로서 유통되었을 것이다. 화폐의 흐름을 따라갈 수는 없지만, 인간이나 보석이라면 따라갈 방법이 있다.

산갈 왕국 안이나 남쪽으로 팔려 갔을 가능성도 있으니까, 로타에서 경로 파악이 안 될 경우에는 산갈의 소그루섬으로 건너갈 생각이었다.

로타로 먼저 온 것은 산갈 왕가와 연관이 있는 보석인 것을 해적이 알아차린 경우, 산갈에서 파는 것은 위험하다고 생각해서 로타로 갖고 갔을 것 같아서다.

'사냥꾼' 진도 같은 생각을 한 것이리라. 시종 륀에게 확인하고서 어떤 보석을 챠그무가 갖고 갔는지 상세히 편지에 써 줬다.

챠그무가 갖고 간 보석 중에서 가장 눈에 띄는 보석은 물고기 형태의 금세공을 한 대좌(臺座)에 타르파(홍염석)가 박힌 머리띠 장식이라고 한다. 한눈에 산갈의 장인이 만든 것을 알 수 있는 산갈 양식의 금세공이었다고 하며, 타르파는 고귀한 보석으로 알려져 있어 귀족이나 왕족이 소유하는 것이어서, 설령 살 수 있는 돈이 있다 해도 우선 상인은 안 산다.

왕이 황태자에게 선물로 보내기에 적합한 보석이다.

산갈 해적이라면 그 머리띠 장식을 본 순간, 쉽게 팔 수 있는 물건이 아닌 것을 알아차릴 것이다. 그야말로 뭔가 사정이 있어 보이는 귀족풍의 요고인 소년과, 산갈 귀족이나 왕족과 관련이 있을 것 같은 보석이라면, 산갈 왕국 안에서 팔지 않고 로타로 갖고 가는 편이 무난하다고 생각해도 이상할 것이 없다.

그러면 로타 왕국의 어느 항구로 '상품'을 갖고 갈 것인가?

산갈에서 먼 곳이 좋겠지만, 자그마한 항구에서는 물건이 물건인 만큼 눈에 띄게 마련이고 사줄 상인이 없을 것이다. 그런 보석을 사줄 상인은 귀족이나 왕족과 연줄을 갖고 있어야만 하기 때문이다.

그런 점에서 이 쓰라무항이라면 틀림없이 그런 보석 상인도 있을 것이다.

왕도를 흐르는 큰 강인 훠라강 하구에 발달한 이 항구마을은 왕도로부터 대량의 상품이 강으로 운송되어 모이고, 바다로는 산갈 왕국이나 스갈해의 카랄 속국을 경유해 남쪽 대륙의 상품이 들어오는, 로타 왕국 최대의 항구마을로서 무척 번창했다.

온갖 물품이 여기에 모였다가 왕국 각지로 흩어져 가는 것이다.

요 며칠 바르사는 이 항구마을의 인신매매상들이나 보석
상의 움직임을 주시해왔다.

납치당해 온 사람들이나, 장물인 보석을 사들여서 되파는
장사를 하는 상인들과, 최근의 상품에 대한 소문을 꾸준히
알아보며 돌아다닌 것이다.

여기에는 15년쯤 전에 한 번 왔을 뿐이어서 유감스럽게도
잘 아는 정보 장사꾼이 없다. 하지만 떳떳하지 못한 일을 하
는 사람들의 정보를 모을 수 있는 곳은 어느 마을이나 큰 차
이는 없다.

장물을 팔 상대를 찾는 척하면서 수상해 보이는 녀석들에
게 술을 사주는 사이에, 산더미만큼의 시시콜콜한 소문과 아
주 약간의, 하지만 매우 귀중한 소문을 들을 수가 있었다. 타
르파 머리띠 장식 이야기는 놀라울 정도로 쉽게 귀에 들어왔
다. 그것을 팔아 한밑천 잡은 해적의 동생이 입이 가벼운 사
내여서 술집에서 떠들고 다닌 듯하다.

처음으로 그 이야기를 들었을 때, 바르사는 순간 자신의 귀
를 믿을 수가 없었다. 그런 다음 뜨거운 것이 서서히 치밀어
올라왔다. 역시 챠그무는 해적의 손아귀에 들어간 것이다. 확

실한 챠그무의 흔적을 발견하고서 바르사는 전율할 정도로 기뻤다.

그러나 그다음 실은 그렇게 간단히 풀리지 않았다. 그 보석을 팔아서 돈을 번 해적이 누구인지를 물으면 하나같이 조개처럼 입을 꽉 다물었기 때문이다.

떳떳하지 못한 일을 하는 패거리의 의리 같은 것으로, 재미있는 돈벌이 이야기나 위험한 이야기를 술안주 삼아 하는 것은 괜찮지만, 누군가가 쇠고랑을 찰 말한 정보를 다른 사람에게 넘겨주는 것은 야비한 배반이라고 생각해서 꺼린다.

타르파 머리띠 장식을 이 마을로 갖고 와서 판 해적이 누구인지, 그것을 알아내려면 대상을 좁혀서 깊이 파고들어야만 한다. 하지만 이 마을의 뒷골목 세계에 인맥도 없고, 아무런 권위도 없는 바르사에게는 정보를 끌어낼 결정적인 패가 없었다.

약간의 정보라도 손에 넣기 위해서는 허세를 부려 상대의 마음을 흔드는 수밖에 없지만, 뒤가 켕기는 일을 하는 녀석들은 경계심이 강하다. 섣불리 흔들었다가는 적의를 드러낼 것이다.

그래도 해보는 수밖에 없었다.

맑은 소리를 내며 종이 울리기 시작했다.

쓰라무항의 종루에는 물시계를 사용해 종을 치는 정교한 기구가 있다고 한다. 사람 손으로 치는 종소리와는 다른, 박자도 울림도 일정한 새된 소리가 땡, 땡, 땡… 하고 시간을 알렸다.

그 소리에 등을 떠밀리듯이 바르사는 걷기 시작했다.

가려고 하는 보석상의 위치는 낮에 확인해두었다. 보석 장식품을 파는 가게가 죽 늘어선 대로에 규모가 큰 보석상 두 채가 마주 보듯이 있으며, 그중 한 채인 타탄(태양석)을 본뜬 간판을 단 가게가 최근에 극상품의 타르파를 손에 넣었다는 소문이 있는 상인의 가게였다.

바르사는 그 가게로는 들어가지 않고, 그 가게 맞은편에 있는 라파루(월로석)라는 파란 간판이 달린 보석상의, 가게 옆 골목으로 들어갔다.

골목 쪽의 가게 벽은 대로에 면한 개방적인 밝은 상점 같은 인상과는 딴판으로, 단단하고 견고한 돌로 되어 있었으며, 창에는 전부 쇠창살이 박혀 있었다.

골목으로 들어선 순간, 개가 요란하게 짖기 시작했다. 어두워서 모습은 안 보이지만 골목 안쪽에 묶여 있는 것이리라.

골목 쪽 벽에 문이 있었다. 바르사의 가슴팍까지 오는 작은 문이었다. 바르사는 술집에서 들은 장물 팔 때의 관례에 따라서 문을 두 번 세게 두드리고, 그런 다음 간격을 두었다가 세 번 두드렸다. 두꺼운 문일 것이다. 안쪽까지 들릴지 불안해질 정도로 둔탁한 소리밖에 안 났다.

한참을 기다리니, 문 안쪽에 누군가 멈춰 선 듯한 기척이 나더니 목소리가 들렸다.

"무슨 일이냐?"

"…쥐가 고양이에게 인사 올립니다."

바르사가 대답하자 문이 안쪽으로 열리며 불빛이 골목으로 새어 나왔다.

"들어와라. 단 무기를 갖고 들어왔을 때는 그 자리에서 죽인다."

그렇게 말할 거라고 생각했기에 단창은 여인숙에 맡기고 왔다. 바르사는 조금도 겁먹지 않고 그 작은 문을 통과했다.

들어간 곳은 사람 한 명이 간신히 지나갈 수 있을 정도의 좁은 통로였다. 강도를 막기 위한 것이리라. 그렇게 좁아서는 달릴 수도 없다.

문을 연 남자는 오른쪽 벽의 움푹한 곳에 서 있다가, 바르사가 들어가자 뒤에서 문을 닫아 자물쇠를 채웠다.

불은 남자가 들고 있는 촛불뿐이었다. 남자는 무표정하게 왼손으로 촛대를 들어 바르사를 비추면서, 오른손으로 재빨리 바르사의 몸을 더듬어 무기를 갖고 있지 않은지 확인했다.

"좋다. 걸어가라."

바르사는 시키는 대로 걷기 시작했다. 남자가 뒤에서 따라왔다.

막다른 곳에 커다란 문이 있었고, 그 문 앞에는 반원형의 공간이 있었다. 바르사가 다가갔을 때, 문이 열려 빛이 새어나오며 안쪽에서 누군가가 나왔다.

키가 큰 젊은 남자였다.

출입구를 나온 후에 바르사를 발견했을 텐데도, 남자는 순간적으로 몸을 쓰윽 피해 바르사와 닿지 않고 스쳐 지나갔다.

'요고인…?'

뒤돌아본 바르사와 남자의 눈이 마주쳤다. 예리해 보이는 얼굴의 남자였다. 순간 남자의 눈에 흥미로워하는 빛이 떠올랐지만, 곧바로 남자는 바르사한테 등을 돌려 좁은 통로로 사라졌다.

"우두커니 서 있지 말고 얼른 들어와!"

방 안쪽에서 거만한 목소리가 들려왔다.

어두운 통로에서 방 안으로 들어서자, 순간 눈이 캄캄해졌다. 통로하고는 정반대로 호화롭게 꾸며진 커다란 방으로, 천

장도 높고 길이도 긴 방이었다. 딱 봐도 호위무사로 보이는
차림의 남자 넷이 벽에 붙어서 조용히 서 있었다.

손질이 잘된 마룻바닥에 고가의 모직 융단이 깔려 있었으
며, 커다란 흑단 책상이 놓여 있었다. 그 책상 너머에 왜소한
남자가 앉아 있었다. 50대 중반 정도 되는 남자였다.

"뭐야, 암컷 쥐 아냐? 칸발인 쥐라니 신기하군."

바르사가 다가가려고 하자 뒤에 서 있던 남자가 움직였다.

바르사의 등에 칼끝을 딱 붙이고서 남자가 낮은 목소리로
말했다.

"그 이상 다가가지 마."

바르사가 어깨를 으쓱했다.

"요란을 떠는군. 이렇게까지 하지 않고는 얘기도 못 한단
말이냐?"

왜소한 남자가 눈을 가늘게 떴다.

"말버릇이 안 좋은 계집이로구나. 도둑 주제에 조심해서
말하는 게 좋을 거다. 뭘 훔쳐 왔는지 모르겠지만, 내 심기를
건드렸다가는 굳이 돈을 내서 사주지 않고, 너를 죽여서 그
물건을 손에 넣을 수도 있다."

바르사가 미소를 지었다.

"착각한 것 같은데, 나는 팔러 온 것이 아니다. 사러 온 것

이다."

왜소한 남자의 얼굴에 의아해하는 표정이 떠올랐다.

"뭐라고? 뭘 사러 왔다고?"

바르사가 온화한 어조로 대답했다.

"정보다. 내가 원하는 정보를 네가 갖고 있다면 좋은 가격으로 사지."

왜소한 남자가 호위무사 하나를 쳐다봤다.

"어이. 밖을 보고 와라."

고개를 끄덕이고 남자가 방 밖으로 나가는 소리를 들으면서, 바르사가 눈썹을 치켜올려 보였다.

"…용건을 말해도 될까?"

왜소한 남자가 성가시다는 듯이 얼굴을 찌푸렸다.

"말해라."

"맞은편에 있는 타탄 보석상이 하고 있는 장사에 대해 알고 싶은 것이 있다.

가게 주인 오르시가 배짱이 있어서 특별한 사연이 있는 물건도 사준다고 하던데…."

왜소한 남자가 웃음을 터뜨렸다.

"그렇군. 내가 오르시를 싫어한다는 말을 어디선가 듣고 나를 찾아온 것이로군. 나를 꼬드겨서 녀석에 대한 정보를 불게 하겠다고?"

갑자기 웃음을 멈추더니, 남자가 번뜩이는 눈으로 바르사를 노려봤다.

"나를 우습게 봤군. 어디서 굴러먹던 개뼈다귀인지도 모르는 자에게 남의 속사정을 떠벌리는 야비한 짓을 내가 할 거라고 생각하느냐!"

바르사가 코웃음을 쳤다.

"훌륭하군. 너는 욕심이 없나 보구나. 오르시가 어떤 물건을 샀는지 알고 싶지 않다면, 그럼 됐다. …실례가 많았다."

바르사는 왜소한 남자에게 등을 돌리고 문 쪽으로 걷기 시작했다.

왜소한 남자가 호위무사에게 턱으로 지시를 했다. 바르사 뒤에 있던 호위무사와, 문 옆에 있던 호위무사가 바르사의 팔을 양쪽에서 꽉 잡고서 바르사를 남자 쪽으로 돌아서게 했다.

"누가 돌아가도 된다고 했느냐?"

남자가 살짝 미소를 짓고 있었다.

"오르시 녀석이 뭘 사들였다고?"

바르사가 남자를 응시했다.

"내가 알고 싶은 것을 팔 생각이 있느냐?"

남자는 한참을 자그마한 단도 자루로 책상 위를 톡톡 두드렸다.

"뭘 알고 싶은 거지? 그걸 듣고 나서 결정하지. 그렇지 않고는 내가 답을 알고 있을지 알 수가 없으니까."

"네가 알고 있는 것은 분명하다. 네가 두려워서 안 샀기 때문에 오르시한테 갖고 갔다는 소문이 났으니까."

남자의 눈에 분노의 빛이 번뜩였다.

"입조심하라고 했을 텐데. 그런 소문을 흘리고 다니는 것은 어디의 어떤 놈이냐?"

바르사가 호위무사들한테 팔을 붙잡힌 채로 대답했다.

"알고 싶은 것이 바로 그거다."

"뭐라고?"

"내가 알고 싶은 것은 오르시가 샀다고 하는 타르파 머리띠 장식을 갖고 온 산갈인의 이름이다."

순간 방 안의 공기가 팽팽해지며 무거운 침묵이 퍼졌다.

잠시 후에 남자가 중얼거렸다.

"…아니, 뭐라고?"

이제까지 깔보던 눈빛이 사라지며 경계하는 빛이 남자의 눈에 떠올랐다.

"왜 요고인과 칸발인이 그 보석에 대해 캐묻고 다니지?"

가슴이 덜컥해 바르사가 남자를 쳐다봤다.

"요고인이라고? 방금 그 남자도 타르파에 대해 너한테 물어보러 온 것이냐?"

남자가 양손으로 책상을 두드렸다.

"묻고 있는 것은 나다! 건방진 계집 같으니라고. 뜨거운 맛 좀 보게 해줄까! 그렇게 하면 내가 묻는 말에 순순히 대답할 테니까."

양쪽에서 팔을 붙잡고 있는 남자들의 손에 힘이 들어갔다. 남자들이 바르사를 힘으로 눌러 무릎 꿇게 하려고 한 순간, 바르사가 발돋움하듯이 해서 남자들의 힘에 맞서며, 다음 순간 스스로 쓱 몸을 낮췄다.

순간 남자들의 몸이 떠올랐다가 공중제비를 돌아서 둔탁한 소리를 내며 바닥으로 떨어졌다. 낙법 자세를 취할 틈을 주지 않는, 날카롭고 낮은 메치기였다.

남자들이 바닥에 내동댕이쳐졌을 때는, 바르사는 바닥을 차고 뛰어올라 고작 세 발짝 만에 책상까지 다가가더니, 네 번째 발짝에 이미 책상 위로 뛰어올랐다. 왜소한 남자의 머리 위를 한 차례 회전해서 뛰어넘더니, 뒤쪽에서 남자의 목과 머리를 끌어안는 것처럼 해서 꽉 누르고서 책상을 걷어찼다.

요란한 소리를 내며 책상이 바닥으로 넘어져, 왜소한 남자가 만지작거리던 단도가 둔탁한 소리를 내며 융단 위에서 튀었다.

검을 빼 든 벽 쪽의 호위무사에게 바르사가 소리쳤다.

"움직이지 마라."

주인의 턱 밑을 꽉 조르고 있는 바르사의 팔 형태를 보고서 호위무사는 움직일 수가 없었다. 그대로 바르사가 머리를 안고 있는 손을 비틀면 한순간에 주인의 목이 꺾인다.

"느긋하게 흥정을 하고 있을 때가 아닌 것 같구나. 거칠게 다뤄 미안하지만 빨리 말하는 게 좋을 거다."

바르사가 왜소한 남자의 귓전에서 속삭였다.

"타르파에 대해 물은 자는 아까 나와 마주쳤던 요고인이지?"

남자가 살짝 고개를 끄덕였다.

"정체가 뭐냐?"

"…모른다."

팔에 힘을 주자 남자는 황급히 바르사의 손을 손톱으로 눌렀다.

"정말로 모른다. 산갈 귀족한테 고용되었다고 했다."

"그 녀석은 타르파에 대해 뭘 알고 싶어 했지?"

"…너와 마찬가지다. 누가 타르파를 오르시한테 갖고 갔는지를 알고 싶어 했다."

싸늘한 것이 바르사의 가슴에 퍼졌다. 자신 이외에도 챠그무의 행방을 쫓고 있는 자가 있다.

"가르쳐주었나?"

남자가 고개를 끄덕였다.

"나한테 한 것과는 너무 다른데."

남자가 목으로 웃는 것 같은 소리를 냈다.

"…녀석은 산갈 왕의 하르사(특별 사면장)를 갖고 있었다. 산갈에서 붙잡혔을 때 한 번은 그걸로 죄를 사면받을 수 있다. 나한테는 어떤 보석보다 가치가 있는 증이다. 너도 뭔가 괜찮은 걸 갖고 있냐?"

바르사가 웃었다.

"제대로 돈을 지불하고 사려고 했는데 관뒀다. 지금은 좀 더 괜찮은 것을 갖고 있으니까."

팔에 꽉 힘을 주자 남자가 고통스러운 듯이 팔다리를 팔딱 팔딱 움직였다.

"다른 녀석들한테 떠들어대면 귀찮아지는데…."

바르사가 중얼거리자 남자의 발버둥이 격렬해졌다.

"기다려! 알고 싶어 하는 것을 가르쳐주지."

"고맙군. 하지만 그것만으로는 안 된다. 아까 그 남자에 대해 알고 있는 것을 깡그리 말해야 한다. 그리고…."

바르사는 한층 더 목소리를 낮추고 으름장을 놨다.

"나한테는 수많은 눈과 귀가 있다. 이후로 다른 녀석한테 이 얘기를 했다가는 너는 죽은 목숨이다."

고개를 끄덕이는 것을 팔로 느꼈다.

"얘기해봐라."

남자는 시간을 벌려는 듯이 천천히 이야기를 시작했지만, 바르사가 남자의 머리를 안고 있는 왼손에 힘을 주자 신음 소리를 내며 제대로 이야기하기 시작했다.

바르사는 잠자코 들으면서 눈으로는 호위무사들의 움직임을 보고 있었다. 바닥에 내동댕이쳐진 녀석들도 어깨나 머리를 누르며 일어나기 시작하고 있었다. 한 명은 왼쪽 쇄골 부근이 골절된 듯, 비지땀을 흘리고 있었다.

남자가 입을 다물자 바르사가 남자의 귓전에서 속삭였다.

"네 이야기가 사실인지 아닌지는 언젠가 알게 되겠지.

적당히 지어내서 얘기했다면 후회하게 될 거다. 너는 자신이 어떤 진흙탕에 빠졌는지를 모른다. 잔꾀를 부리지 않는 게 좋을 거다. 그 보석을 팔러 온 산갈인이 목숨 걸고 감쌀 필요가 있는 상대라면 얘기가 달라지겠지만."

남자는 잠자코 있었다.

"어떻게 하겠느냐? 이게 마지막 기회다. 정정하겠느냐?"

"…저기, 내가 빠졌다는 진흙탕이란 게 무엇이냐?"

"묻는 말에나 대답해라."

"대답한 순간 목이 꺾이거나 하지는 않겠지?"

바르사가 낮게 웃었다.

"상황을 생각해봐라. 나는 혼자 여기 왔다. 돈으로 살 수 있는 정보를 사러 말이야. 순순히 정보를 팔았다면 나는 조용히 돌아갔을 거다. 욕심을 부려 쓸데없는 짓을 한 쪽은 너다.

내가 단순한 좀도둑이 아닌 것은 알았겠지? 이상한 짓만 하지 않으면 나도 굳이 네 목을 꺾어서 일을 키울 생각은 없다."

잠시 침묵이 흐른 뒤, 남자의 몸에서 힘이 빠졌다. 그리고 아까하고는 전혀 다른 남자의 이름이 그의 입에서 나왔다.

"유잔이라는 녀석이다. '빨간 눈의 유잔'이라는 별명으로 불린다."

바르사가 속삭였다.

"그 녀석에 대해 알고 있는 것을 전부 가르쳐주겠나?"

체념한 듯이 남자는 그 해적의 단골 술집이랑 선착장에 대해 얘기하기 시작했다.

"…오르시의 가게로 가기 전에, 네 말대로 녀석은 나한테 팔러 왔다. 하지만 나는 안 샀다. 한눈에 봐도 수상한 느낌이 들어서지. 이 장사는 감이 중요하다. 아무 탈 없이 30년 이상

장물 장사를 하려면 말이다….”

“훌륭한 감이로구나. 소중히 여겨라.”

바르사가 남자를 의자에서 빼내듯이 해서 일으켜 세웠다. 그런 다음 호위무사들에게 말을 걸었다.

“무기를 두고 그 문으로 해서 통로로 나가라. 나는 뒤에서 따라가겠다. 무사히 밖으로 나가면 주인님을 돌려주지. 물론 수상한 짓을 하면 이 녀석의 목뼈 부러지는 소리를 듣게 될 거다.”

왜소한 남자가 고개를 끄덕이는 것을 보고, 호위무사들은 잠자코 시키는 대로 무기를 두고 통로로 나갔다. 그들이 어깨나 팔을 벽에 비비며 걸어가는 뒤를, 바르사는 왜소한 남자의 머리를 안은 채 천천히 따라갔다.

밖으로 나가자 바람이 훅 하고 얼굴을 스쳤다.

호위무사들은 무뚝뚝한 얼굴로 우두커니 서서 바르사가 주인을 데리고 통로로 나오는 것을 지켜보고 있었다. 바르사는 호위무사들의 얼굴을 보면서 뒷걸음질 치듯이 해서 큰길로 향했다.

한 호위무사의 눈이 살짝 움직인 것을 본 순간, 바르사는 후두부가 섬뜩해지는 것을 느꼈다. 앞으로 한 발짝 뛰어나가 뒤도 돌아보지 않고 왜소한 남자의 몸을 휘둘러서 내던졌다.

뒤에서 덮친 남자의 배에 왜소한 남자의 몸이 맞았다. 뒤엉키며 넘어진 남자의 어깨를 밟고서, 바르사는 남자들을 뛰어넘어서 그대로 큰길로 뛰어나갔다.

밝은 가로등 불빛 아래로 나왔을 때, 식은땀이 쏟아져 나왔다.

그러고 보니 밖을 보고 오라는 명령을 받고 먼저 밖으로 나간 호위무사가 있었다. 그 녀석이 나중에 나온 호위무사들의 신호에 따라 으슥한 곳에 숨어 있었던 것이리라. 호위무사의 눈의 움직임을 못 봤다면 검에 맞아서 머리가 박살 날 뻔했다.

지면을 밟을 때마다 오른쪽 발목에 통증이 일었다. 책상을 걷어찰 때 다친 듯하다. 바르사는 속으로 혀를 찼다. 요즘 몸이 생각대로 안 움직이는 경우가 있다. 재작년보다 작년, 작년보다 올해, 해가 갈수록 확실히 몸이 나이를 먹고 있다.

짐승은 못 달리게 되면 잡아먹히는 수밖에 없다. 그렇게 말하며 쓴웃음을 짓던 양아버지 지그로의 얼굴이 문득 뇌리에 떠올랐다가 사라졌다.

'말도 안 돼. 아직 그럴 나이는 아니야….'

바르사는 이를 악물고 발의 통증을 참으며 큰길의 사람들 속을 헤치며 갔다.

큰길은 밤의 활기가 이제 막 시작되어, 술집이나 음식점으로 향하는 사람들로 북적였다. 그런 사람의 물결에 섞여 두 번째 골목으로 들어서서 건물 뒤에 서더니, 바르사는 뒤쫓아 오는 자가 없는지 확인했다.

그 보석상의 호위무사들이 쫓아올 것 같지는 않았지만 몸의 긴장은 풀 수가 없었다.

묵직한 공포가 가슴을 짓눌렀다.

'챠그무를 뒤쫓는 자가 있다….'

그것은 무서운 일이 일어날 가능성을 의미했다.

어떻게든 그 요고인보다 먼저 '빨간 눈의 유잔'이라는 해적을 만나야만 한다. 그리고 그 입에서 챠그무에 대한 정보가 새어 나가는 것을 막아야만 했다.

5
'빨간 눈의 유잔'

상야등의 어슴푸레한 빛이 속도가 빨라 보이는 소형 범선을 비추고 있었다.

다부진 체형의 산갈인이 그 범선의 갑판에 우두커니 서서 사랑스러운 듯이 돛대를 어루만지고 있었다.

배에 다른 사람의 기척은 없었다. 배가 천천히 파도에 출렁일 때마다 남자의 어깨가 상야등 불빛을 받아, 빨간 신어(神魚)의 눈 형태를 한 문신이 드러났다.

'…드디어 출항하는구나.'

남자, '빨간 눈의 유잔'은 마음속으로 중얼거렸다.

이렇게 오래 이 로타의 항구에 있을 생각은 없었는데, 배 수리에 의외로 시간이 걸렸다. 오랜 세월 함께 거친 파도를 넘어온 이 배가 그 정도까지 파손되었으리라고는 생각지도 않았다.

큰돈이 들어왔기에 파손된 부분의 수리를 단골 수리공한 테 부탁했는데, 수리공 할아버지는 유잔이 미처 발견 못 한 배 밑바닥의 파손이나, 돛대 밑바닥의 썩은 곳을 찾아냈다. 그리고 그 상태로는 태풍이 살짝만 불어도 배가 부서져서 가라앉는다고 했다.

수리할 돈은 있었지만 유잔은 마음이 급했다. 팔아치운 보석이 아무래도 뭔가 사연이 있어 보여, 이 항구에 있으면 위험하다는 생각이 들었기 때문이다.

하지만 배의 파손은 확실히 심각했다. 다음 항구에 도착하기 전에 태풍이라도 만나면 침몰할 수도 있다.

유잔은 어쩔 수 없이 수리를 맡겼지만, 항구에 오래 머물 수 있게 되자 부하 선원들은 무척 기뻐하며 대낮부터 술집에 틀어박혀서 도박을 비롯한 나쁜 유흥에 빠져들었다.

그들은 실력이 좋은 선원들로, 유잔에게는 같은 섬에서 태어나 자란 야르타시 슈리(바다의 형제)였지만 모두 태평하고 입이 가볍다. 특히 막내 라고는 입부터 먼저 이 세상에 나온 것 같은 녀석으로, 자신의 이야기로 사람들을 즐겁게 하는 것을 무척 좋아한다고 들었다.

유잔은 그들이 술집에서 그 보석으로 돈 번 이야기를 못하게 했지만, 아무래도 동생은 형의 눈이 미치지 않는 곳에서 떠들어대고 있는 듯했다.

유잔은 한숨을 쉬었다.

'뭐, 내일 아침이면 이 항구하고도 이별이다.'

밧줄이 제대로 묶여 있는지 확인하고 유잔은 배에서 육지로 올라갔다. 이미 밤이 깊었다. 내일 출발하려면 슬슬 술을 그만 마시게 하고 동료들을 데리고 와야 한다.

단골 술집의 문을 열자 카자루(담배) 연기가 얼굴을 감쌌다.

천장에 매달린 등불접시 여섯 개가 이리저리 흔들려서, 그 주위에 그림자가 춤을 춰 남자들의 취기를 부추기고 있었다.

유잔은 술집을 휙 둘러보고 자신의 배의 선원들을 발견하자, 일어나서 배로 돌아가라며 한 명씩 어깨를 두드리고 다녔다.

동생 라고는 술집 구석에 있었다. 체구가 작은 상인풍의 요고인 남자와 오랏쿠(그림패를 사용하는 도박)를 하고 있었다. 밝은 갈색 눈동자가 반짝반짝 빛나는 것을 보니 꽤나 돈을 딴 것 같았다. 물 마시듯이 술을 꿀꺽꿀꺽 들이켜며 그림패를 탁자에 던지고 있었다.

"어이. …이제 슬슬 일어서라. 내일은 새벽에 출항할 거다."

말을 걸자 라고가 잠깐 얼굴을 들며 웃었다.

"잠깐만 기다려. 지금 한창 잘나가고 있거든. 곧 끝나."

동생 말대로 좋은 수였다. 유잔이 지켜보는 동안 라고는 요고인 상인한테서 은화를 두 닢이나 우려냈다.

초췌한 안색의 중년 요고인은 한숨을 쉬며 뭉친 어깨를 풀려는 듯이 돌렸다.

"졌다. 오늘 밤 당신에게는 토토라(행운을 가져다주는 별)가 따르는 것 같군."

라고가 웃었다.

"오늘 밤만이 아니야. 나한테는 태어날 때부터 항상 토토라가 따랐어. 그럼 약속대로 이것도 가져가지."

라고가 술 단지를 들어 보였다. 요고인이 턱으로 가져가라는 동작을 했다.

"형님, 이거 봐. 아라쿠야. 돈이 있어도 좀처럼 손에 넣을 수 없을 거야, 이렇게 좋은 술은. 자기 전에 마시자."

유잔이 미소를 지었다. 아라쿠는 좋아하는 술이었다. 동생 말대로 좀처럼 손에 넣을 수 없는 술이다. 내일의 출발을 축하하며 자기 전에 한잔 마시는 것도 나쁘지 않다.

배로 돌아오자 동료들은 모두 술 냄새를 풍기며 자신의 잠자리로 들어가 있었다.

"자, 출항을 위한 축배다. 한 잔씩 마시고 자라."

라고가 아라쿠 단지의 뚜껑을 열더니 그릇에 따라서 인심 좋게 동료들에게 돌렸다. 잠자리에서 상반신을 일으킨 자세로, 남자들은 맛있는 술을 들이켜 기분이 최고인 상태에서 잠이 들었다.

유잔은 혼자서 선실로 들어가자 의자에 깊숙이 앉아서 아라쿠를 천천히 입에 머금었다. 찌릿한 자극이 혀를 찌르고, 향긋한 냄새와 함께 달콤함이 혀로 퍼졌다.

책상 위에 올려놓은 초가 지지직하고 소리를 내며 흔들렸다. '심지가 너무 길어졌구나. 잘라야지' 하고 생각한 것을 끝으로 유잔은 푹 잠이 들었다.

얼마나 시간이 흘렀을까?

꿈인지 생시인지 유잔은 선실 의자에 앉은 채로 발밑에 검은 물이 차오르는 것을 보고 있었다.

큰일이다, 침수되고 있다. 동료들을 깨워서 어디에서 침수가 일어나고 있는지 확인해야 한다고 생각하는데도 몸이 움직이지 않았다.

어느 틈엔가 책상 너머에 남자가 앉아 있었다. 라고에게 아라쿠 술을 빼앗긴 그 요고인 상인이 어쩐 일인지 선실에 있었다.

'이게 어찌 된 일이지? 내가 꿈을 꾸고 있는 건가?'

그렇게 생각했을 때 요고인이 미소를 지었다.

"그렇다. 너는 꿈을 꾸고 있다. 나는 내 징표를 어깨에 새겨 넣은 너를 구하기 위해서 야르타시(바다) 밑에서 왔다. 이 배가 가라앉지 않게 해주길 원하느냐?"

유잔이 덜덜 떨며 고개를 끄덕였다.

요고인이 얼굴에 옅은 미소를 지은 채로 말했다.

"너는 지난번 항해에서 카르쿠 호(재앙의 씨앗)를 줍고 말았다. 알아차리지 못했느냐?"

유잔은 오싹했다.

"역시 그 애송이가 카르쿠 호였구나…!"

요고인이 고개를 끄덕였다.

"그렇다. 카르쿠 호를 떨쳐내고 싶으면, 그 녀석에 대해 기억하고 있는 것을 전부 나한테 넘겨버려라. 내가 삼켜서 너희들 대신에 깊은 야르타시 밑으로 그것을 가라앉혀주지."

유잔이 기뻐하며 고개를 끄덕였다.

"고마운 일입니다. 모든 걸 이야기하지요. 그 애송이는…."

그 순간, 머리가 튕겨 나가는 것 같은 충격이 와서 유잔은 신음을 했다.

딱딱한 것으로 얻어맞은 것 같은 처음의 통증은 바로 사라졌지만, 지끈거리는 통증이 머리 한가운데에 남아 있었다.

배의 흔들림이나 삐걱거림이 몸에 전해져, 그때까지 그런 것을 전혀 못 느낀 것을 유잔은 깨달았다. 발밑에는 물이 없었으며 발도 젖지 않았다.

얼굴을 들고는 유잔이 눈을 크게 떴다.

책상에 그 요고인 남자가 고꾸라져 있었다. 정신을 잃은 건지 죽은 건지, 꼼짝도 하지 않았다.

그 뒤에 처음 보는 여자가 서 있었다. 칸발인 중년 여자였다.

"잠이 깼나?"

산갈어로 물어 왔기에 유잔은 눈살을 찌푸렸다.

"…이게 어떻게 된 거지? 넌 누구냐?"

이명이 들렸다. 구역질이 나서 유잔이 입을 막았다.

"이야기는 나중에 하기로 하지. 우선은 이 녀석을 처리해야 한다."

그렇게 말하고 여자는 손목에 감고 있던 가죽끈을 풀더니 정신을 잃은 요고인의 팔을 뒤로 돌려서 단단히 묶었다. 그리고 천장에 걸쳐놓은 밧줄에 매달려 있던 수건을 집더니 꽉 짠 다음 요고인의 입에 재갈을 물렸다.

"자루가 있을까?"

그러자 유잔이 턱으로 선반을 가리켰다.

여자는 자루를 찾아서 갖고 오더니 탁탁 소리를 내며 흔들어서 입구를 벌리고, 요고인의 머리 위로 폭 뒤집어씌웠다.

"밧줄은?"

"…그 밑에 있다. 오른쪽 선반이다."

유잔은 여자가 능숙하게 자루 위로 밧줄을 돌려서 요고인을 완전히 꼼짝도 못 하게 하는 것을 멍하니 보고 있었다. 아직 계속 꿈을 꾸고 있는 느낌이 들었다.

요고인을 어깨에 들쳐 메더니 여자가 선실에서 나갔다.

한참을 머리를 감싸 쥐고서 신음하다가 마침내 유잔은 책상에 손을 짚고 일어섰다. 아직 머리가 빙빙 돌았지만 구역질은 가라앉았다.

벽에 걸려 있던 칼을 집어서 칼집을 벗기더니, 뽑은 칼을 쥐고 유잔은 갑판으로 올라갔다.

바르사는 요고인 남자를 배 수리공의 오두막으로 옮겨, 근처에 있던 밧줄로 기둥에 묶었다. 챠그무 생각을 하면 이 남자를 살려두어서는 안 된다. 바르사는 잠시 어둠 속에서 남자를 내려다보고 있다가, 이윽고 한숨을 쉬며 시선을 돌렸다.

문을 꽉 닫고 밖으로 나와, 바르사는 잠시 마음을 가라앉히고 주위의 기척을 살폈다.

상야등 불빛에 어렴풋이 드러난 배 위에 '빨간 눈의 유잔'
이 서 있는 것이 보였다. 손에 들고 있는 칼이 하얗게 빛났다.
다른 사람의 기척은 없었다.

바르사는 배 수리공의 오두막 벽에 세워져 있던 나무로 된
노를 손에 들었다. 휙 휘둘러보고 나서 그것을 어깨에 메고
배 쪽으로 걷기 시작했다.

판자다리를 오르기 시작하자 유잔이 공격 자세를 취했다.

"넌 누구냐?"

과연 연륜이 있는 해적다운 우렁찬 목소리였다.

"고맙다는 인사부터 해야 하지 않을까?"

"고맙다고 하라고?"

바르사가 갑판에 내려서는 것을 조심스럽게 지켜보면서
유잔이 나지막이 말했다.

"그렇다. 넌 주술에 걸려 있지 않았느냐."

유잔이 눈살을 찌푸렸다.

"…주술이라고?"

그리고 보니 확실히 주술에 걸려 있었다고밖에 생각할 수
없다. 그 체구가 작은 요고인이 주술사였다면 술집에 있었던
것도 우연이 아니었던 것이리라.

'그 아라쿠 술도….'

아라쿠 술을 한 모금 마신 것만으로 잠에 빠져든 것을 보면 거기에 약이라도 들어 있었던 것인가? 그러고 보니 이 정도의 소동이 일어났는데도 동료들은 누구 하나 일어나지 않는다.

섬뜩한 것이 가슴에 퍼졌다. 창백해진 얼굴로 유잔이 바르사를 봤다.

"…왜 나를 구해줬지?"

바르사가 무표정하게 말했다.

"구할 생각은 없었다. 상황에 따라서는 너를 죽이게 될지도 모른다."

유잔이 칼을 고쳐 잡았다.

"무슨 말을 하는 거지? 무슨 말을 하는지 하나도 알 수가 없구나."

바르사가 유잔을 똑바로 보며 노를 쓱 들어 올렸다.

"단단히 각오하고 대답해라. 네가 타르파를 빼앗은 상대는 지금 어디 있느냐?"

자기도 모르게 뒷걸음치려다가 유잔은 간신히 발을 멈췄다. 차가운 것이 배 밑바닥에서부터 치밀어 올라왔다. 눈앞의 여자가 갑자기 요괴처럼 여겨졌다.

이를 드러내며 유잔이 소리쳤다.

"…모른다, 그런 건!"

말이 끝나자마자 유잔은 바르사 쪽으로 한 발짝 다가가, 노를 잡고 있는 손을 겨냥해서 칼을 내리쳤다. 칼날이 휠 정도로 날카롭게 파고들었지만, 다음 순간 유잔은 눈앞에 불꽃이 튀는 것을 봤다. 콧속이 화끈거리더니 비틀거리며 무릎을 꿇으며 손으로 코를 눌렀다.

손에서 칼이 떨어진 것을 알아차릴 정신도 없었다. 코피가 손가락 사이에서 갑판으로 뚝뚝 떨어지고 온몸이 떨리기 시작했다.

코를 양손으로 누르고서 유잔이 얼굴을 들었다. 덮어씌울 것처럼 여자가 서 있었다. 노가 정확히 유잔의 이마 위에 얹혀 있었다.

"다음 일격은 여기를 치지."

노의 그림자가 드리워진 미간 주위가 서서히 뜨거워졌다.

"넌… 그 애송이와 어떤 관계냐?"

유잔이 나지막이 뜻밖의 질문을 했다.

"묻고 있는 사람은 나다. 묻는 말에 얼른 대답해라."

그렇게 말하면서 바르사는 배에 힘을 주었다.

…를 죽였다는 말이 이 남자의 입에서 나오는 것은 아닐

까…?

숨을 멈추고 기다리는 동안, 남자가 손바닥으로 코피를 닦고 갑판에 앉아 책상다리를 했다.

"…역시 그 애송이는 카르쿠 호였구나."

중얼거리며 유잔은 어깨에서 힘을 뺐다.

"그 녀석이 살아 있는지 죽었는지 정말로 나는 모른다."

그렇게 말하고 나서 바르사를 올려다보며 유잔이 재빨리 덧붙였다.

"거짓말이 아니다. 그 녀석은 묘한 녀석이어서 나는 처음부터 엮이고 싶지 않았다."

"어디서 어떻게 만났지? 하나도 빠트리지 말고 말해라."

유잔은 갑판에 피가 섞인 침을 뱉더니 한숨을 쉬며 이야기를 시작했다.

"그 녀석을 만난 곳은 이 쓰라무항이 보이기 시작하는 부근이었다."

의외의 말에 바르사는 미간을 모았다.

유잔이 고개를 숙인 채로 말을 이었다.

"랏샤로(바다를 떠도는 민족)의 배에 타고 있었지.

우리는 보통 랏샤로 따위에는 손대지 않는다. 다만 이런 것을 마가 끼었다고나 해야 할까. 엄청난 랏카루(회오리바람)를 만나서 침몰할 뻔한 직후였던 데다, 모처럼 잡은 물고기도 썩어버려서 뭔가 먹잇감이 없으면 굶어 죽게 생겼을 때, 그 배와 마주친 거다."

랏샤로란 배에서 태어나 배에서 죽는다고 하는 바다의 민족이라고 어디선가 들은 기억이 있다. 챠그무는 산갈인이 아니라 랏샤로의 배를 얻어 타고 로타까지 오려고 한 것 같다. 랏샤로가 더 안전하다고 생각한 걸까?

유잔이 작은 소리로 말을 이었다.

"랏샤로는 우리보다 가난해서 먹잇감이 안 된다. 그런데 배 안에 아주 예쁜 아가씨가 타고 있는 거다. 랏샤로치고는 얼굴이 예쁜 아가씨였지. 그런 얼굴의 아가씨는 비싸게 팔 수 있거든.

불쌍하다는 생각은 했지만 우리도 빈털터리라 랏샤로라고 봐줄 여유가 없었다. 그 배에 갈고리를 걸어서 옮겨 탔다…."

자그마한 배에는 아가씨와, 아가씨의 어린 남동생, 그리고 부모가 타고 있었다. 떨고 있는 그들에게 칼을 들이대고 아가씨의 팔을 붙잡았을 때, 배 한구석에 있는 돛천을 밀어젖히며 안에서 젊은이가 나온 것이다.

요고인 젊은이로 햇볕에 탔고, 랏샤로처럼 아랫도리만 천으로 가린 모습이었지만, 유잔은 한눈에 봐도 그 젊은이가 상인이나 어부는 아닌 것을 느꼈다. 뭐가 다른지는 모르겠지만 어딘가가 달랐다. 쓰레기더미 속에서 잘 다듬어진 보석이 굴러 나온 것 같은 느낌이었다.

"납치해서 팔 거라면 그 아가씨보다 내가 더 나을 것이다."

유창한 산갈어로 그 젊은이가 유잔에게 말했다. 아직 수염도 제대로 안 난 어린 나이인데도 신기할 정도로 배짱이 있어 목소리도 떨리지 않았다.

왠지 모르게 유잔은 꺼림칙했다. 이 녀석은 틀림없이 뭔가 사연이 있는 녀석이다. 마음속에서 자꾸만 엮이지 않는 게 낫다고 하는 목소리가 들렸지만, 동료들 앞에서 훌륭한 먹잇감을 포기할 수도 없었다.

"…먹잇감이 두 마리가 되었군."

그렇게 말하고 젊은이에게 팔을 뻗으려고 했을 때, 유잔은 뭔가 번쩍이는 것이 눈앞을 스쳐 가는 것을 봤다.

젊은이가 손에 보석을 들고 있었다. 언뜻 보기에도 고가의 목걸이였다.

해적들이 눈을 크게 뜬 순간, 젊은이가 뱃전에 발을 걸치고 팔을 흔들었다. 목걸이가 공중에서 날다 바다로 떨어지는 것을 해적들은 신음 소리도 못 내고 지켜봤다.

"무… 무슨 짓이냐?"

동생 라고가 황급히 바다로 뛰어들었다. 하지만 때는 이미 늦었다. 그 근처 바다는 깊어서 가라앉으면 주울 수도 없다.

그 정도의 보석을 망설임도 없이 바다로 던져버리다니, 유잔은 믿을 수가 없었다.

뒤돌아보니 젊은이는 손에 주머니를 들고서 팔을 바다 위로 뻗고 있었다.

젊은이 쪽으로 다가가려고 한 순간, 젊은이가 날카로운 목소리로 소리쳤다.

"움직이지 마라. 움직이면 이것을 바다로 던지겠다."

젊은이가 진심인 것은 충분히 알 수 있었다.

"바보 같은 짓 하지 마라. 어떻게 하든 너한테 불리할 텐데."

유잔이 소리쳤다.

"네가 그걸 바다로 던져도 너와 이 아가씨가 먹잇감인 것에는 변함이 없을 텐데."

그러자 젊은이가 미소를 지었다.

"그렇다면 이것은 필요 없느냐?"

유잔은 입을 다물었다. 주머니 안에 든 보석이 언뜻 보였다. 엄청 고가인 타르파도 있는 것 같았다.

젊은이와 아가씨 둘 다 팔아도 그 보석만큼 비싸게 팔 수 없는 것은 확실했다.

망설이고 있는 유잔에게 젊은이가 말했다.

"이 사람들에게 손을 대지 않는다면 이 보석은 전부 너희들한테 주겠다. 배로 돌아가라. 너희들이 돌아가서 그 갈고리를 풀면 이 보석을 그 배 위로 던져주겠다."

그렇게 말하고서 젊은이가 날카로운 눈길로 유잔을 쳐다봤다.

"이 정도의 보석을 손에 넣을 수 있다. 그 이상의 욕심을 부리지 마라. 하늘도 바다도 너희들을 보고 있다."

그 말은 묘하게 유잔의 마음을 흔들었다. 자기도 모르게 그만 유잔이 말했다.

"…보석을 던진다는 말을 믿을 수가 없군. 네가 그 보석을 갖고 우리 배로 온다면 랏샤로는 살려주지."

젊은이의 얼굴에 순간 깊은 고뇌의 빛이 스쳐 가는 것을 유잔은 봤다.

"포로가 되어도 좋지만 한 가지 조건이 있다."

젊은이가 똑바로 유잔을 쳐다보며 말했다.

"나를 팔 거라면 로타 왕국 쓰라무항의 상인한테 팔아줬으면 한다."

유잔이 얼굴을 찌푸렸다. 왜 그런 것에 집착하는지 알 수가 없어서다. 하지만 쓰라무항은 가장 가까운 항구고, 고가의 보석을 사줄 곳도 있다.

"좋다. 원하는 대로 쓰라무항의 상인한테 팔아주지. 자, 이쪽으로 와라."

그러나 젊은이는 고개를 저었다.

"우선 너희가 배로 돌아가라. 갈고리를 풀면 그쪽으로 옮겨 가겠다.

내가 약속을 어기면 작살을 던지면 된다."

유잔이 어깨를 으쓱하며 동료들에게 신호를 보냈다.

모두가 배로 돌아가서 갈고리를 풀고 작살을 거머쥐자, 젊은이는 입에 보석 주머니를 물고서 배로 올라왔다. 그리고 또다시 재빨리 주머니를 든 쪽 팔을 바다 위로 내밀었다.

랏샤로 가족은 손을 흔들면서 울고 있었지만, 젊은이는 눈물을 보이지 않고 입술을 꽉 다물고서 배가 멀어져가는 것을 지켜보고 있었다.

유잔이 입을 다물자 바르사가 나지막이 말했다.

"…그래서 이 항구의 노예상인한테 팔았느냐?"

유잔이 고개를 저었다.

"안 팔았다."

한 손으로 갑판을 짚고서 유잔이 천천히 일어섰다. 어느 틈엔가 날이 밝아 있었다. 희부연 빛이 바다를 번쩍이는 흰빛으로 물들였다.

멍하니 마을 쪽을 바라보며 유잔이 나지막이 말했다.

"그 녀석의 말을 들어서가 아니라 지나치게 욕심을 부리는 것은 좋지 않다. 타르파는 평생 손에 들어오지 않을 엄청난 물건이지. 다른 보석도 함께 팔았더니 앞으로 한동안은 동료들 모두가 놀며 지낼 수 있는 돈이 들어왔다."

바르사 쪽으로 시선을 되돌리며 유잔이 말했다.

"묘한 녀석이었다. 노예상인 따위한테 팔 마음이 안 들었다."

회색빛이 비추고 있는 유잔의 얼굴을 바라보며 바르사가 나지막이 말했다.

"그 아이는 어떻게 되었지?"

유잔이 쓴웃음을 지었다.

"처음부터 말했지 않으냐. 모른다고. 여기서 내려줬다. 보석을 팔아치우고 나서, 어디로든 가라며 풀어줬다."

바르사는 참고 있던 숨을 내뱉었다. 굳어 있던 몸에서 힘이 빠져나갔다.

유잔은 넋이 빠진 듯한 얼굴로 멍하니 마을 쪽을 보고 있

있다. 바르사도 마을 쪽으로 얼굴을 돌리고 늘어선 건물들을 눈으로 따라갔다.

'여기까지 더듬어 찾아왔는데 또다시 실이 끊겨버렸구나.'

노예상인한테 팔렸다면 아직 따라갈 여지가 있었을 텐데….

그래도 여하튼 여기까지는 살아서 도착한 것이다. 자유의 몸이 되어서 걷기 시작한 것이다. 그 고집스러운 눈을 반짝이며 씩씩하게 걸어갔을 게 틀림없다.

그렇게 생각한 순간, 참을 틈도 없이 뜨거운 것이 가슴에 퍼졌다.

'살아 있었구나.'

아직 기뻐할 수는 없다. 무사한 모습을 이 눈으로 보기까지는 지나친 희망을 품어서는 안 된다. 그렇게 생각해도 마음 밑바닥에서부터 뜨거운 것이 솟구쳐 올라오는 것을 억제할 수가 없었다.

챠그무는 틀림없이 살아 있다. 지금 이 순간에도 이 마을 어딘가에 있다….

아침 햇살에 마을이 조용히 모습을 드러냈다. 이 항구에서부터 강을 따라 창고가 늘어서 있고, 오른쪽 기슭의 완만한 언덕 중턱까지 집들이 빽빽이 들어차 있다.

언덕 정상 부근에 커다란 흰 건물이 보였다. 성처럼 보였다. 첨탑 두 개가 아침 해에 반짝였다.

"…저것은 대영주의 성이냐?"

나지막이 묻자 유잔이 고개를 끄덕였다.

"스안 대영주의 성이다."

대답하고 나서 유잔이 불쑥 말했다.

"그러고 보니 그 애송이도 같은 질문을 했었네."

깜짝 놀란 듯이 바르사가 유잔 쪽으로 얼굴을 돌렸다.

"정말이냐?"

"그렇다. 저것이 대영주의 성이냐고 물었다. 스안 대영주의 성이라고 가르쳐주었더니 고맙다고 하며 웃었다. 랏샤로처럼 아랫도리만 천으로 가린 모습 그대로 저 성 쪽으로 걸어갔다."

바르사가 노를 내던지더니 유잔의 팔을 붙잡았다.

"그게 언제 얘기냐?"

"그게… 그러니까, 기다려라."

허공을 보며 손가락으로 세어보고 나서 유잔이 대답했다.

"이제 거의 보름쯤 지났다."

바르사가 얼굴을 찌푸렸다.

보름. 진의 편지를 받았을 무렵, 챠그무는 여기에 있었던 것이다.

바르사가 유잔의 팔을 풀어줬다.

"나한테 한 말은 전부 사실이겠지?"

유잔이 어깨를 으쓱했다.

"아무 소용도 없는 것을 묻지 마라. 사실이라고 맹세해도 좋지만 아무 증거도 없지 않느냐?"

바르사가 엄한 눈빛으로 유잔을 응시했다.

"…서둘러서 이 항구를 떠나라. 그 주술사한테는 동료가 있다. 한동안 로타에는 접근하지 않는 게 좋을 거다. 젊은이에 대한 이야기는 두 번 다시 입에 담지 마라. 타르파에 대해서도. …목숨이 아깝다면."

유잔이 겁을 먹은 채 코를 만지며 말했다.

"그렇지 않아도 그럴 생각이다. 네가 내리면 바로 출항할 거다."

바르사가 고개를 끄덕이고 걷기 시작했다.

판자다리를 내려가서 뒤돌아보자, 판자다리 끝을 잡고 있던 유잔과 눈이 마주쳤다.

바르사는 잠시 말없이 유잔을 바라보고, 그런 다음 등을 홱 돌려 걷기 시작했다.

사라져가는 여자가 오른발을 약간 질질 끄는 것을 유잔은 발견했다.

'묘한 여자로군….'

빠짐없이 얘기해준 것은 그 애송이에 관한 모든 것을 털어내 액땜을 하고 싶어서였지만, 저 여자에게 얘기해주고 싶은 마음도 어딘가에 있었는지도 모른다.

저 여자는 무척 긴장해 있었다. 완벽하게 무표정했지만, 그 애송이의 생사를 물을 때의 눈초리는 범상치 않았다.

이 항구에서 풀어줬을 때, 애송이가 뒤돌아보며 티 없이 밝게 웃던 얼굴을 떠올리며 유잔은 한숨을 쉬었다.

무슨 일에 엮인 걸까. 그 애송이의 정체가 무엇인지 신경이 쓰였지만, 여자가 말하지 않았어도 더 이상 개입할 마음은 없었다.

'그 녀석은 소용돌이 같은 존재다. 옆으로 다가가면 바닷속까지 끌려 들어가고 만다.'

연륜이 쌓인 사공은 물때를 잘 아는 법이다.

유잔은 부어올라 약간 감각이 없어진 코를 다시 살짝 만지면서 동료들을 깨우러 선창(船倉)으로 내려갔다.

6
예감

바르사의 목소리를 들은 것 같은 느낌이 들어서 탄다는 깜짝 놀라 눈을 떴다.

열려 있는 문으로 석양빛이 토방에 들이쳤다. 멀리서 새가 두 차례 지저귀고는 사라졌다.

아무도 없는 집의 정적.

팔베개를 하고서 마루에 드러누운 채 탄다는 멍하니 문 밖을 바라보고 있었다. 묘한 시간에 잠이 들었다. 몸 전체에 나른함과 애달픔이 남아 있었다.

이따금 이런 일이 있다. 새벽에 문득 잠이 깼을 때, 옆에 바르사가 없는 허전함이 가슴을 찌르는 것이다.

어딘가에 정착해서 산다는 것이 바르사에게는 불가능하

다. 평온한 나날이 계속되면, 마치 뭔가가 자신을 부르는 듯이 안절부절못하다가 결국 떠나고 만다.

한곳에 뿌리를 내리고 평범한 생활을 반복하는 것을 좋아하는 자신과는 전혀 다른 성격인 것이다.

아스라와 치키사를 이 집에서 키우면 어떻겠느냐는 제안을 했을 때도 바르사는 쓴웃음을 지으며 고개를 저었다.

'나 같은 사람하고 살면 그 아이들한테 도움이 안 돼.'

그렇게만 말하고서는, 그다음에는 무슨 말을 해도 도통 들어주지 않았다.

아스라는 깨어난 후에도 마음이 돌아오기까지 오랜 시간이 걸렸다. 마음이 돌아오고, 눈에 빛이 돌아와, 남의 이야기를 이해할 수 있게 된 후에도 목소리는 돌아오지 않았다.

아스라가 살짝이라도 미소를 짓게 되기까지, 바르사는 둥지에서 떨어진 아기 새를 지키듯이 곁에 붙어 있었지만, 손을 떼도 괜찮다는 생각이 들자 치키사와 함께 아스라를 사로가에서 포목상을 하는 마사라는 나이 든 여주인한테 맡겨버렸다.

물론 마사라는 사람은 참 괜찮은 사람이어서, 그 사람이라면 치키사와 아스라를 훌륭하게 키워줄 거라는 것은 탄다도 납득했다. 하지만 탄다는 두 아이와 헤어지는 것이 섭섭했고,

물론 바르사도 속으로는 섭섭했을 것이다.

　머리 밑에서 팔을 빼고 탄다는 싸늘한 마루에 뺨을 갖다 댔다.
　'바르사를 찾아온 사람이 다녀간 지도 꽤 되었구나….'
　바르사는 챠그무를 만났을까? 아니면 지금도 기를 쓰고 찾고 있을까?
　탄다가 한숨을 쉬었다.
　두 사람이 걱정스러워서 견딜 수가 없었다. 설령 무사히 챠그무를 만난다 해도 그다음에는 어떻게 되는 걸까…?
　슈가가 토로가이 사부에게 털어놓은 이야기를 들어봐도, 챠그무가 황제에게 미움을 받고 있는 것은 분명하다. 다른 나라와의 전쟁이 임박해 살기가 등등한 이 나라로, 죽은 자로서 장례 절차를 마치고 신으로 모신 황태자가 살아서 돌아오는 것을, 황제는 절대로 바라지 않을 것이다.
　챠그무를 도우려고 하는 한, 바르사는 앞이 안 보이는 거대한 소용돌이 속에서 허우적댈 수밖에 없다.
　탄다는 팔로 얼굴을 감쌌다.
　두 사람을 둘러싸고 있는 것이 너무나도 크고 복잡해, 어떻게 하면 벗어날 수 있을지 알 수가 없다.

'그건 우리가 고민해도 어쩔 수 없는 일이다.

바르사도 챠그무도 각자 스스로 자신의 운명에 결착을 짓는 수밖에 없다.

너와 나는 달리 할 일이 있다.

각자 열심히 최선을 다한 다음 다시 만날 수 있기를 비는 수밖에 없다.'

토로가이 사부는 그렇게 말하며 타일렀지만, 맞는 말인 줄은 알면서도 두 사람 생각은 한시도 마음에서 떠나지를 않았다.

눈을 뜨자 이미 석양은 옅어지고 푸른 어둠으로 바뀌어 있었다.

몸을 일으키자 현기증이 일었다.

'…어이가 없군. 그 정도 일로 이렇게 기력이 떨어졌다니.'

나유그에 봄이 옴으로 해서 이 땅에 무슨 일이 일어나기 시작했다.

쵸(나무뿌리를 갉아 먹는 해충)가 비정상적일 정도로 늘어나 나무뿌리를 흐슬부슬하게 만든 것만이 아니라, 뭔가 좀 더 심각한 일이 일어나려 하고 있다. 숲속에 가만히 있으면 산이

나 숲에서 웅웅거리는 소리가 나는 것 같은 때가 있다.

토로가이 사부는 탄다에게 나유그의 강 속에서 유난히 수온이 높은 물결이 흘러가는 곳을 따라가보라고 명령하고서, 자신은 다른 마을에 사는 주술사들을 만나러 가버렸다.

말은 쉬워도 나유그를 들여다보는 것은 무척 피곤한 일이다.

탄다는 여기저기서 주술을 써서 나유그의 풍경을 들여다보며 나유그의 강물의 흐름을 따라갔는데, 청무 산맥 안쪽, 칸발 왕국과의 국경에 가까운 산마루 근처에서 나유그의 강이 우뚝 솟은 절벽들 속으로 사라져버렸다. 사그에 있는 몸으로는 더 이상 따라갈 수가 없었다.

돌아온 것은 어저께 저녁 무렵이었지만, 하룻밤 잔 것만으로는 주술을 사용해 소모된 정기는 회복되지 않았다. 점심 식사를 마치고 잠깐 눕자마자 또다시 잠들어버렸을 정도로 피로가 남아 있었다.

주술로 혼의 능력을 고조시켜 나유그에 접촉하는 것은 역시 한계가 있다. 오랫동안 주술을 계속 쓰면 기력이 바닥나게 된다.

'정령의 알을 품었을 때의 챠그무처럼 자유롭게 나유그를 볼 수 있으면 편할 텐데….'

그러고 보니 아스라도 자유롭게 나유그를 볼 수 있는 초능력자다.

문득 사부의 말이 마음속을 스쳤다.

'…나유그의 강에 떼 지어 다니는 잔물고기 중에는 이따금 이쪽에도 등지느러미의 빛을 보여주는 녀석들이 있지. 이유는 모르겠지만 말이야. 반짝이는 등지느러미를 보여주지 않는다고 해서 이쪽 세계의 새한테 잡아먹히는 것도 아닐 텐데.'

'왜 그런 식으로 나유그와 사그, 두 세계에 걸쳐 있는 존재가 있는 걸까?'

챠그무가 품었던 정령의 알. 그 알이 자라기 위해 필요했던 시그사루아 꽃. 어쩌면 아스라 같은 초능력자들도 두 세계에 걸쳐서 존재하는 걸까?

탄다의 얼굴이 갑자기 어두워졌다.

'그렇다면 챠그무도….'

그런 사람 중 하나일지도 모른다. 그렇기 때문에 정령의 알을 품을 수 있었던 것이 아닐까?

멍하니 그런 생각을 하고 있던 탄다는 발소리를 듣고 얼굴을 번쩍 들었다. 누군가가 산길을 올라온다. 한 명이 아니다.

탄다가 일어섰을 때 주저하는 듯한 목소리가 들려왔다.

"탄다 씨…?"

탄다는 깜짝 놀라 토방으로 뛰어내렸다.

"치키사로구나."

석양의 어스름 속에 치키사와 아스라가 서 있었다.

"아니, 어떻게 이렇게. 반가운 손님이 왔구나! 마침 너희들 생각을 하던 참이었다. 잘 왔다. 그렇게 서 있지 말고 들어와라, 어서."

탄다의 미소를 보고, 안심한 듯이 치키사의 표정이 풀어졌다. 살짝 고개를 숙이고는 치키사가 아스라의 등을 밀며 집 안으로 들어왔다.

아스라는 굳은 얼굴로 고개 숙이고 있었다.

"자, 올라와라. 아무것도 없지만, 지금 불을 지펴서 뭔가 먹을 것을 준비할게. 발은 그 항아리에 든 물로 씻으면 된다."

탄다는 그렇게 말하고 마루방으로 올라가 화로의 재를 긁어서 잿불을 쑤석거렸다. 잔가지를 넣어 불꽃이 잔가지를 달구기 시작하자 장작을 얹어서 불을 키웠다.

탁탁 튀면서 장작이 타오르기 시작하자 집 안이 밝아졌다.

치키사가 아스라를 데리고 화로 근처에 앉아 기쁜 표정으로 불에 손을 쬐었다.

"…갑자기 와서 죄송해요."

나지막이 말하는 치키사에게 탄다가 웃음을 터뜨렸다.

"언제든지 와도 괜찮아. 하지만 멀었지? 용케 잘 왔구나."

"아니에요, 마사 마나님 모시고 도읍에 왔거든요. 오늘 아침에 토야 씨의 만물상에 들러서 탄다 씨가 예전에 가르쳐준 대로 가는 게 맞는지 다시 한 번 확인하고 나서 올라왔어요. 날이 저물어가서 좀 불안해졌지만."

탄다가 화로에 물을 넣은 냄비를 올렸다.

"좋은 생각이었다. 게다가 오늘 와서 다행이구나. 어제였으면 집에 없었거든. 여행을 좀 하느라 제대로 먹을 게 없구나. 찌개 정도는 끓일 수 있지만."

그렇게 말하면서 탄다가 아스라를 보며 덧붙였다.

"모처럼 와줬는데 바르사는 지금 긴 여행을 떠나서 없단다."

말을 붙여도 아스라는 고개 숙인 채로 있었다. 치키사가 그런 동생을 흘끗 보고 나서 바지런히 움직이는 탄다를 올려다봤다.

"바르사 씨도 만나고 싶었지만, 우린 탄다 씨를 만나러 왔어요."

탄다가 눈썹을 치켜올렸다.

"그래? 그건 기쁘지만… 무슨 일이지?"

치키사가 의견을 묻듯이 아스라를 봤지만 아스라는 굳은
표정 그대로 고개 숙이고 있었다. 치키사의 시선의 의미를
파악하고 탄다가 잠자코 고개를 저어 보였다.

굵은 대나무에 물과 쌀을 넣은 것 세 개를 화로의 재 속에
넣으며 탄다가 말했다.

"우선은 푹 쉬어라. 쌀밥과 산채찌개 정도밖에 없지만."

치키사는 고개를 끄덕이고 나서 생각난 듯이 일어서서 마
루방 구석에 둔 배낭을 벌렸다. 그런 다음 안에서 뭔가 기름
종이에 싼 것과 예쁜 종이에 싼 것을 꺼내 왔다.

"저기 이거 마나님이 보내신 거예요."

탄다는 손을 허리 부근에 닦고 나서 그 종이 꾸러미를 받
아들었다. 열어보니까 흰 설탕과 쌀가루를 이겨서 새나 꽃
모양으로 만든 아름다운 과자가 나왔다.

"아니, 이거야 원. 예쁜 과자로구나."

치키사가 씽긋 웃었다.

"큰 은혜를 입은 분한테 가는데 빈손으로 가서는 절대 안
된다고 하시며 마나님이 주셨어요."

빈틈이 없어 보이는 노부인 마사의 얼굴을 떠올리며 탄다는 왠지 복잡한 심정이 들었다. 마사는 세심하게 치키사와 아스라에게 예의범절을 가르치는 것이겠지만, 둘을 키워주는 것을 감사해야 할 사람들은 자신들인데, 마사가 보낸 선물을 받다니 말도 안 된다는 생각이 든 것이다.

하지만 물론 그런 생각은 얼굴에 드러내지 않고 탄다는 과자를 감사한 마음으로 받았다.

"그래? 마사 씨한테 감사하다고 전해드려라."

"네."

고개를 끄덕이고 나서 치키사는 조금 쑥스러워하는 얼굴을 하며, 이번에는 기름종이에 싼 꾸러미를 내밀었다.

"저… 이것은 내가 도읍에서 산 거예요. 일해서 받은 돈이 조금 모였기에 그 돈으로."

기름종이 포장지 속에 또다시 조릿대로 싼 꾸러미가 있었는데, 그걸 열자 안에서 호우로(콩을 으깨서 발효시켜 소금으로 간한 조미 국물)에 절인 고기가 나왔다.

"아니, 이게 뭐야! 맛있겠는데!"

탄다가 무척 기뻐하며 치키사에게 고맙다는 인사를 했다.

"고맙다. 당장 구워 먹자."

마사의 가게에서 일하기 시작했다고 해도 일을 배우는 입장이니 아직 제대로 된 월급은 못 받을 것이다. 그 얼마 안 되는 돈으로 이런 선물을 사 온 치키사의 마음이 기뻤다.

산채찌개가 끓자 탄다는 냄비를 불에서 내리고, 대신에 다리가 달린 석쇠를 불에 얹었다. 그리고 호우로에 절인 고기를 그 석쇠에 올렸다.

지글거리며 고기가 구워져 기름이 숯으로 떨어질 때마다, 지지직하고 작은 소리가 나며 향긋한 냄새가 집 안에 가득 찼다.

탄다는 부드럽고 양념이 잘 밴 불고기와 갓 지은 따끈한 밥과 따뜻한 산채찌개를 두 아이한테 퍼줬다.

치키사는 정신없이 고기를 뜯고 밥을 욱여넣고 있었다.

아스라는 처음에는 천천히 국물을 마시다가, 이윽고 조금씩 얼굴에 혈색이 돌아오기 시작하더니 불고기도 집어서 맛있게 먹기 시작했다.

저녁 식사를 마칠 무렵에는 아스라의 얼굴이 눈에 띄게 편안해졌다.

탄다가 특별히 만든 달콤한 맛이 나는 차를 마시면서 아스라가 오빠를 올려다봤다. 치키사는 고개를 끄덕이더니 갑자기 찾아온 이유를 탄다한테 말하기 시작했다.

"사실은 오래전부터 아스라가 꿈을 꾸며 가위 눌리게 되어서…. 처음에는 예전 그 일 때문에 꿈을 꾸며 가위 눌리는 거라고 생각했는데 아스라가 아니라는 거예요.

그런데 사흘 전에 마나님을 모시고 광선경(光扇京)에 도착하자 어쩐 일인지 안절부절못하더니, 그러다가 탄다 씨한테 가고 싶다는 말을 꺼내더라고요. 뭔가 하고 싶은 말이 있다고 하며….”

순간 탄다는 아스라가 말할 수 있게 되었나 하고 기대했는데, 아스라는 입을 여는 것이 아니라 품에서 꺼낸 종이를 탄다한테 건네줬다. 포장지 뒷면에 뭔가 적혀 있었다. 그것을 펼쳐 보고서 탄다가 눈을 깜빡였다. 한 번도 본 적이 없는 글자가 늘어서 있었기 때문이다.

“아… 미안하구나, 아스라. 이건 타르 문자냐? 나는 로타 문자라면 읽을 줄 알지만 타르 문자는 못 읽는데.”

치키사가 당황하며 손을 내밀었다.

“아, 죄송해요. 참, 그렇지. 아스라는 타르 문자밖에 못 쓰지.”

치키사는 동생이 쓴 문자를 읽으려다가 망설였다.

“무슨 말인지 잘 이해가 안 되는 내용이네, 역시.”

“괜찮다. 여하튼 읽어봐라.”

탄다가 고개를 끄덕이자 치키사가 타르어 문장을 요고어

로 바꿔서 읽기 시작했다.

"…탄다 씨, 예전에 구해주셔서 고마워요. 오늘은 가르쳐 주었으면 하는 일이 있어서 이 글을 씁니다.

작년 봄부터 비슷한 꿈을 자주 꿔요. 뭐가 뭔지 잘 이해가 안 되는 꿈을. 잠이 깨면 생각이 안 나요. 하지만 이따금 느닷없이 무거운 바위가 가슴을 누르는 것 같은 묵직한 느낌, 서둘러서 뛰어서 도망치고 싶은 것 같으면서 심장이 쿵쿵거리며 나를 몰아붙이는 느낌이 들어요.

예전 일을 떠올렸을 때의 무서운 꿈과 비슷하지만, 달라요."

아스라가 지그시 탄다를 바라보고 있었다. 그 눈의 간절함이 탄다를 불안하게 했다.

"…열심히 생각하다가 깨달았어요.

이런 기분을 느끼게 된 것은 노유크(성스러운 세계)의 남빛 물속을 뭔가가 멀리서부터 헤엄쳐 오는 꿈을 꾸었을 때부터라는 것을.

성스러운 존재. 예전의 그 신과는 다른, 성스러운 존재가 멀리서부터 왔어요. 그것이 나를 무척 불안하게 하고 있어요.

도읍의 다리를 건넜을 때, 소름이 돋으며 꿈을 꿀 때와 비슷한 심정으로, 달아나고 싶은 것 같은, 소리치고 싶은 것 같은 느낌이 들어 도읍의 숙소에서는 무서워서 잘 수가 없었어요.

뭔가 해야만 한다는 느낌이 들어요. 하지만 뭘 하면 좋을지 모르겠어요.

가르쳐주세요, 탄다 씨. 내가 어떻게 하면 좋을까요?"

탄다는 살갗이 싸늘해지는 듯한 긴장감을 느꼈다.

"무엇이 어디에서 왔지?"

아스라가 미간에 주름을 모으며 오빠의 손을 잡았다. 그리고 손바닥에 글자를 쓰기 시작했다. 치키사는 동생이 손가락으로 쓰는 글자를 해독해 띄엄띄엄 소리 내어 읽었다.

"남쪽에서 왔다. 하지만, 뭔지는, 모른다. 단지, 성스러운 존재의…."

탄다가 신음을 했다.

"그것이 헤엄쳐서 왔다고 했지? 남쪽에서 여기로 와서… 지금도 여기 있니?"

치키사가 동생의 대답을 기다렸다. 아스라는 오빠의 손바닥에 문자를 쓰더니, 곧바로 손을 팔락거렸다.

"남쪽에서 와서, 헤엄쳐 갔다. 저쪽으로…."

아스라가 가리키는 방향으로 눈을 돌리며 탄다는 깜짝 놀랐다.

아스라의 손가락이 똑바로 북쪽, 청무 산맥과 칸발 왕국이 있는 쪽을 가리키고 있었기 때문이다.

'바로 그 이상하게 따뜻한 나유그의 강이 흘러간 곳과 일치한다.'

그 이야기를 하려고 탄다가 입을 열려고 했을 때, 현관문을 두드리는 소리가 들려왔다.

탄다가 미간을 모으며 일어섰다.

"오늘은 손님이 많은 날이구나."

토방으로 내려가 문을 열자 어둠 속에 휴대용 등을 든 남자의 모습이 보였다.

"형님…."

큰형 노시루는 휴대용 등의 불을 꺼서 문 옆에 두고 나서 탄다 쪽으로 돌아섰다. 창백한 얼굴이었다.

"무슨 일이야, 형님? 누가 몸이 안 좋기라도 한 거야?"

노시루는 햇볕에 그을고 지친 얼굴을 두툼한 손바닥으로 문지르며 고개를 저었다.

"아니다. …너한테 부탁이 있어서 왔다. 형제 모두의 부탁이다."

그 순간 탄다는 형이 왜 여기 왔는지 알았다. 형이 자신에게 뭘 부탁하려고 하는지를. 그리고 자신이 그것을 거절할 수 없다는 것도.

거무튀튀한 두려움과 슬픔이 가슴에 퍼졌다.

집에 들어오려고도 하지 않고 형은 탄다가 예상했던 말을 했다.

"마을에서 아라토(제비뽑기)를 했다. 카이자가 말이다, 민병에 뽑히고 말았다…."

카이자는 탄다의 동생으로 형제 중 막내다. 재작년에 장가를 가서 올봄에 귀여운 딸이 태어났다.

가족 모두가 모여서 무슨 이야기를 나눴는지 듣지 않아도 뻔하다.

탄다는 얼어붙은 듯이 지그시 형의 얼굴을 바라보고 있었다.

7
슈마를 쓴 남자

바르사가 고이(주사위)를 흔들자, 고이는 자로 잰 듯이 정확히 스슷토판(주사위 도박용 판) 중앙의 빨간 원에 떨어지며 멈췄다. 탁자를 둘러싼 남자들은 고이의 눈을 보고 한숨을 쉬었다.

"빌어먹을. 매번 좋은 숫자만 나오는군."

바르사가 살짝 눈썹을 올리며 미소를 지었다.

바르사는 벌써 닷새 동안 밤마다 위병 셋과 스슷토(주사위를 사용하는 도박)를 하고 술을 마시고 있다. 위병들은 한없이 술을 마셨는데, 특별히 술이 센 것이 아니라 마시면 그저 쾌활해지고 입이 가벼워졌다.

"네 차례다. 고이를 던져라."

바르사가 말하자 정면에 있던 위병이 술잔을 놓고 몸을 앞으로 쑥 내밀며 능숙한 손놀림으로 주사위를 던졌다.

바르사는 단창을 들지 않고, 라후라(도박사)들이 좋아하는 행운의 빨간 어깨띠를 어깨에서부터 비스듬히 두르고 있었다.

챠그무가 성을 찾아왔는지, 찾아왔다면 그 후에 어떻게 되었는지를 알아내기 위해서는 가능한 한 많은 위병들과 이야기를 할 필요가 있었다. 하지만 위병이 영주를 찾아온 손님에 대해 쉽게 말할 리도 없다.

의심받지 않고 정보를 끌어내기 위해, 바르사는 라후라인 척하고서 그들을 스슷토로 꼬드겨 적당히 이기기도 하고 져주기도 했다. 라후라라면 모르는 상대에게 말을 걸어 술자리로 꾀어내도 수상히 여기지 않는다. 게다가 바르사는 정말로 라후라가 되어도 그럭저럭 해낼 수 있는 정도의 스슷토 실력을 갖추고 있었다.

'알아둬서 나쁠 것은 하나도 없다…더니.'

양아버지 지그로가 입버릇처럼 하던 말을 떠올리고 바르사는 속으로 미소를 지었다.

바르사를 키워준 지그로는 가끔 술집의 경비 일을 맡을 때가 있었다. 로타의 경우, 대부분의 술집에는 지붕 밑에 고용인들이 기거하는 방이 있었는데, 아직 어릴 때는 해가 저물어 술집 개점 시간이 되면, 자고 있으라는 지그로의 말에 따라 혼자서 침상으로 기어들곤 했다. 마룻바닥 아래에서 어렴풋이 들려오는 남자들의 목소리와 여자들의 날카로운 목소리, 술잔 마주치는 소리가 자장가 역할을 했다.

좀 더 크자 허드렛일을 하는 소녀들 사이에 섞여 술집에서 일했다. 그러다가 허드렛일로 돈을 버는 것만이 아니라, 어른들의 도박판에 끼어들어서 도박도 배웠다.

지그로는 별로 나무라지 않았다. 알아둬서 나쁠 것은 하나도 없다. 돈 버는 법을 가능하면 많이 알아두라는 것이 지그로가 입버릇처럼 하는 말이었다.

'나는 언제 죽을지 모르니까. 도박이든 뭐든 돈 버는 법을 알고 있으면, 혼자가 되어도 먹고 살 수 있다'라고 하며.

그 대신 무리한 내기를 해서 처참하게 져도 절대로 뒤치다꺼리는 해주지 않았다. 스스로 지불할 수 없는 돈을 거는 녀석은 따끔한 맛을 보는 것이 세상의 이치라고 하며. 한 번 따끔한 맛을 보면 넌더리가 나게 마련이다. 덕분에 바르사는 열세 살 무렵에는 이미 걸 수 있는 돈의 한도가 얼마 정도인지를 직감하게 되었다.

바르사가 좋아한 것은 스숫토라고 하는, 고이를 던져서 나오는 눈의 수로 승부를 정하는 내기였다. 워낙에 손재주가 좋은 편이어서 손가락을 살짝만 비틀어서 좋아하는 숫자가 나오게 하는 비결을 금세 터득해, 어른들도 이길 수 있었기 때문이다. 그런 바르사의 손재주를 눈여겨본 어떤 노파가 재미 삼아서 여러 가지 기술을 가르쳐주었다.

그 노파는 일찍이 양친을 여의고, 평생의 대부분을 라후라로 살아온 사람으로, 그녀와 헤어질 때는 무척 슬펐다.

위병들은 맡은 직무에 충실해, 영주를 찾아온 손님 이야기는 좀처럼 안 했는데, 그래도 다섯 밤이나 같이 도박을 하다 보니 조금씩 정보가 모여들었다. 바르사는 챠그무가 스안의 성으로 간 것은 틀림없다고 느꼈다. 그리고 아랫도리만 가린 어부 차림이었는데도 아마도 성 안으로 들어갈 수 있었던 것 같다.

영주와의 면회를 청해 온 기묘한 젊은이를 단순히 쫓아버리기만 했다면 위병들은 마음 편히 이야기했을 것이다. 그러나 바르사가 넌지시 물었을 때, 위병들은 얼굴이 어두워지며 입을 다물고 어색하게 말을 돌렸다. 뭔가 이유가 있어서 상사가 함구령을 내린 것이 느껴지는 반응이었다.

챠그무가 영주를 만나 황태자로서 귀빈 대접을 받으며 무사히 로타 왕한테 보내졌다면, 바르사는 더 이상 손을 쓸 필요가 없다. 하지만 정말로 그런지 확인하고 싶었다.

싸구려 향수 냄새를 풍기며 여자 종업원이 와서 커다란 접시를 탁자에 놨다.

"…자, 맛사루(다짐육과 계란을 이겨서 한입 크기로 튀긴 것)가 나왔습니다."

향긋한 튀김 냄새에 위병들의 얼굴이 환해졌다.

"어, 나왔다, 나왔어."

그들이 맛사루를 손가락으로 집어서 입에 넣는 것을 보면서, 바르사는 마음속으로 이러니 스슛토 실력이 좋아질 리가 없다고 쓴웃음을 지었다. 기름 묻은 손가락으로는 설령 닦는다 해도 고이를 미묘하게 움직이면서 던지기는 어려워진다. 자기 차례가 오자 바르사는 옷으로 고이를 잘 닦고 나서 던졌다.

위병들이 낙담하는 소리를 들으며 바르사는 날렵한 단도로 맛사루를 찔러 입에 넣었다. 씹다 보니 평소와 달리 혀를 찌르는 듯한 맛이 약간 느껴졌다.

'오래된 기름을 쓰는구나, 이 술집은.'

그런 생각이 언뜻 머리를 스쳤지만 바르사는 바로 다시 승부에 집중을 했다.

맞은편에 있는 가장 젊은 위병이 고이를 던지려다가 묘한 얼굴을 했다. 미간을 찌푸리며 식은땀을 흘리고 있었다.

그 젊은이가 고이를 떨어뜨리며 의자에서부터 미끄러져 내려간 순간, 바르사는 입구 근처에 있던 남자가 밖으로 뭔가 신호를 보내는 것을 봤다.

불길한 예감이 온몸을 관통해, 바르사는 일어서려다가 비틀거렸다.

다리에 힘이 들어가지 않았다. 눈앞의 풍경이 번져 보이며 천천히 빙빙 돌았다.

'앗, 당했다…!'

조금 전에 먹은 맛사루에 뭔가 들어 있었던 것이다. 탁자에 둘러앉아 있던 위병들이 하나씩 정신을 잃고 의자를 넘어뜨리며 바닥에 쓰러져갔다.

손님들이 놀라서 떠드는 소리와, 병사들이 달려오는 거친 발소리가 들리더니, 바르사는 눈 깜짝할 사이에 무장한 병사 넷에게 둘러싸여 있었다.

바르사는 손을 뻗어 온 병사의 손목을 쳐내고는 그 병사의 눈에 손가락을 쑤셔 넣었다. 오른쪽 눈을 찔려 뒤로 물러선 병사를 밀치고 바르사는 포위를 빠져나가려고 했지만, 팔다리에 힘이 들어가지 않아 버티고 서 있을 수가 없었다. 어지럼증이 심해져 똑바로 서 있는지, 비스듬히 서 있는지도 알 수가 없었다.

뒤에서 누군가가 양팔을 꼼짝 못 하게 했다. 곧바로 머리를 흔들어 후두부로 있는 힘껏 그 녀석의 코를 가격하자 신음 소리와 함께 팔이 풀렸지만, 빠져나갈 새도 없이 다른 병사한테 배를 언어맞았다.

숨이 막혔으며, 눈 속에서 불꽃이 튀었다. 바르사는 어금니를 깨물어 정신을 잃지 않으려고 애를 썼다. 몸집이 큰 병사들이 난폭하게 양쪽에서 바르사의 팔을 잡았다. 허우적거릴 수도 없을 정도로 단단히 팔을 붙잡힌 채, 바르사는 술집 입구 쪽으로 끌려갔다.

입구로 통하는 통로는 양쪽 벽에 옷을 걸게 되어 있어 손님의 카로(로타풍의 망토)가 죽 걸려 있었다.

병사들이 바르사를 끌고 가면서 그 통로로 들어서자, 술집에 막 도착한 손님인 듯한 남자가 벗은 카로를 손에 들고 통로에 서 있다가 얼굴을 들어 이쪽을 봤다. 밖이 꽤 추워진 것이리라. 남자는 코 주변까지 슈마(바람막이용 천)로 얼굴을 가리고 있었다.

"어이, 거기 비켜라."

건방진 말투로 병사가 남자한테 말을 걸었을 때였다. 남자가 느닷없이 손에 들고 있던 카로를 건져 올리듯이 해서 휘둘렀다. …그러자 뭔가 자그마한 주머니 같은 것이 카로 밑에서 튀어나와 바르사 앞에 서 있던 병사의 가슴에 맞았다.

순간 흰 가루가 연기처럼 확 피어오르고, 병사들이 앗 하고 비명을 지르며 얼굴을 손으로 감쌌다.

앞이 안 보였다. 가루를 들이마셔 병사도 바르사도 심하게 기침을 하기 시작했다.

슈마로 얼굴을 가린 남자가 재빨리 병사 뒤로 돌아가서, 바르사의 오른팔을 붙잡고 있는 병사의 목덜미를 팔꿈치로 쳤다. 병사가 신음하며 앞으로 고꾸라졌다. 바르사는 쓰러지는 병사에게 끌려가는 바람에 병사 쪽으로 넘어질 뻔했다.

바르사의 왼팔을 잡고 있던 병사가 기침을 하면서 어떻게든 바르사를 끌어당겨서 일으켜 세우려고 했다. 비스듬한 자세로 그 병사를 올려다본 바르사는 사람의 형체가 그의 뒤로 스윽 돌아가는 것을 봤다.

다음 순간 그 형체가 병사의 목덜미를 수도(手刀)로 내리쳤다. 병사는 신음 소리도 못 내고 주저앉았다.

"…일어설 수 있겠나?"

우물거리는 소리가 귓전에서 들리고, 바르사는 그 목소리의 주인이 팔꿈치 부근을 잡아서 부축해주는 것을 느꼈다.

"출구는 저쪽이다. 뛰어라!"

등을 떠밀려, 바르사는 비틀거리면서 뛰기 시작했다.

뒤에서 남자가 병사와 격투를 벌이는 둔탁한 소리가 들렸다.

기침이 멈추지 않았고 눈이 아파 눈물이 줄줄 흘렀다. 어지럼증이 점점 심해져 주위의 풍경이 일그러지며, 악몽 속을 허우적거리고 있는 것 같았다.

무슨 일이 일어나고 있는 건지 전혀 알 수가 없었지만, 한 가지 분명한 것이 있었다. 지금의 자신에게는 편들어줄 사람이 없다. 있을 리가 없다.

정체는 모르겠지만, 슈마로 얼굴을 가린 남자한테서도 도망쳐야만 한다.

뒤에서 그 남자가 달려와서 바르사의 팔을 부축했다.

"저기가 출구다. 뛰어라!"

남자의 손을 뿌리치려고 했지만, 목덜미가 마비되어 머릿속에 매미가 날아든 것 같은, 엄청난 이명이 들리며 식은땀이 쏟아져 나왔다. 어둠이 시계를 뒤덮어 시야가 점점 좁아졌다. 뒤에서 누가 안는 것을 느끼며, 바르사는 어둠 속으로 떨어져 내렸다.

어둠 속에 있어도 몸이 천천히 돌고 있는 것 같은 불쾌한 느낌이 계속됐다. 어둠의 밑바닥에서부터 떠오르는 것처럼 의식이 돌아오기 시작하자, 띄엄띄엄 들리던 소리가 조금씩 의미를 가진 말이 되어 귀에 들어왔다. 바르사는 눈을 감은 채로 그 목소리를 듣고 있었다.

"…모르겠군. 아마도 츄야루(마취약) 같은 걸 거야. 식은땀을 흘리는데 토하지는 않으니까. 아마 새벽에는 깨어날 거다."

어디선가 들은 적이 있는 목소리였다. 하지만 어디서 들었는지 생각이 안 났다.

'요고어다….'

멍하니 바르사는 생각했다. 요고어지만 어딘가 위화감이 있었다.

남자가 계속해서 말했다.

"츄야루라면 깨어나도 몸의 마비가 하루 종일 남는다. 첫날이 가장 심할 거다. 말은 할 수 있지만 팔다리가 마비되지. 심문하기는 가장 좋은 약이야, 츄야루는."

남자의 말대로, 깨어났어도 몸은 마비되어 무거웠고 팔다리가 움직이지 않았다. 정신을 잃기 전보다 심해, 전혀 움직이지 않았다.

하는 수 없이 몸에서 힘을 빼고 바르사는 눈을 감은 채 주위 상황을 탐색했다.

딱딱한 침대에 눕혀져 있는 듯했다. 사람의 목소리가 사라지자 어디선가 철렁철렁 하는 물소리가 들렸다.

'배 안인가?'

하지만 물결로 인한 흔들림은 느껴지지 않는다. 바닷가 여인숙이거나 항구의 바다 근처 건물인지도 모른다.

바르사 옆에 있던 남자가 일어서서 멀어져가는 기척을 느꼈다. 의자를 끌어당겨서 앉은 것 같았다. 의자가 삐걱거리는 소리가 났다.

누군가 방 안쪽에 있는 걸까? 남자가 투덜거리는 투로 말을 시작했다.

"무슨 생각을 하고 있는 건지 전혀 알 수가 없군, 너는…."

웃음기를 머금은 낮은 목소리가 뭐라고 대꾸했지만 잘 안 들렸다. 그 대답을 듣더니 남자의 목소리가 화난 것처럼 더 커졌다.

"…무슨 말을 하는 거야! 집어치워. 너는 지겨울 정도로 들었겠지만 다시 한 번 말해두지. 너는 그 황태자에게 지나치게 감정적으로 개입하고 있어. …아니, 부정하지 마라. 나한테는 훤히 보이니까.”

요란한 소리를 내며 남자가 의자에서 일어나서 쿵쾅거리며 방에서 나갔다.

바르사는 눈을 감은 채로 고동이 빨라지는 것을 느꼈다.

'그 황태자….'

챠그무를 말하는 걸까? 지나치게 감정적으로 개입하고 있다는 것은 무슨 뜻일까?

쵸우루(향나무를 가루로 빻아서 불을 붙여 피우는 담배) 냄새가 어렴풋이 풍겨 왔다. 저쪽에 있는 사람은 아마도 슈마로 얼굴을 가리고 있던 그 남자일 것이다.

몸의 마비와 묵직한 두통은 남아 있지만 머리는 또렷해졌다.

'그렇구나….'

방에서 나간 남자의 목소리를 어디서 들었는지 생각이 났다. '빨간 눈의 유잔'의 선실에서 유잔에게 주술을 걸었던 바로 그 체구가 작은 요고인의 목소리였다. 술집에서 유잔의 동생한테서 교묘하게 타르파 이야기를 끌어내던 바로 그 남자. 뒤를 밟았더니 예상대로 유잔에게 주술을 걸어 챠그무에 대해 캐물으려고 했다. 죽이지 않고 오두막 기둥에 묶어놓고 왔는데 동료가 구해준 것 같다.

'그렇다면….'

이 방에 있는 남자, 슈마로 얼굴을 가리고 자신을 여기로 옮겨 온 남자는 보석상의 가게에서 마주친 바로 그 요고인 일까?

무슨 일이 일어나고 있는 건지 도통 알 수가 없었다.

그 술집에서 바르사를 잡아가려고 했던 병사들은 가슴보호대에 스안 대영주의 문장을 달고 있었다. 위병들한테서 챠그무에 대한 정보를 캐내려고 한다는 말을 대영주가 어디선가 전해 듣고서 자신을 잡아 오라는 명령을 내린 것이리라. 거기까지는 알겠다.

하지만 뭔가 이상한 느낌이 든다.

'일부러 술집 음식에 약을 넣다니. 그렇게 손이 많이 가는 일을 대영주가 과연 할까? 게다가 내가 경계심 없이 먹게 하려고 위병들한테 알리지도 않고 먹일 리가….'

하지만 위병들이 쓰러진 것을 신호탄으로 해서 병사들이 들이닥친 것은 확실하다.

약을 넣는 신중한 수법과, 병사가 술집으로 들이닥치는 거친 수법. 자기 한 사람을 체포하기 위한 종잡을 수 없는 술책에 바르사는 왠지 기분이 묘했다.

챠그무를 찾으며 문을 두드리고 다니면 언젠가는 문 너머에 있는 자가 눈치채게 될 것이다. 그것은 처음부터 각오한 일이다. 하지만 문 너머에는 어렴풋이 상상하던 것보다 훨씬 복잡하고 바닥이 보이지 않는 뭔가가 꿈틀거리고 있는 듯하다. 스안 대영주가 이웃 나라의 황태자를 몰래 숨기고 있는 것뿐이라면, 이렇게 부자연스러운 체포 장면이 연출될 리가 없다.

이 방에 있는 남자도 '문 너머'에 있는 사람 중 하나일까? 뭔가 속셈이 있어서 대영주의 손에 들어가기 전에 자신을 납치한 것이다.

등줄기가 서늘해졌다.

딱 한 가지 분명한 것이 있다. 챠그무가 살아 있다는 것은 이미 많은 사람들에게 알려져 있다….

남자가 일어선 기척이 느껴졌다. 발소리가 가까워졌다. 지팡이를 짚고 있는 듯한 소리가 났다.

얼굴에 그림자가 드리워졌다.

"…깨어났지? 아까하고는 호흡 상태가 다른걸."

깊이가 있는 목소리였다.

바르사가 눈을 떴다.

보석상 가게에서 마주친 그 요고인 남자가 내려다보고 있었다.

스물일곱이나 여덟으로 보였다. 하지만 어딘가 나이를 알 수 없는 면이 있었다. 노숙해 보일 뿐 실제로는 더 젊을지도 모른다. 날붙이를 연상시키는 예리한 얼굴이지만, 살짝 미소를 머금은 검은 눈 탓인지 묘하게 사람을 끌어들이는 부드러움도 있었다.

남자가 손에 들고 있는 것을 보고 바르사는 깜짝 놀랐다. 남자가 미소를 지으며 단창을 살짝 들어 올려 보였다.

"당신이 방을 잡아둔 여인숙에 몰래 들어가서 갖고 왔다. 그 가게에서 마주쳤을 때부터 혹시나 하고 생각했는데 이걸 발견하고 확신을 했지.

나는 그 노래 가사를 좋아한다. 소리꾼 유그노가 부르는 '물의 정령과 챠그무 황태자의 공적'. 기회 있을 때마다 듣고 있지."

남자가 단창 물미로 바닥을 탕탕 쳤다.

"칸발인 여자가 단창을 갖고 있으며 챠그무 황태자를 찾고 있다. …그렇다면 당신이 누군지 어린아이라도 알 수 있지. 그렇지? 바르사 씨."

제2장

우리 편
안의 적,
적 안의
우리 편

1

우리 편 안의 적

청무 산맥 산들의 정상이 살포시 눈을 뒤집어쓰고 새벽에는 마을에도 서리가 내리게 되자, 신요고 황국의 궁에서 열리고 있는 궁정의 평결 모임은 초조함과 긴장감에 시달리는 자리로 변했다.

황제가 어두운 표정을 짓고 있는 중신들을 둘러본 후, 라도우 대장에게 말했다.

"우리 황국군의 준비는 어느 정도 진척이 되었느냐?"

라도우 대장이 이마에 땀이 밴 채 옆을 흘끗 봤다. 라도우 대장 옆에는 그의 동생이자 황국 육군 부대장인 카료우가 앉아 있었다.

카료우는 라도우와 형제라고는 생각할 수 없을 정도로 라도우하고는 생김새도 성격도 달랐다. 불그스름한 얼굴로 항상 남을 위협하듯이 큰 소리로 말하는 라도우와 달리, 백발이 섞인 흑발을 단정히 빗어 넘긴 카료우는 체격은 다부지지만 언뜻 보면 말라 보이는 남자로, 목소리에도 얼굴에도 거의 감정을 드러내지 않는다.

카료우가 들고 있던 두루마리를 바스락거리며 펼쳤다.

"감히 아뢰옵니다. 황국군의 준비에 대해서는 제가 육군과 해군 모두 세세한 조정을 하고 있으므로 현 상황을 설명해드리겠습니다."

산갈 왕국이 타르슈 제국 편에 붙은 것을 알았을 때, 황제와 라도우 대장이 세운 방어책의 핵심은 요새를 짓는 것이었다.

타르슈 제국군이 공격해 오기 전에, 국경에서 도읍으로 향하는 대군이 이용할 가능성이 있는 가도의 요충지에 요새를 지어서 진군을 막자는 것이었다.

요새를 지키는 쪽은 공격하는 쪽보다 훨씬 적은 병력만 있으면 된다. 그 점을 생각하면 그것이 좋은 방책인 것은 분명하지만, 몇 가지 곤란한 점이 있었다.

첫 번째는 그 방법으로는 도읍은 지킬 수 있어도 남부의 곡창지대를 타르슈에 빼앗기게 된다는 것.

그리고 두 번째는 모든 가도에 견고한 요새를 짓기에는 시간도 인력도 부족하다는 점이었다. 장기전이 될 것을 생각하면 작물의 풍부한 수확이 매우 중요하다. 농민을 너무 많이 소집해서 농지를 황폐하게 만들 수는 없다. 특히 남부의 곡창지대에서의 수확이 없어지면 중부와 북부의 작물에 의존해야만 한다.

이런 점들을 지적하는 목소리에 라도우 대장이 이렇게 대답했다. '나라의 혼은 황제다. 비록 국토가 좁아지더라도 도읍을 사수할 생각을 최우선적으로 해야만 한다.'

그리고 요새를 전부 견고하게 지을 필요는 없다. 인력과 시간이 부족하면 그중 몇 개는, 즉 도읍으로 향하는 우회하는 길의 요새는 겉보기만 감쪽같이 꾸미면 되지 않겠느냐고 했다.

단, 이 방책은 타르슈에 정보가 새어 나가면 실패로 끝나고 만다. 그것을 막기 위해서 철저하게 쇄국을 해야만 한다고 라도우는 말했다.

밖에서 밀정이 들어오는 것을 막는 것은 물론이고, 지금 나라 안에 숨어 있는 밀정을 밖으로 나가게 해서는 안 된다고 했다. 이렇게 해서 국경이 폐쇄되었다.

이 방책이 실행에 옮겨지고 1년 몇 개월이 지났다. 도읍에 가까운 곳부터 착공된 요새 건설도 착착 진행되어, 지금은 국경 근처에도 요새가 지어졌다.

민병도 소집해 각지로 보냈다.

신요고 황국은 총력을 기울여 침략군과 싸울 병사를 모으고 있었다. 그러나 전국에서 민병을 전부 그러모아도, 이미 산갈 반도에 집결해 있는 타르슈 제국군의 병력보다 적었다.

카료우가 담담하게 보고하는 황국의 군비 상황을 슈가는 가슴이 서늘해지는 심정으로 듣고 있었다.

카료우는 형 라도우처럼 '황국군의 혼의 힘은 적군의 백배에 해당한다'라는 식의 수식은 하지 않고, 그저 사실만을 이야기했다. 그런 만큼 평결장에 있는 사람들에게는 자신들을 지켜주는 군대가 적의 공격을 두세 번까지는 어떻게 견딘다 해도, 그 이후에는 서서히 수세에 몰릴 거라는 것을 확실히 알았다.

카료우의 목소리가 조용해진 평결장에 울렸다.

"산갈에 잠입시킨 밀정의 보고에 의하면, 올해는 랏카루(회오리바람)가 많이 불어서, 타르슈 제국은 아직 대대적인 함대를 산갈 반도로 못 보내고 있습니다.

첫 전투에서 공격해 오는 것은 지금 산갈 반도에 주둔하고 있는 군대일 겁니다. 그 수가 대략 3만. 황국과 산갈의 국경선에서 이루어질 이 첫 전투에서는 최전선에 소집한 백성들로 구성된 민병들을 배치할 생각입니다."

우대신이 손을 번쩍 들었다.

"농민이나 상인과 같이 검을 쥘 줄도 모르는 사람들을 최전선에 배치하면 적군의 사기를 북돋을 뿐이라고 생각하는데."

대신이 말을 마치기를 기다렸다가 카료우가 입을 열었다.

"그걸 노리는 것입니다. 원래 적군은 한 번도 싸움을 한 적이 없는 군이라고 우리 신요고 황국군을 얕보고 있습니다.

민병을 상대로 한 적군은 점점 더 우리를 얕보고 단숨에 공격하려 들 겁니다. 들떠 있는 그 군사들을 혹독한 훈련을 받은 우리 신요고 황국의 정규군과 대치시키는 것이지요.

민병이라 해도 사람은 사람입니다. 검을 쥐어주고 창을 쥐어주면, 상대를 지치게 만들고 부상을 입히는 것 정도는 할 수 있을 겁니다. 본래 민병이란 그런 목적으로 쓰이는 병사지요.

민병을 무찌르고 흥분해서 피로를 자각하지 못하는 적군을 상대로 우리 정규군이 싸우는 겁니다."

동조하듯이 우대신은 고개를 끄덕였지만, 슈가는 어두운

얼굴로 카료우를 쳐다봤다.

많은 백성을 죽이고 첫 전투를 이기는 것에 무슨 의미가 있다는 말인가?

가령 지원군을 기다리기 위한 작전이라면 의미가 있을 것이다. 하지만 신요고 황국에는 도와줄 지원군이 없다.

시간은 타르슈 편이다. 타르슈는 서두를 필요가 없다. 조금씩이라도 신요고 황국군을 약화시키고 지치게 만들어놓다 보면, 내년 봄에는 대함대를 보낼 수가 있다.

신요고 황국에는 병사를 늘릴 방법도, 쉬게 할 방법도 없다. 싸울 때마다 군은 규모가 작아지고 약해질 것이다.

이 자리에 있는 사람들은 모두 그것을 알고 있을 것이다. 하지만 입 밖으로 꺼내는 자는 없었다.

그들은 라도우 대장의 방책을 믿고 있는 걸까? 요새를 공격하려면 지키는 쪽의 몇 배의 병력이 필요하다. 요새만 지켜내면 언젠가는 승리할 수 있을 거라는 그의 방책을.

그러나 이 중에 적과 내통하는 자가 있다. 어느 요새가 급조된 가짜 요새인가에 대한 정보는 이미 타르슈 측에 전해졌을 것이다.

슈가는 눈을 감았다.

'…더 이상 낭비할 시간이 없다.'

그런 생각이 가슴속으로 뚝 떨어져서 퍼졌다.

인생이란 참 묘한 것이다. 평소에는 많은 노력을 거듭하고, 끝없이 생각할 수 있는 긴 시간을 견디면서 한 발짝, 한 발짝 언덕을 오르듯이 미래를 구축해가야 하는데, 이따금 이렇게 한순간에 자신의 미래를 확 바꾸는 선택을 해야만 하는 경우가 있다.

그래도 도박을 하려면 지금밖에 없다. 더 이상 기다리고 있을 여유가 없다.

슈가가 얼굴을 들어 평결장에 모인 이 나라의 고위직들을 둘러봤다. 그 순간 카료우와 눈이 마주쳤다. 카료우는 아무렇지도 않게 시선을 피했지만, 왠지 그가 자신을 주목하고 있었던 것을 알아차리고 슈가는 마음속으로 눈살을 찌푸렸다.

슈가가 입을 열려는 낌새를 알아차린 걸까? 그렇다면 생각했던 것보다 훨씬 감이 좋은 남자다.

슈가는 옆에 둔 두루마리를 집어, 몸을 황제 쪽으로 스윽 돌렸다.

"감히 아뢰옵니다."

슈가의 목소리에 평결단이 깜짝 놀라 얼굴을 들었다. 황제가 슈가를 쳐다보고는 고개를 끄덕여 발언을 허락했다.

슈가가 맑은 목소리로 말했다.

"지금 나타난 하늘의 형상에 대해 말씀드리고자 하는 것이 있사옵니다."

황제가 얼굴을 찌푸렸다.

평결단이 서로 얼굴을 마주 봤다. 하늘의 형상에 대해서는 성독박사가 먼저 황제에게만 전하고, 그에 대한 해석을 중생들에게 전할지 여부는 황제가 판단하는 것이 보통이다. 이런 식으로 평결이 이루어지는 자리에서 슈가가 하늘의 형상에 대해 이야기하려는 것에 대해 사람들은 뭔가 불온함을 느낀 것이다.

슈가가 말을 이었다.

"저희 성독박사의 임무는 하늘의 뜻을 해독해서 폐하께 아뢰어 판단에 참고하시도록 하는 것입니다.

이 군사상의 논의에 대해 폐하께서 판단을 내리시기 전에 가카이가 하늘의 형상에 대해 아뢰었다면 제가 이 자리에서 말씀드릴 필요는 없습니다만….'

황제의 시선을 받고 성독박사 가카이의 얼굴이 새빨개졌다. 지난 이틀 동안 가카이는 황제 곁에 계속 붙어 있느라 '별의 궁'에 돌아가지 않았다. 슈가는 마침 좋은 기회라고 생각해, 서둘러서 '별 해독 회의'를 개최해서 하늘의 형상을 해독한 이 두루마리를 만들게 했다.

슈가가 옆에 놔둔 두루마리에 눈길을 보내면서, 아무 말도 안 하고 있는 가카이의 모습을 보고 황제가 얼굴을 찌푸린 채로 슈가에게로 시선을 되돌렸다.

"어떤 하늘의 형상이 나타났느냐?"

슈가가 고개를 살짝 숙여서 절을 하더니 두루마리를 묶은 끈을 풀었다.

"하늘의 형상은 잘 아시다시피 하루 이틀로 판단하는 것이 아닙니다. 요 몇 년, 최근 1년, 그리고 최근 반년의 하늘의 형상을 서로 비교해 그 변화 과정으로 해독하는 것입니다.

저희 성독박사들은 이 군사상의 논의에 대비해서, 폐하의 판단에 도움을 드리고자 하늘의 형상을 해독하는 '별 해독 회의'를 개최했습니다."

두루마리를 펼쳐서 아름다운 군청색 바탕에 금으로 그린 천문도를 황제에게 보이면서 슈가가 말했다.

"상세한 설명은 나중에 올리겠습니다만, 저희 성독박사들은 지금의 하늘의 형상은 분명히 '생성변천의 상(相)'이라는 결론을 내렸습니다."

평결단의 술렁임이 커졌다.

황제가 눈살을 찌푸리며 진의를 캐묻듯이 슈가를 응시했다.

"…우리 나라가 오랑캐의 공격을 받으려고 하는 이때에

'생성변천의 상'이 하늘에 나타난 것은 그야말로 당연한 일이다. 무슨 이유로 지금 새삼스럽게 그런 말을 하는 것이냐?"

슈가가 살짝 눈을 감으면서도 분명한 어조로 말했다.

"'생성변천의 상'은 오래전부터 두 가지 상반되는 미래를 의미하는 것으로 여겨져 왔습니다. 하나는 새로운 것이 태어나는 길조. 또 하나는 오래된 것이 사라지는 흉조."

그 말은 채찍처럼 사람들을 쳤다. 술렁임이 멎더니 평결단이 숨을 멈추고 슈가를 응시했다.

"어느 쪽 미래를 백성들에게 가져다줄 것인지, 그것은 오로지 폐하의 판단에 달려 있사옵니다."

슈가의 뺨은 긴장으로 창백해져 있었지만 눈은 강렬한 빛을 띠고 있었다.

아직 젊은, 단정한 얼굴을 한 이 청년이 자신의 모든 것을 걸고 황제에게 진언하고 있다는 것을 평결단은 문득 깨달았다.

"민초의 피가 성스러운 이 나라의 대지에 스며들고, 슬픔의 목소리가 이 땅에 가득 차는 미래를 부디 저희에게 주시지 않기를 바라옵니다. 저는 폐하께서 길운으로 인도해주실 거라고 믿고 있사옵니다."

황제는 한동안 아무 말도 하지 않고 젊은 성독박사를 응시하고 있었다. 슈가는 더 이상 눈을 내리깔지 않고 지그시 황제를 올려다보고 있었다. 그 눈을 보는 사이에 황제는 분노가 걷잡을 수 없이 솟구쳐 오르는 것을 느꼈다.

"…그대는 전쟁을 피하라고 하는 것이냐?"

슈가가 꼼짝도 하지 않고 대답했다.

"저는 성도사 후보의 몸입니다. 그런 진언을 할 수 있는 입장이 아니옵니다.

폐하께서는 이 나라가 처해 있는 모든 상황을 잘 알고 계십니다. 전쟁을 하게 되면 어떤 일이 일어날지, 그 이후의 일까지 전부 예측하고 계실 겁니다.

저는 단지 폐하께 현명한 판단을 내려주시기를 바랄 뿐이옵니다."

정적에 휩싸인 평결장에 갑자기 옷자락 스치는 소리가 울렸다.

황제가 옥좌에서 일어선 것이다. 이례적인 일에 사람들은 어안이 벙벙해하며 황제를 올려다봤다.

"그대들은… 죽음이 두려우냐?"

황제는 슈가한테서 시선을 돌려 평결단을 둘러보며 갈라진 목소리로 말했다.

"우리 조상은 짐승처럼 서로를 잡아먹는 남쪽 나라들의 추악함이 싫어서 머나먼 이 북쪽 땅으로 왔다.

　이제까지 우리는 다른 나라와 싸우는 일도 없이, 천신께서 가르치고 이끌어주시는 대로 맑고 순수한 나라를 만들어오지 않았느냐? 작지만 풍요로운 이 나라를….

　이곳은 천상의 이치에 따라 지상에 생겨난 아름답고 순수한 나라다."

　황제의 눈에 눈물이 글썽이는 것을 평결단은 소리도 내지 않고 얼어붙은 듯이 지켜보고 있었다. 항상 차분한 황제의 목소리가 지금 북받치는 감정을 억제하지 못하는 것처럼 떨렸다.

　"나는 나의 어버이이신 천신을 진심으로 믿는다. 가르침에 따라서 맑고 순수하게 사는 자식을 돌보지 않는 부모가 어디 있겠느냐? …천신께서는 반드시 우리를 구해주실 것이다."

　황제는 뺨을 타고 흐르는 눈물을 닦지도 않고 평결단을 둘러봤다.

　"그대들은 죽음이 두려우냐? 천신을 믿고, 전멸할지라도 끝까지 싸우기는 싫은 것이냐?

　자신의 목숨이 아까워서 부정 탄 탐욕스러운 자들 앞에 무릎을 꿇고, 그대들이 태어나 자란 이 나라를, 소중한 이 나라를 그들의 더러운 손에 바칠 것이냐?"

어느 틈엔가 평결단의 눈에도 눈물이 맺혔다.

그 손에 권력을 쥐고서 사람을 움직이고, 다리를 서로 끌어당기며, 정쟁에 열중해온 대신과 근위대장, 육군과 해군의 대장들의 뺨이 젖어 있었다.

"주상 전하… 주상 전하…."

좌대신이 목이 멘 채 말했다.

"저희는 이 나라를… 천신과 폐하께서 지키신 이 나라를 진심으로 사랑합니다.

죽음이 두려워 나라를 적한테 바치는 비겁한 자는 여기에는 없사옵니다."

라도우 대장도 감정이 북받쳐 일어서서 울부짖듯이 말했다.

"저희는 마지막 한 명의 병사까지 싸우고, 또 싸우고, 끝까지 싸우겠습니다. 부정한 타르슈여, 배반자 산갈이여, 명심하는 게 좋을 거다! 우리 군은 천신의 가호를 받는 맑고 순수한 군이다!"

찬동의 목소리가 평결장을 뒤흔드는 것을 슈가는 눈을 감고 듣고 있었다.

흥분한 목소리의 파도가 가라앉아가자 황제가 천천히 말했다.

"나는 이 나라에 가장 아름다운 미래를 가져다주겠다. …

모두 한마음이 되어 나를 믿어라.”

평결단이 바닥에 머리를 조아렸다.

회합이 끝나자 평결단은 웅성거리면서 어두침침한 궁의 복도를 걷기 시작했지만, 아무도 슈가에게 말을 거는 사람은 없었다.

“천신을 받들어 모시는 성독박사라는 자가 그런 말을 하다니, 어이가 없군….”

작은 소리로 그렇게 욕하는 자도 있었고, 딱하다는 듯이 슈가를 보는 자도 있었지만, 평결단 대부분은 슈가가 제 손으로 자신의 미래를 망쳐버렸다고 생각했다.

하지만 정작 슈가 자신은 복도를 걸으면서 전혀 다른 생각을 하고 있었다.

‘…그 정도면 충분한 먹이가 되었을까?’

슈가가 복도 모퉁이를 돌아서 ‘별의 궁’으로 이어지는 복도 쪽으로 향했을 때, 누군가가 뒤에서 잰걸음으로 다가오는 것을 느꼈다.

슈가가 뒤돌아보자 두루마리를 가슴에 안은 카료우가 슈가에게 고개를 까딱했다. 그리고 지나쳐 가면서 주위 사람들한테 들리지 않을 정도의 목소리로 속삭였다.

“말씀드리고 싶은 것이 좀 있습니다. 내일 ‘동트는 시각’에

기도당 뒤편에 계시기 바랍니다."

슈가는 온몸에 전율이 흐르는 것을 느꼈다.

'아니, 카료우 부대장이….'

목숨을 걸고 던진 먹이에 걸린 인물이 잰걸음으로 사라져 가는 뒷모습을 슈가는 말없이 지켜보고 있었다.

⋙⋆⋘

아침 안개가 나무들을 적셔, 나무 표피 냄새가 대기 중에 감돌았다.

다른 성독박사에게 부탁해 대신 아침 기도 임무를 맡은 슈가는 기도당에서 천신의 성수(聖水)를 바치며, 무릎을 꿇고서 진심으로 빌었다.

기도당에는 신의 형상 같은 것은 없고, 중앙에 흙더미가 있을 뿐이다. 육각형의 지붕 중앙에 뚫려 있는 천창으로 아침 햇살 한 줄기가 그 흙더미로 쏟아져 내렸다.

'하늘과 땅이 서로 만나는 곳에서 생명이 탄생했다. …신은, 사람은, 생물은, 이 세상의 모든 것은 본래 그런 존재다. 소박하지만 범할 수 없는 엄연한 진리다.'

하얗게 빛나는 흙 표면을 바라보며 슈가는 마음속으로 그런 생각을 했다.

'성스러운 존재는 이곳에 있다. 이곳과 이 세상 모든 것에.'

천천히 일어서서 슈가는 황제의 침소 쪽으로 시선을 돌렸다. 한참을 그렇게 꼼짝 않고 있다가, 이윽고 등을 홱 돌려 기도당에서 나갔다.

기도당 뒤편은 석가산으로 되어 있다.

일꾼들이 오기에는 아직 이른 이 시각, 넓은 석가산은 고요한 아침 공기에 휩싸여 있었다.

슈가의 모습을 확인하고서 석가산 바위에 기대어 있던 남자가 몸을 일으켜 세웠다.

몸종을 한 명도 데려오지 않고 단검만 허리띠에 차고 있는 카료우는 어제 평결장에서와는 인상이 전혀 다르게 보였다. 평결장에서는 얼음 기둥 같았는데, 지금은 솔직한 남자라는 느낌이 들었다. 쉰을 넘었을 텐데 나이의 흔적은 머리카락에 섞인 흰머리뿐으로, 형 라도우 대장보다 훨씬 젊어 보였다.

'그러고 보니 황국군 정장을 입지 않은 카료우 부대장을 처음 보는구나.'

슈가는 마음속으로 중얼거렸다.

"와주셨군요."

카료우가 미소를 지었다.

"왜 오시라고 했는지 이미 짐작하고 계시겠지요?"

슈가가 고개를 갸웃해 보였다.

"글쎄요. 짐작하고 있는 것은 있습니다만."

카료우가 고개를 끄덕이고 목소리를 낮췄다.

석가산에는 나무가 드문드문 심어져 있어서 사방이 잘 보인다. 기도당 뒤에 사람이 숨어서 엿듣는 것만 신경 쓰면 됐다.

"챠그무 황태자 전하는 이 궁정 내에 타르슈 제국과 내통하고 있는 자가 있다는 것을 알고 계셨지요. 편지 같은 것으로 그 사실이 당신한테 전달되었을 것입니다. 그렇지 않고는 우리 신변을 캐는 움직임이 있을 리가 없지요."

역시 카료우가 눈치채고 있었구나… 하고 슈가는 생각했다. 워낙 켕기는 것이 있으니까 눈치를 챘겠지만.

카료우의 미소가 커졌다.

"영특한 분이셨죠, 챠그무 황태자 전하는. 하지만 유감스럽게도 너무 어리십니다. 유치한 꿈을 꾸며 이 나라가 나아갈 길을 바꾸어버리셨습니다.

전하가 얌전히 돌아오셨다면 좀 더 신속히 일이 진행되었을 텐데…."

슈가가 낮은 목소리로 물었다.

"당신이 말씀하시는 이 나라가 나아갈 길이란… 타르슈의 속국이 되는 것입니까?"

"물론이지요."

너무나도 명료한 그 대답에 슈가는 찬찬히 카료우를 바라
봤다. 카료우가 입가를 일그러뜨렸다.

　"황국 육군의 부대장이자, 챠그무 황태자가 안 계시는 지
금, 차기 황제의 종조부이신 당신이 왜 적국과 내통했는지…
이해가 안 가는군요."

　"그렇겠지요."

　카료우의 눈에 고요한, 강철 같은 빛이 깃들었다.

　"바로 그런 입장이기 때문이라고 해야겠지요. 나는 이 나
라 군의 내부 사정도, 타국의 정보도 전부 알 수 있는 입장에
있습니다. 누구보다도 빨리 우리 나라의 멸망을 예견했던 셈
이지요."

　카료우가 슈가를 응시했다.

　"일찍부터 상인들을 이용해서 타르슈나 산갈의 정보를 모
아온 당신을 나는 계속 주목해왔습니다. 같은 생각을 갖고
있는 분이라고 생각해서."

　슈가는 아무 말도 하지 않고 그저 카료우의 말을 듣고만
있었다. 카료우가 시선을 약간 옮겨, 나무 사이로 비치는 하
얀 아침 햇살을 보면서 말했다.

　"이 나라는 멸망 직전에 있습니다."

　카료우가 슈가에게로 시선을 되돌렸다. 두 사람은 잠시 서

로를 쳐다보고 있었다.

"…천신의 가호를 당신은 안 믿는 것입니까?"

슈가가 나지막이 말하자 카료우가 고개를 갸웃했다.

"당신은 어떤가요?"

슈가는 대답하지 않았다. 카료우는 신경 쓰는 것 같지도 않고 말을 이었다.

"천신께서는 이 세상을 보고 계십니다. 많은 비로 지반이 무너져서 사람이 죽든, 추악한 욕망을 가진 채 사람들이 서로를 죽이든, 그저 보고만 계시지요. 나는 천신을 믿지만 형과는 달리, 최후에는 기적이 일어나 우리가 구원받을 거라는 식의 안이한 믿음은 갖고 있지 않습니다.

아마도 당신도 그럴 겁니다. 그렇지 않다면 어제 그런 말을 했을 리가 없지요."

슈가는 내심 놀라면서 카료우를 쳐다봤다.

조용히 형 뒤를 따라다니며 자신의 의견이라고 할 만한 것을 거의 내지 않던 이 인물이 이런 생각을 갖고 있으리라고는 이제까지 생각지도 못했다.

카료우가 미소를 지었다.

"성스러운 존재는 너무 가까이서 보면 안 되는 듯합니다. 나는 당신보다 30년 이상 더 오래 선대 황제와 지금 황제를 모셔왔습니다.

게다가 내 조카딸, 형을 빼닮아 천박하고 성미 급한 조카딸이 낳은 아들이 언젠가 황제가 될 거라고 생각하면, 성스러운 존재의 광채도 흐릿해지게 마련이지요."

슈가가 불쑥 말했다.

"당신은 참으로 기탄없이 말씀하시는 분이군요. 이런 분인 줄은 전혀 몰랐습니다."

카료우가 어깨를 으쓱했다.

"당신이니까 기탄없이 말하는 겁니다."

"황제의 노여움을 사서 실각한 사람이니까요?"

카료우가 웃음을 터뜨렸다.

"당신이야말로 꽤나 기탄없이 말씀하시는군요. 하지만 뭐, 맞는 말입니다.

어제의 그 발언은 나를 겨냥한 함정이었을지 모르지만, 미안한 얘기지만, 당신은 성도사님이 쓰러지시고 챠그무 황태자 전하가 사라지신 단계에서 이미 출세 가도에서는 벗어난 입장이 되었습니다. 당신이 황제께 내가 배반한 것을 고한다 해도, 황제께서는 내 말을 더 믿으실 겁니다."

미소를 거두고 카료우가 슈가를 봤다.

"슈가님. 이 나라를… 백성을 파멸로부터 구하실 생각은 없습니까?

속국이 되는 것이 곧 나라의 멸망을 뜻하는 것은 아닙니다. 산갈을 보시지요. 그 수법이 놀랍지 않나요? 그들은 속국이 됨으로써 이전보다 풍요로워질 겁니다.

우리는 지금 전멸할 각오로 끝까지 싸우는 것 같은 한심한 생각을 하고 있을 때가 아닙니다. 어떻게든 우리의 가치를 타르슈 제국이 인정하게끔 해서, 유리한 입장에서 속국이 될 방법을 생각해야 하지요."

슈가가 나지막이 말했다.

"그러기 위해서 나라의 혼을⋯ 타르슈한테 바치겠다는 것입니까?"

카료우가 천천히 고개를 저었다.

"그분만이 나라의 혼은 아닙니다. 내 조카딸의 아들도 해낼 수 있는 역할이지요."

슈가가 냉담한 목소리로 말했다.

"그럴까요? 어제 대신들의 눈물을 보셨는지요? 만만치 않은 그들로 하여금 눈물 흘리게 만드는 힘을 갖고 계시는 겁니다. 나라의 혼이란 이치와는 별개의 것입니다."

카료우가 고개를 크게 끄덕였다.

"바로 그래서 당신이 필요한 겁니다, 슈가님. 앞으로 일어날 커다란 변동이, 반역도 파멸도 아니라 행운으로 인도하기 위한 하늘의 뜻이라고 사람들을 납득시킬 수 있는 사람은 당신밖에 없습니다.

사람들을 속이라는 말이 아닙니다. 어제 당신이 별지도를 들고 보여줬을 때, 나는 이것이야말로 하늘의 목소리라고 생각했지요.

'생성변천의 상', 오래된 것이 사라지고 새로운 형태가 됨으로써 이 나라는 구원받을 겁니다."

카료우가 조용히 말했다.

"마지막 한 명의 병사까지 참살당해 타르슈의 노예가 되는 결말을 나라에 떠안기려고 하는 황제와 형. 황제의 혈통이라는 나라의 혼을 남겨 나라를 어떻게든 유지하려고 하는 나. 그 어느 쪽이 진정으로 나라를 위하는 거라고 생각하십니까?"

슈가는 고개를 숙이고 생각에 잠겼다.

머리 위의 나뭇가지에 작은 새들이 모여들기 시작해 지저귀는 소리가 맑은 대기 속으로 퍼져갔다.

고개 숙이고 있는 슈가의 옆얼굴을 하얀 아침 햇살이 비추는 것을 보면서 카료우가 문득 생각난 듯이 말했다.

"…설마 그럴 리는 없겠지만, 당신은 로타 왕국과의 동맹에 희망을 걸고 있는 건 아니겠지요? 예전에 챠그무 황태자 전하가 그런 말을 하신 적이 있지만 로타와의 동맹은 일단 있을 수 없는 이야기입니다."

슈가가 눈을 깜빡였다.

"그럴까요?"

"네, 불가능합니다. 유감스럽게도."

카료우가 쓴웃음을 지으며 말을 이었다.

"로타 왕국은 기반이 탄탄한 나라가 아닙니다. 남부의 대영주들이 왕위에 오를 기회만 호시탐탐 노리고 있는 것은 잘 알고 계실 겁니다.

이건 타르슈의 밀정한테서 얻은 정보인데, 남부의 대영주들은 이미 오래전부터 타르슈 제국과 내통하고 있는 듯합니다."

슈가는 살갗에 소름이 돋는 것을 느꼈다.

"뭐라고요…?"

카료우의 미소가 깊어졌다.

"로타 남부의 대영주들은 비옥한 농지에서의 수익과, 남쪽 대륙과의 해운으로 부를 구축해온 셈인데, 타르슈 제국은 산갈 왕국을 거치는 교역보다 훨씬 더 이득이 많은, 타르슈와의 직접 교역을 미끼로 대영주들을 구슬린 듯합니다.

가령 남부 최대의 항구도시 쓰라무를 지배하고 있는 스안 대영주 같은 사람은 타르슈 제국의 제1왕자와 깊은 관계를 맺고 있다고 합니다."

슈가가 미간을 모았다.

"제2왕자 라울이 아니고요?"

카료우가 고개를 끄덕였다.

"우리 나라를 공격할 우선권을 가진 라울 왕자가 아니라, 형 하잘 왕자 쪽이라고 합니다.

동생한테 신요고 황국 공략의 우선권을 빼앗긴 하잘 왕자가 명예 회복을 위해 로타 왕국을 노리는 것이겠지요."

그렇게 말하며 카료우가 빈정거리는 투로 덧붙였다.

"동생이 우리 신요고 황국을 공격하는 것이 먼저냐, 형이 로타 왕국을 공략하는 것이 먼저냐. 형제가 서로 경쟁하고 있는 셈이지요."

슈가가 냉담하게 말했다.

"당신은 그 형제간의 싸움의 도구로 쓰이고 있는 셈인가요?"

카료우는 화내지 않았다. 오히려 슈가의 말을 예상하고 있었던 듯이 미소를 지었다.

"이 나라를 구하기 위해서라면 나는 도구든 뭐든 개의치 않습니다.

훌륭한 도구라는 것이 라울 왕자한테 전해지면, 나는 미래에도 이 나라를 이끌어 갈 힘을 얻을 수 있지요. 그 편이 자존심보다 훨씬 소중합니다."

슈가는 미소 짓고 있는 카료우를 보면서 속으로 생각했다.

'그렇구나. 이 사람은 황제만이 아니라 형도 죽일 생각이구나.'

그렇게 하면 신요고 황국이 속국이 되었을 때, 황태자의 후견인으로서 힘을 휘두를 수 있다.

카료우의 그런 계획은 추악한 것일까? 그렇게 생각할 수는 없었다. 그가 이끌어 가려고 하는 미래의 모습은 천운에 의지하는 것이 아니라, 파멸로 치닫고 있는 이 나라를 구할 수 있는 방법 중 하나인 것은 틀림없었다.

슈가가 카료우의 눈을 똑바로 쳐다보며 말했다.

"로타 남부의 대영주들은 고국을 적한테 팔아넘겨, 로타가 속국이 된 후에는 속국의 정권을 장악할 생각이겠군요."

카료우가 태연스럽게 고개를 끄덕였다.

"그렇겠지요. 로타 왕도 가신들한테 목숨을 잃게 되겠지요. 그것도 나라의 절반을 실질적으로 지배하고 있는 대영주들한테. 로타 왕국은 어쩌면 우리 나라보다 먼저 타르슈 제국의 속국이 될지도 모릅니다.”

어느 틈엔가 해의 위치가 상당히 높아져 있었다. 지면을 반짝이게 하던 서리가 녹아서 땅을 적셔 흙냄새가 올라왔다.

아침 석가산의 냄새에 둘러싸인 채 슈가는 우두커니 서 있었다.

‘챠그무 전하….’

로타와의 동맹을 꿈꾸며 바다로 뛰어든 소년의 불운이 가여워서 견딜 수가 없었다. 어렴풋이 남아 있던 희망의 빛이 멀어져갔다.

그리고 그 투명한 빛 대신에 자신이 가야만 하는 피비린내나는 길이 또렷이 모습을 드러내는 것을 슈가는 암울한 심정으로 바라보고 있었다.

2

기묘한 적

"…상상했던 것보다 훨씬 무겁군."

남자가 손 안에서 단창을 흔들면서 말했다.

바르사는 그 모습을 잠자코 보고 있었다. 몸이 마비되지 않았다면 벌떡 일어나서 단창을 빼앗을 수 있는 거리지만, 지금은 어쩔 도리가 없다.

"넌 누구냐? 왜 나를 구해줬지?"

나지막이 말하자, 남자가 단창의 창고달을 조용히 바닥에 대고서 바르사를 내려다봤다.

"나는 아라유탄 휴우고라고 한다. 너를 구한 이유는… 너무 복잡해서 한마디로는 대답할 수 없다."

그렇게 말하더니 휴우고라는 남자는 단창을 들고 문 쪽으로 가서 문에 자물쇠를 채웠다. 바르사는 눈살을 찌푸렸다.

'왜 안쪽에서…?'

휴우고는 단창을 문 근처에 기대어 세워놓고, 안쪽에 있는 식탁에서 뭔가를 들고 되돌아왔다. 침대 옆 의자를 끌어당겨서 앉더니, 갖고 온 쵸우루를 입에 물고 맛있다는 듯이 연기를 빨아들였다.

"이제 한동안 아무도 방해 못 할 거다. 천천히 얘기하도록 하자."

바르사의 표정을 보고 휴우고가 덧붙였다.

"네가 후두부를 갈긴 그 남자는 좋은 사람이지만, 지나치게 내 걱정을 하는 나쁜 버릇이 있다. 열일곱에 만났기 때문인지 언제까지고 나를 어린애 취급을 하지. 난처한 일이다."

마치 오래전부터 알고 지낸 사람에게 말하듯이 숨김이 없는 말투였다.

바르사는 지그시 남자를 바라봤다.

이 남자의 정체가 무엇인지 모르는 한, 무엇을 노리는 건지도 알 수가 없다. 지금으로서는 모든 패를 쥐고 있는 것은 남자 쪽이고, 바르사의 손에는 아무 패도 없다. 조금이라도 상대의 정체를 간파해 속셈을 알아낼 패가 필요했다.

바르사가 나지막이 말했다.

"…묘한 사투리가 있군."

휴우고의 입가에 미소가 떠올랐다.

"내 입장에서 보면 북쪽의 요고인이 오히려 사투리를 쓰는 셈이지."

바르사가 깜짝 놀랐다.

"넌 남쪽의…."

휴우고가 고개를 끄덕였다.

"내 고향은 남쪽 대륙의 요고 황국이다. 타르슈에 의해 멸망해 지금은 속국이 되었지만."

바르사는 등줄기에 싸늘한 것이 흐르는 것을 느꼈다.

'이 녀석은 역시 타르슈의 앞잡이구나….'

바르사의 그런 생각을 읽기라도 한 듯이 휴우고가 말했다.

"이 쓰라무항에는 타르슈의 밀정들이 우글우글하다. 스안 대영주의 아들이 희귀한 문양이 새겨진 타르파 머리띠 장식을 손에 넣었다는 소문이 쫙 퍼졌지."

바르사는 잠자코 듣고 있었다. 왜 이런 이야기를 자신에게 하는 건지 남자의 속셈은 알 수 없었지만 남자는 말을 계속했다.

"챠그무 황태자 전하가 투신을 했다는 이야기는 그 배가 산갈 반도에 도착하자마자 매를 통해 각지로 전달되었다. 그 이야기를 들었을 때는… 가슴이 철렁했지. 챠그무 전하가 그런 결말을 선택하셨다는 생각에."

휴우고가 바르사를 지그시 바라보며 말했다.

"그분은 자해를 시도한 적이 있다. 내가 보는 앞에서."

바르사는 자신도 모르게 숨을 멈추고 남자를 똑바로 쳐다봤다.

'이 남자는….'

도대체 정체가 뭘까?

그 생각이 바르사의 마음속에서 아플 정도로 부풀어 올라 있었다.

휴우고는 바르사를 응시한 채로 말을 이었다.

"현명하지만 지나칠 정도로 순수한 면이 있는 분이기 때문이지. 백성의 신뢰를 배신하는 대신에 자신의 몸을 버리는 쪽을 택하신 거라고 생각했다."

목소리가 약간 갈라졌다. 휴우고는 고개를 숙이고 한참을 잠자코 있다가, 이윽고 살짝 미소를 지었다.

"하지만 그렇게 연약하지 않았다. 묘한 분이다. 지나치게 맑고 순수해서 어딘가에서 꺾여버릴 것처럼 보이지만… 꺾이지 않는다. 마음속에 만만치 않은 뭔가를 갖고 계시는…."

바르사가 갑자기 휴우고의 말을 끊었다.

"적당히 하시지."

휴우고가 놀란 듯이 얼굴을 들었다.

"뭐라고?"

"너는 타르슈의 밀정이잖아? 나한테는 틀림없는 적이지. 그런 적이 지금 내가 보고 있는 무대의 뒷얘기를 하염없이 늘어놓는 것을 느닷없이 듣고 있는 기분이다. 그것도 친근한 척하며 어깨에 손을 얹고서 말이지.

이런 이야기를 하는 이유가 도대체 뭐지?"

휴우고가 천천히 손으로 얼굴을 닦았다.

"…그렇군. 맞는 말이다."

휴우고가 턱을 문지르면서 생각에 잠겨 있다가 말했다.

"네 말대로 나는 타르슈의 밀정으로 너한테는 적이다. 하지만 그렇게 명확하게 흑백으로 나눌 수 없는 부분이 있다. 그래서 이런 식으로 얘기한 건데 불쾌했다면 사과하지."

"뭐, 별로 사과받을 정도의 일은 아니다."

바르사가 낮은 목소리로 말했다.

"넌 아까 나를 구해준 이유가 복잡하다고 했는데, 우리 편과 적을 명확하게 나눌 수 없는 부분이 있다고 말한 이유부터 먼저 설명해주었으면 한다. 서로의 입장이 확실하지 않은 상태에서 제대로 된 이야기를 나눌 수는 없을 테니까."

휴우고가 쓴웃음을 지었다.

"맞는 말이다."

그리고 진지한 얼굴로 이야기하기 시작했다.

"아까 이 쓰라무항에는 타르슈의 밀정이 우글우글하다고 했는데, 한마디로 타르슈의 밀정이라고 해도 그중에 우리 편도 있고 적도 있다."

"같은 타르슈 사람 중에?"

"그렇다. 타르슈 황제의 장남 하잘 왕자 휘하 사람과, 차남 라울 왕자 휘하 사람은 서로의 속셈을 필사적으로 알아내서 서로를 방해하고 있다."

휴우고가 살짝 미소를 지으며 그렇게 말하더니 덧붙였다.

"덧붙이자면 나는 라울 왕자 휘하에 있다. 타르슈의 표현으로는 '북익(北翼)'의 가신인 셈이다. 하잘 왕자의 밀정들은 '남익(南翼)'의 가신이다. …너한테 마취약을 먹인 자는 이 '남익'의 밀정이다."

뜻밖의 말을 듣고 바르사가 눈살을 찌푸렸다.

"뭐라고?"

"너를 우리 동료, '북익'의 밀정으로 생각한 것이지.

뭐, '남익' 녀석들이 그렇게 생각한 것도 무리는 아니다. 스안 대영주의 위병들에게 챠그무 황태자에 대해 교묘하게 캐

내려고 하는 수상한 여자가 있다…라고 한다면 누구라도 우선 적의 밀정일 거라고 의심할 테니까."

휴우고가 미소를 지었다.

"내가 너를 구함으로써 '남익' 녀석들은 역시 네가 '북익'의 밀정이었다고 확신하고 있을 거다."

바르사가 나지막이 말했다.

"하지만 나를 잡으러 온 병사들은 스안 대영주의 병사들이었다."

휴우고가 짧아진 쵸우루 끝을 손바닥에 눌러서 불을 껐다.

"스안 대영주는 타르슈 제국과 내통하고 있다. 이미 2년 전부터."

바르사가 깜짝 놀라며 눈을 크게 떴다.

아스라를 구하려다 로타 왕국 내부의 음모에 말려들었을 때 보고 들은 것들이 머릿속에 떠올랐다.

'그러고 보니 남부의 대영주들은 틈만 있으면 소란을 피우려고 했었지….'

휴우고가 담담하게 말을 이어나갔다.

"하잘 왕자는 동생이 신요고 황국을 노리는 것을 알자마자 로타 왕국으로 눈을 돌렸다. 남부의 대영주들은 로타 왕의 지배에 불만을 갖고 있다. 하잘 왕자가 그 점에 주목한 셈이지. 그들에게 산갈을 경유한 교역보다 이득이 있는 타르슈와의 직접 교역을 제안해, 은밀히 돈을 벌게 해서 살찌게 해줬다. 스안 대영주도 단물을 빨아서, 로타 왕에게는 비밀로 하고 많은 무기를 모으고, 남부의 대영주들 사이의 밀약을 단단히 다지고 있지.

타르슈 제국의 도움을 받아 로타 왕을 폐위시키고, 로타를 타르슈의 속국으로 만들어 자신들이 속국의 통치권을 획득할 속셈인 것이다.”

안개가 걷혀가듯이 상황이 서서히 드러나는 것을 바르사는 느꼈다.

'아, 그렇구나.'

흑백으로 나눌 수 없다는, 이 남자의 말이 무슨 뜻인지 이해가 되었다. 이 남자는 라울 왕자 편이라고 한다. 라울 왕자의 형 하잘 왕자에게 로타 공략의 공적을 빼앗기고 싶지 않은 것이리라.

그것은 이해했지만 오싹한 느낌은 가라앉지 않았다. 오히려 점점 더 심해졌다.

'스안 대영주가 타르슈와 내통하고 있다면 챠그무는 얼토당토않은 놈의 문을 두드린 셈이 된다….'

창백해진 바르사를 쳐다보며 휴우고가 말했다.

"스안은 아들이 손에 넣은 타르파 머리띠 장식이 어떤 의미를 갖고 있는지를 '남익'의 밀정한테서 들었을 것이다. 소문의 중심에 서 있는 챠그무 전하가 자신의 성문에 나타났을 때는 아마도 놀랐겠지."

바르사가 혼잣말처럼 말했다.

"…랏샤로처럼 아랫도리만 가린 차림이었을 텐데, 위병은 어떻게 그렇게 쉽게 성으로 들여보낸 거지?"

"내가 들은 바로는 위병은 쫓아 보내려고 했다고 한다.

그런데 챠그무 전하가 아직 문 근처에 있을 때, 스안 대영주의 아들이 지나갔다고 한다. 그 아들은 상당히 예리한 사람이다. 지금은 아버지보다도 적극적으로 타르슈와 관계를 맺고 있지.

게다가 또 한 가지 좋지 않은 우연이 겹쳤다. 그는 산갈 왕 즉위식에 참가한 적이 있다. 아마도 챠그무 전하를 뵌 적이 있었을 거다. 그때하고는 인상이 많이 달라졌겠지만, 챠그무 전하가 이름을 밝혔다면 알아볼 수는 있었을 것이다."

그렇게 말하고 나서 휴우고는 문득 생각난 듯이 바르사에게 물었다.

"나는 전하가 어부 차림이었다고 들었는데, 랏샤로처럼 아랫도리만 가리고 있었다고?"

바르사는 대꾸하지 않았지만 휴우고는 신경 쓰는 것 같지도 않고 말을 계속했다.

"전하는 밥하는 아줌마를 마음에 들어 하셨지. 랏샤로의 배를 얻어 타면 산갈인 배를 타는 것보다 안전하다고 생각하셨을 것이다."

"밥하는 아줌마?"

엉겁결에 바르사가 되묻자 휴우고가 미소를 지었다.

"챠그무 전하가 남쪽 대륙으로 건너갈 때, 배에서 밥하는 아줌마가 랏샤로였다."

그 말을 들은 순간, 바르사는 머릿속에 빛이 지나가는 것을 느꼈다. 몇 개의 조각들이 이어져서 갑자기 하나의 형태를 이루었다.

바르사는 찌를 듯한 날카로운 시선으로 휴우고를 쳐다봤다.

"…그렇군. 그 아이를 납치한 밀정이라는 자가 너로구나."

휴우고의 눈에서 미소가 사라졌다. 어깨를 으쓱하며 휴우고가 말했다.

"그렇다. 내가 전하를 납치했다."

휴우고가 입을 다물자 침묵이 흘렀다.

지지직… 하고 초에서 소리가 나며 불꽃이 흔들렸다.

휴우고가 입을 열려고 했을 때, 문을 열려고 하는 소리가
나며 욕하는 소리가 들려왔다.

"…뭐야, 왜 문을 잠갔지? 어이, 문 열어."

체구가 작은 주술사 목소리였다.

휴우고가 눈썹을 치켜올리며 바르사에게 미소를 지어 보
였다.

"적절한 때에 훼방꾼이 나타났군."

그렇게 말하고 일어서서 문 쪽으로 가면서 휴우고가 뒤돌
아봤다.

"아직 너한테 해야 할 말이 있다. 나를 죽이고 싶다고 생각
할지도 모르지만, 실행은 그 말을 들은 다음에 하기 바란다."

가벼운 어조로 그렇게 말하고 휴우고가 문을 열었다.

"…너, 정말."

소리치면서 들어오려고 한 주술사를 휴우고가 막았다.

"기다렸어. 저기서 이야기하자."

문에 손을 걸친 채로 휴우고가 바르사에게 말했다.

"몸의 마비는 오늘 밤까지는 남는다고 한다. 그 후에 누군
가 여자를 보내지."

손을 뒤로 돌려서 문을 닫고 휴우고가 나갔다. 조금 후에
이번에는 밖에서 자물쇠를 채우는 소리가 들려왔다.

바르사는 어두침침한 방의 벽을 멍하니 쳐다봤다.

'챠그무는 스안의 성에 있을까?'

스안이 타르슈와 내통하고 있다면 챠그무를 로타 왕에게 보낸다는 것은 당치도 않은 일이다. 틀림없이 연금되었을 것이다.

하지만 아예 죽이지는 않을 것이다. 신요고 황국과의 전쟁을 앞두고 있는 지금, 타르슈 입장에서는 챠그무는 아직 어떤 용도로든 써먹을 가능성이 있는 소중한 인물일 테니까.

거기까지 생각하고 바르사는 눈을 질끈 감았다.

챠그무가 자해하려고 할 정도로 궁지에 몰려 있었다는 이야기가 가시처럼 가슴을 찔렀다.

죽을 고생을 해서 간신히 여기까지 왔을 텐데 다다른 곳이 또다시 타르슈의 손아귀였다니….

뜨겁게 달궈진 결정과도 같은 분노가 가슴속을 끓어오르게 했다.

3
습격

하루가 천천히 흘러갔다.

바르사는 조금씩 움직이게 된 팔다리를 침대 옆에서 쭉 뻗었다 오므렸다 하며 마비를 풀려고 애를 쓰고 있었다.

빈틈이 없어 보이는 눈초리의 젊은 여자가 보살펴주러 온 것 외에는 휴우고라는 남자도 주술사도 그 후로 이 방에 오지 않았다.

몇 번인가 실패한 끝에 마침내 바르사는 벽에 등을 대고서 쓸어 올리듯이 해서 어떻게든 상반신을 일으키는 데 성공했다.

'여긴 창고인가?'

작은 방으로 창이 없다. 살풍경한 방이었다. 맞은편의 책상 위에 놓여 있는 촛불과, 방 한구석에 놓여 있는 촛불밖에 불빛이 없었지만, 바닥에 가루포대 흔적 같은 것이 있는 것을 발견했다. 여기는 역시 창고이고, 쌓여 있던 가루포대를 치우고 방을 만든 것이리라. 돌벽이라서 등을 대고 있으니 차가웠다.

철썩철썩 파도가 밀려오는 듯한 소리가 계속 들렸다. 조용했다. 바르사는 벽에 머리를 대고서 그 물소리를 듣고 있었다.

느닷없이 어디선가 문이 부서지는 것 같은 우지직 소리가 나서, 바르사는 깜짝 놀라 벽에서 머리를 뗐다.

황급히 뛰어다니는 발소리와, 사람들이 고함치는 소리가 들리기 시작했다. 여러 가지 소리들이 섞여서 들려왔다. 비명 같은 소리도 들렸다.

'습격인가?'

그 남자는 적이 있다는 말을 했다. 여기가 은신처라면 적에게 발각되어 습격당한 건지도 모른다.

바르사는 얼굴을 찌푸렸다. 연기 냄새가 어렴풋이 느껴졌기 때문이다.

'불을 질렀구나…'

난투를 벌이는 소리가 커져가는 가운데, 바르사는 엎드려서 기듯이 해서 침대에서 내려오려고 했다. 몸은 움직이는데 손이나 발 같은 말초 부분의 마비가 아직 안 풀려서 힘을 줄 수가 없었다.

이대로 있으면 타 죽기를 기다리는 꼴이 된다.

바르사는 몸을 앞으로 내밀어 침대 끝에서 바닥으로 굴러 떨어졌다. 이까지 전해질 정도의 충격이 왔다. 목에 힘을 못 주니까 제대로 머리를 박은 것이다.

"…제기랄."

바르사는 팔꿈치로 몸을 받치고 기어서 벽에 세워놓은 단창 쪽으로 조금씩 다가갔다. 단창에 의지하면 몸을 문에 힘껏 부딪칠 수가 있을 것이다. 반복해서 몸을 부딪치다 보면 자물쇠를 망가뜨릴 수 있을지도 모른다.

가능성은 희박했지만 그 방법밖에 없었다.

문 밑으로 연기가 들어오기 시작했다. 살아 있는 물체처럼 몸부림치며 퍼져갔다. 바르사가 콜록콜록 기침을 했다. 목과 가슴이 찌르듯이 아팠다.

단창에 손이 닿았을 때, 밖에서 다급한 발소리가 들리고 갑자기 누군가가 발로 문을 차서 열었다. 튀어 나가듯이 열린 문 모퉁이에 어깨가 걸려, 바르사는 신음 소리를 냈다.

"…그런 곳에 있었나."

놀란 듯한 목소리를 내며 휴우고가 무릎을 꿇고 바르사를 안아 올렸다.

"어이! 그런 여잔 내버려둬!"

방 밖에서 고함을 지르는 소리가 들렸지만 휴우고가 다시 고함을 질렀다.

"먼저 가! 거기서 만나."

그렇게 말하자마자 휴우고는 발로 문을 차서 닫았다.

휴우고는 바르사를 책상 위에 내려놓더니, 침대를 양손으로 들어 올려서 벽에 기대어 세웠다.

침대를 치우자 바닥에 네모난 뚜껑이 나타났다. 휴우고가 뚜껑 손잡이를 잡고 들어 올리자, 연기로 가득 찬 방에 바람이 들어왔다. 뻥 뚫린 어두운 공간과 계단이 보였다. 창고의 짐을 운하로 내리는 계단일 것이다.

계단에 발을 내려놓은 휴우고의 등에 대고 바르사가 말을 붙였다.

"…매복하고 있는 사람이 있을 거라는 생각은 하고 있겠지?"

휴우고가 뒤돌아보며 빙긋이 웃으면서 손 안의 단검을 흔들어 보였다. 그런 다음 쭈르르 계단을 내려갔다.

밑에서 난투를 벌이는 소리가 희미하게 들려왔다. 핑 하고 활시위를 놓는 소리가 들리고 휴우고의 신음 소리가 들렸다. 칼날이 부딪치는 소리와 신음 소리가 이어졌다.

구멍이 뚫려 있어도 방의 연기는 점점 짙어져 숨 쉬기가 힘들어졌다. 바르사는 단창을 쥔 채로 바닥으로 떨어져 또다시 구멍이 있는 데까지 기어갔다.

계단으로 몸을 내밀자 아래의 상황이 보였다.

물에 젖어 이끼가 긴 돌들이 수로의 둑을 떠받치고 있었다. 그 너머에는 일렁이는 검은 물. 엎드린 남자의 몸이 천천히 물에 떠서 흘러가는 것이 보였다.

휴우고는 계단 바로 옆에 웅크리고 앉아 있었다. 넓적다리에 화살의 살깃이 보였다.

"당했나 보구나."

말을 걸자 휴우고가 뒤돌아서 바르사를 올려다봤다. 땀으로 젖은 얼굴에 검은 눈이 반짝였다.

"넓적다리를 좀. …심한 부상은 아니다."

"뽑지 않는 편이 낫다."

바르사가 말하자 휴우고가 초조한 듯이 어깨를 으쓱했다.

"알고 있다. 살깃만 꺾을 거다."

이를 악물고서 휴우고는 넓적다리에 깊이 박힌 화살의 살깃 부분을 눌러서 꺾었다. 바르사는 계단에 걸터앉아 한 단씩 미끄러지듯이 해서 내려갔다.

옆에서 보니 휴우고의 부상은 한 곳만이 아니었다. 옆구리에도 피가 배어 나와 있었다.

눈앞에 흐르는 것은 운하가 아니라 커다란 강이었다. 휘라강일 것이다. 하구도 마을도 보이지 않는 걸 보니 항구에서 꽤 떨어진 곳인지도 모른다. 강의 양쪽 기슭에 늘어선 것은 자그마한 창고뿐이라, 불도 켜 있지 않아서 어두컴컴했다.

물에 떠 있는 남자 외에 강둑에 또 한 명이 쓰러져 있었다. 살아 있는지 죽었는지 모르겠지만 꼼짝도 하지 않았다. 그 몸을 보고서 바르사는 얼굴을 찌푸렸다. 성인 남자치고는 몸집이 너무 작았기 때문이다. 손에 든 활도 장궁이 아니라 단궁으로, 바르사는 그런 형태의 활을 본 적이 있다.

거친 숨을 내쉬면서 휴우고가 강 쪽을 보고 있었다. 아무도 안 탄 작은 배가 습격자의 사체 옆으로 해서 천천히 하구 쪽으로 흘러갔다.

그것을 보면서 휴우고가 나지막이 말했다.

"이쪽에 매복한 놈들은 처치했지만 도로 쪽에는 몇 명이 있을지 모른다. 이 다리로는 너를 업고 싸우는 것은 무리다."

바르사가 웃었다.

"두고 가면 된다. 나는 내 힘으로 어떻게든 하겠다."

거칠게 땀을 닦으며 휴우고가 쓴웃음을 지었다.

"그렇게 할 수는 없지. 네가 죽어서는 곤란하거든."

그런 다음 또다시 작은 배 쪽으로 시선을 돌렸다.

"저걸 탈 수 있으면 좋을 텐데…."

습격자가 타고 온 배가 짐 운반용 배일지도 모르지만 튼튼해 보이는 배였다. 아직 물가에서 그렇게 멀리 가지는 않았다.

하지만 몸에 마비가 남아 있는 바르사는 물론이고, 넓적다리와 옆구리에 깊은 부상을 입은 휴우고도 헤엄쳐 가서 그 배를 붙잡아 기어오르는 것은 무리일 것이다.

불길이 거세져 요란한 소리를 내며 건물을 삼켜가고 있었다. 화재를 발견하고 강 양옆으로 사람들이 슬슬 모여들기 시작했다.

타오르고 있는 창고는 마루 일부가 강 위로 비죽 튀어나와 있고, 굵은 돌기둥으로 받쳐져 있었다. 바르사와 휴우고가 있는 곳은 그 마루의 아랫부분으로, 구경꾼들에게는 잘 안 보이겠지만 우물쭈물하고 있다가는 습격자들이 상황을 살피러 올 수도 있다.

도망치려면 서둘러야 했다.

"…생각한 게 있다. 도와줘라."

그렇게 말하자마자 바르사는 몸을 비틀어 소매로 해서 팔을 윗옷 속으로 넣더니, 안간힘을 써서 팔을 뻗어 윗옷의 이음매를 찢었다.

놀라서 보고 있는 휴우고에게 바르사가 소리쳤다.

"빨리. 나는 손가락을 쓸 수가 없다. 내 배에 감겨 있는 밧줄을 풀어라."

바르사는 항상 밧줄을 배 주변 속옷 위에 돌돌 감고 있다. 그렇게 해두면 배를 찔려도 칼날이 깊이 들어가지 않으며, 유사시에 밧줄로 쓸 수 있기 때문이다.

휴우고는 말없이 바르사의 윗옷을 벌리고 배에 감고 있는 밧줄을 풀었다.

"밧줄 끝에 갈고리가 붙어 있을 거다. 그걸 단창 창고달의 쇠장식에 걸면, 단창을 밧줄 달린 작살처럼 쓸 수 있다."

휴우고의 눈에 납득한 빛이 떠올랐다.

그다음부터는 신속했다. 휴우고는 단창 창고달의 쇠장식에 갈고리를 걸어 강가에 서더니, 목표를 정하고 배를 향해 단창을 던졌다.

단창은 목표에서 살짝 빗나가 배에 꽂히지는 않았지만, 어디엔가 걸리기는 했는지 밧줄을 끌자 묵직한 느낌이 손으로 전해지며 배가 천천히 방향을 바꿨다.

휴우고는 이를 악물고서 자기 몸을 축으로 해서 물결을 거스르지 않고 포물선을 그리듯이 해서 배를 강기슭으로 끌어당겼다.

배가 강기슭에 부딪히는 소리가 들리자 바르사가 말했다.

"밧줄을 땅바닥에 둬라. 내가 몸 밑에 깔고 누를 테니까."

고개를 끄덕이고 휴우고는 밧줄 끝을 바르사에게 맡기더니, 왼쪽 다리를 끌면서 배 쪽으로 걸어갔다.

4
작은 배에서의 밤

작은 배에는 밀가루를 넣는 빈 포대가 쌓여 있었다.

바르사와 휴우고는 배에 올라타자 빈 포대 밑으로 기어들어 가, 배가 흘러가는 대로 뒀다. 바다까지 흘러갈지도 모르지만 습격자의 눈에 띄는 것보다는 나았다. 지금은 운을 하늘에 맡기는 수밖에 없었다.

작은 배는 유유히 강을 내려갔다.

휴우고는 배의 강기슭 쪽에 누워서, 손으로 포대를 살짝 들어 올려 강기슭 쪽을 보고 있었다.

"하구까지는 얼마나 걸리지?"

바르사가 속삭이자 휴우고도 작은 소리로 대답했다.

"반 단(약 30분) 정도일 거다. 하구로 나가기 전에 지류가 몇

개 있을 거다. 그리 들어가면 갈대밭이 끝없이 이어지지."

그 말만 하고서 휴우고는 입을 다물고 또다시 강가를 보고 있었다.

얼마 후에 휴우고가 몸을 살짝 움직였다.

"…지류를 만났다. 이쪽으로 체중을 옮길 수 있을까?"

바르사가 고개를 끄덕였다. 바르사는 조금씩 휴우고의 몸 위로 올라타며 배의 움직임을 몸으로 감지하려고 했다. 물의 흐름과 배가 기우는 정도에 따라 방향이 바뀌어갔다.

"좀 더 머리를 앞으로…."

휴우고가 나지막이 말했다. 휴우고의 몸 위에 있으니 피 냄새가 훅 풍겨 왔다. 몸이 뜨거웠다. 열이 나기 시작한 것이다.

배가 천천히 방향을 바꿔 뱃머리가 왼쪽으로 돌아갔다. 좁은 지류로 들어서자 풀이 뱃전에 닿는 소리가 나기 시작했다. 잠시 후에 갈대 사이에 걸리듯이 하며 배가 멈췄다.

철썩철썩 뱃전을 때리는 물소리와, 바람이 불 때마다 갈대가 서걱거리는 소리밖에 안 들렸다. 반달이 맑은 빛을 비추고 있었지만, 구름이 지나갈 때마다 하늘도 땅도 어두워졌다.

바르사도 휴우고도 축 늘어져 누운 채 꼼짝하지 않았다. 휴우고의 호흡이 거칠었다. 팽팽했던 긴장의 끈이 느슨해지자 상처의 통증이 심해진 것이다. 열도 점점 올랐다.

강기슭 쪽에서 희미한 소리가 들려왔다. 짐승이 달리는 발자국 소리였다.

얼굴을 들려고 한 휴우고를 바르사가 살짝 몸을 대어 말렸다.

큰 개가 강가를 어슬렁거리고 있었다. 킁킁거리며 냄새를 맡으면서 풀을 헤치고 있었다. 개는 휴우고의 피 냄새를 맡았는지 머리를 들어서 이쪽을 봤다.

숨을 죽이고 바르사는 개의 그림자를 응시하고 있었다.

이윽고 개가 머리를 푹 숙이고서 또다시 킁킁 소리를 내면서 쏜살같이 달려갔다.

"…발각됐는지도 모르겠는데."

바르사가 나지막이 말하자 휴우고가 숨을 헐떡이면서 대꾸했다.

"사냥개라면 짖어서 주인한테 알리겠지."

"평범한 사냥개라면 그렇겠지. 하지만 내가 걱정하는 것은 그런 사냥개가 아니다."

바르사는 마침내 마비가 풀리기 시작한 팔을 문질렀다.

"로타에는 짐승의 눈을 통해 사물을 볼 수 있는 주술사들이 있거든. 저 개의 눈을 이용해서 우리를 본 녀석이 있을지도 모른다."

바르사가 휴우고를 내려다봤다.

"습격해 온 녀석들의 정체는 짐작이 가나?"

휴우고가 속삭이는 듯한 목소리로 대답했다.

"…'남익' 녀석들은 아니다. 아마도 이 나라의 밀정일 거다. 전부 키가 작은 로타인들이었지. 그런 주술사가 있다는 말을 들은 적이 있다."

바르사가 중얼거렸다.

"역시 카샤루(사냥개)인가?"

"카샤루…?"

되물으려다가 휴우고가 고통스러운 듯이 기침을 했다. 연기를 들이마신 탓이다. 바르사도 목이 타들어가는 듯이 아팠다. 강물을 끓이지 않고 마시는 것은 위험했지만, 지금은 그런 걸 염려할 때가 아니다. 바르사는 살며시 팔을 뻗어 손바닥으로 물을 떠서 휴우고의 입가로 가져다줬다. 손이 떨려서 대부분 흘렸지만, 몇 번인가 반복하는 사이에 조금은 입으로 들어간 것 같았다.

바르사도 마셨다. 진흙과 풀 냄새가 나는 물이었지만 목의 통증이 조금은 가라앉았다.

설령 그 개가 카샤루의 눈이었다고 해도 지금은 여기에서 움직일 수가 없다. 강기슭으로 올라가도 이런 상태로는 바로 추격당할 따름이다.

갈라진 목소리로 바르사가 말했다.

"카샤루란 로타 왕을 위해 움직이는 이 나라의 주술사들이
다. 탐색이나 추적에 뛰어난 능력을 갖고 있지. 적이 된다면
무서운 상대다."

카샤루의 추적이 얼마나 무서운지는 뼈저리게 알고 있다.
하지만 바르사에게 그들은 반드시 적은 아니다. 두령에 해당
하는 스파루하고는 꽤 친하다고 해도 좋은 사이다.

그렇다 해도 카샤루는 외부 사람한테는 이해가 잘 안 되는
조직이었다.

가령 스파루의 딸 시하나는 로타 왕의 동생인 이한 왕자에
게 무시무시한 신의 능력을 부여하기 위해, 아버지를 배반하
고 많은 부하들을 움직였다. 그 책략에 실패해 시하나는 도
망쳤는데, 그녀를 따라간 카샤루도 상당히 있었다고 한다.

그 후에 스파루가 딸을 찾아냈는지는 잘 모르겠지만, 그 여
자는 그렇게 간단히 붙잡히지 않을 것이다. 많은 부하들을
데리고 지금도 어디선가 어떤 음모를 꾸미고 있지 않을까?

하지만 비록 내부에 반목이 있었다 할지라도, 카샤루는 로
타 왕을 지키는 것에 목숨을 바치는 자들이다. 로타 왕에 대
한 반역을 꾀하는 남부의 대영주나, 대영주들을 꼬드기고 있
는 타르슈의 밀정들은 그들에게는 용서할 수 없는 적이 분명

하다.

휴우고가 뭐라고 중얼거려서 바르사는 상념에서 깨어났다.

"응?"

"챠그무 전하는… 이제 스안의 성에는 안 계시는 듯하다."

놀라서 바르사가 휴우고를 내려다봤다.

"뭐라고?"

"'남익'의 밀정 속에 심어놓은 녀석이 알려 왔다. '남익' 녀석들이 난리가 났다고 하더군. 누군가가 도와서 챠그무 전하를 도망치게 했다고 한다."

휴우고는 거기까지 말하고는 잠깐 쉬었다가 계속했다.

"'남익'은 우리를 의심하고 있지만 유감스럽게도 우리는 아니다."

휴우고가 갑자기 얼굴을 찡그리며 이를 악물었다. 바르사가 낮은 목소리로 말했다.

"처치를 하는 게 좋겠다."

"…그게 좋겠다."

가죽끈을 풀어 앞가슴을 벌리더니 휴우고는 자신의 속옷 양쪽 소매를 찢었다. 그리고 한쪽 소매를 접어서 옆구리 상처에 댔다. 바르사가 상처 위를 누르고 있는 동안, 휴우고는 허리띠를 끌어 올려 그 부분을 누르고 꽉 묶었다.

바르사가 손목에 감고 있는 가는 가죽끈을 풀어서 휴우고에게 건넸다. 휴우고는 왼쪽 가랑이 윗부분을 그 가죽끈으로 묶고 나서 넓적다리에 박힌 화살을 잡았다.

"잠깐 기다려."

바르사가 휴우고의 넓적다리를 만져 화살 위치를 확인했다.

"…이거라면 뽑아도 되겠다."

고개를 끄덕이고 휴우고는 깊이 숨을 들이마셨다가 멈추고, 이를 악물더니 단숨에 화살을 뽑았다.

피가 사방으로 튀었지만 염려했던 만큼은 아니었다. 아까 찢은 소매의 나머지 부분을 팽팽하게 꼬아서 그 상처에 대고 묶었다.

그 정도의 처치를 마치고는 휴우고는 지쳐서 벌렁 누웠다. 벌린 윗옷의 가슴팍에서 뭔가 번쩍였다. 옅은 은색의 얇은 판 같은 것이 달빛을 반사시킨 것이다.

"그 목걸이처럼 생긴 것을 윗옷 밑으로 숨기지 그래. 추격자한테 들키면 곤란하니까."

바르사가 말하자 휴우고가 그 판을 집어서 가슴팍으로 밀어 넣었다.

"…이것은,"

자기도 모르게 입가를 일그러뜨리며 휴우고가 말했다.

"라울 왕자한테 받은 것이다. 이것을 받은 사람은 공적을 쌓으면 재상도 될 수 있지. 속국 출신으로서는 최고의 출세로 향하는 으뜸패야."

쓴웃음을 짓고 있는 휴우고의 눈을 보며 바르사가 조용히 대답했다.

"챠그무 황태자를 바친 보상이냐?"

휴우고의 쓴웃음이 깊어졌다.

"그렇다."

미소를 천천히 거두며 휴우고가 바르사를 지그시 쳐다봤다.

"원한을 풀고 싶다면 지금이 기회다. 아마도 두 번 다시 이런 기회는 없을 거다."

바르사는 표정을 감춘 눈으로 휴우고를 바라보며 낮은 목소리로 말했다.

"죽여주길 바란다면 그렇게 해주지. 그게 아니라면 자신의 부채를 남한테 떠넘기는 짓일랑 관둬라."

휴우고의 눈동자가 흔들렸다. 서서히 몸의 힘을 빼며 휴우고가 얼굴을 팔로 가렸다.

바람이 갈대를 흔들어 와삭거리는 소리를 내며 지나갔다. 이따금 갈대 사이를 쥐 같은 것이 달려가는 소리가 들리는 것 외에는 조용했다.

강바람이 차가웠다. 습격 이후로 계속 몸속에 있던 긴장이 풀린 것이리라. 추워졌다. 바르사는 빈 포대를 목 언저리까지 끌어 올리고 단창을 가슴에 껴안고 누웠다. 몸의 마비가 거의 풀려갔다. 한밤중 무렵에는 손가락도 제대로 움직이게 될 것이다.

정신을 잃은 것인지 잠든 것인지, 팔이 얼굴에서 미끄러져 떨어져도 휴우고는 눈을 감은 채 그대로 있었다. 희미한 달빛을 받은 그의 얼굴은 상당히 젊어 보였다.

바르사는 한숨을 쉬었다. 이 무슨 기묘한 일인가?

챠그무를 납치해서 타르슈로 데려간 남자인 것을 알면서도 이대로 여기 두고 갈 수는 없었다. 밤 사냥을 하는 올빼미의 날갯짓 소리와 쥐의 비명 소리를 들으면서, 바르사는 멍하니 밤하늘을 쳐다보고 있었다.

'챠그무를 도망치게 한 자들은 누구일까? 무슨 목적으로…?'

타르슈에도 로타에도 다양한 집단이 있으며, 제각기 품고 있는 생각들이 서로 뒤엉켜 있다.

'그 녀석은 챠그무가 살아 있으며 스안의 성에 있다는 것을 알고 있었다.'

마음속에 한 가지 가능성이 떠올랐다.

'그렇다면 챠그무는….'

갑자기 휴우고가 기침을 하기 시작했다. 기침을 할 때마다
상처가 아픈지 몸을 웅크렸다. 눈은 뜨고 있었지만 초점이
없었다. 이가 딱딱 부딪히는 소리가 났다.

바르사가 휴우고의 이마에 손을 갖다 댔다. 역시 고열이 있
었다.

바르사는 자신의 속옷 소매를 찢더니 강물에 적셔 짜서 휴
우고의 얼굴에 얹었다. 휴우고는 눈을 감고서 바르사가 해주
는 대로 가만히 있었다. 이마에 얹은 천 조각은 바로 말라버
렸다. 바르사는 바지런히 천 조각을 물에 적셔서는 이마에
얹어주기를 반복했다.

달이 지고 천천히 시간이 흘러갔다. 휴우고가 조금 진정된
것을 확인하고 바르사는 누워서 눈을 감았다.

얼마나 잤을까? 휴우고의 목소리에 바르사는 눈을 떴다.

주위는 이미 희미하게 밝아져 있었다. 하늘은 연보랏빛을
띠고 있었다.

악몽에 시달리는 듯 얼굴을 흔들면서 휴우고가 누군가의
이름을 부르고 있었다. 여자 이름인 듯했지만 잘 알아들을

수가 없었다. 너무 괴로워 보이기에 바르사는 휴우고의 어깨를 붙잡아 흔들어주었다.

휴우고가 눈을 뜨더니 깜빡였다. 그리고 몽롱한 눈으로 바르사를 봤다.

"…여기는?"

나지막이 말하고 휴우고는 미간을 모으고 주위를 보더니, 이윽고 완전히 잠이 깬 듯 한숨을 쉬었다. 새벽 추위가 매서워 입김이 하얗게 얼었다.

"그렇구나. …그랬지. …추격자는 안 왔나?"

"안 온 것 같다."

바르사는 그렇게 말하고 휴우고의 이마에 얹은 천 조각을 치웠다.

"가위 눌려 괴로워하던데."

바르사의 말을 듣고 휴우고가 살짝 쓴웃음을 지었다.

"…화재 탓이다. 화재에는 좋지 않은 기억이 있거든. 많은 세월이 흘렀는데도 여전히 악몽을 꾸지."

그렇게만 말하고 휴우고는 눈을 감았다.

새가 지저귀는 소리가 여기저기서 들리기 시작했다. 아침 안개가 풍경을 희부옇게 만들었다.

휴우고가 불쑥 물었다.

"너는 챠그무 전하를 찾으면… 어떻게 할 생각이지?"

연보랏빛 하늘을 보면서 바르사가 말했다.

"…글쎄."

휴우고가 눈을 뜨고 낮은 목소리로 말했다.

"소도쿠는, 네가 머리를 갈긴 주술사 말인데, 그는 네가 황태자파의 누군가의 끄나풀일 거라고 생각하고 있다. …그건 틀림없을 것이다. 아니라면 챠그무 전하가 살아 계신 것을 알 리가 없고, 찾으러 올 리도 없으니까.

하지만 틀림없이 그 끈은 있으나 마나 한, 아무 도움도 안 되는 끈일 것이다.

신요고 황국은 공포에 사로잡혀서 스스로 파멸의 낭떠러지를 향해 달리기 시작한 짐승과도 같은 상태다. 지금 챠그무 황태자가 살아서 돌아가면 엄청난 혼란이 일어난다. 황태자파라도 그건 원하지 않을 것이다."

바람이 갈대를 흔드는 소리가 났다.

"너는 신요고 황국을 위해 챠그무 황태자를 찾고 있는 게 아닐 것이다."

바르사는 그 말에는 대꾸하지 않고 얼굴을 비스듬히 하고서 휴우고를 봤다.

"너는 도대체 나한테 뭘 원하는 것이냐?"

휴우고는 잠시 잠자코 있다가, 이윽고 나지막이 말했다.

"챠그무 전하를 만나거든 전해주었으면 하는 말이 있다.

'북쪽 대륙에서 동맹을 구축할 생각이라면 빨리 서둘러서
칸발로 향하라. 로타 왕보다 먼저 칸발 왕을 설득해야 한다'
라는 말을 전해주었으면 한다."

의외의 말에 바르사가 얼굴을 찡그렸다.

"…뭐라고?"

휴우고가 바르사 쪽으로 얼굴을 돌렸다.

"해가 바뀌면 신요고 황국은 첫 전투를 치르게 된다.

최근 2년 동안 타르슈 제국군은 차근차근히 산갈의 주요
섬들에 지반을 다져왔다. 산갈 반도에 배치를 마친 병력만
해도 상당한 수에 이른다.

첫 전투를 위해 배치된 부대는 통칭 구로무(어금니)로 불리
는 라울 왕자 휘하의 정예부대다. 오르무 왕국이나 요고 황
국을 공격했을 때도 첫 전투를 맡았던, 전쟁에 이골이 난 명
장이 이끌고 있지."

통증을 참는 듯한 표정이 순간 휴우고의 눈에 떠올랐다가
사라졌다.

"전쟁 경험이 없는 신요고 황국 병사들은 참살당할 것이
다. 첫 전투는 싸움을 한다기보다 풀을 베는 것 같은 형국이

되겠지. …끔찍한 일이다. 황제에게 보여주기 위한 전쟁이니까."

말을 중단하고 휴우고는 한참을 고개 숙이고 있다가 얼굴을 들었다.

"앞으로 두 달 안에 그런 전쟁이 시작될 거다.

이미 로타 왕도 칸발 왕도 신요고의 첫 전투가 어떻게 전개될지 예측하고 있을 테고.

그렇기 때문에 로타 왕은 자국의 수비를 확고히 하고자 전력을 쏟고 있을 것이다. 로타 왕은 영민하고 따뜻한 마음을 가진 사람이라는 소문이 있는데, 영민하다면 패배할 게 뻔한 나라를 구하기 위해 병사를 보내는 어리석은 짓은 안 할 것이다. 하지만 칸발 왕은 다르다."

바르사가 미간을 모았다.

"…어떻게 다르지? 칸발 왕은 심약한 구석이 있는 남자다. 신요고가 함락될 것 같으면 청무 산맥을 방패로 삼아서 틀어박혀 있을 거다. 신요고를 도울 리가 없다."

휴우고가 고개를 저었다.

"내가 말하는 것은 신요고와 칸발의 동맹이 아니다. 칸발로 하여금 로타와의 동맹을 고려해보도록 하라는 말을 챠그무 전하께 전했으면 하는 것이다."

바르사의 눈이 커졌다. 휴우고가 말을 이었다.

"신요고 황국이 함락되면 그다음은 로타. 로타가 함락되면 칸발로서는 갈 곳이 없다. 아무리 심약한 왕이라도 그런 이치는 이해할 것이다. 그리고 칸발과의 동맹이라면, 로타 왕은 반드시 받아들일 것이다. 칸발 왕국은 로타의 북부와 가깝다. 칸발과 북부의 영주들이 동맹을 맺어 무장하면, 남부의 대영주들에 대한 견제가 될 테니까."

휴우고의 눈에는 강렬한 빛이 서려 있었다.

"로타와 칸발이 손을 잡으면 상당히 견고한 벽이 생긴다. 신요고를 함락시켜도 그 벽을 무너뜨리려면 시간도 병력도 돈도 엄청나게 많이 들지. …라울 왕자는 북쪽 대륙의 공략에 야심이 많지만 어리석지는 않다. 그가 야심을 포기하고 전쟁이 아닌 다른 길을 생각하게끔 하려면 그 방법밖에 없다."

바르사가 나지막이 말했다.

"왜 그런 말을? 왕자가 신요고를 함락시키지 못하게 하는 것이… 너한테는 어떤 이득이 있지?"

"아주 많다. 나는 제국의 재상이 되고 싶다. 그러기 위해서는 라울 왕자가 황제가 되어야만 한다."

바르사의 얼굴에 당황스러워하는 빛이 떠오르는 것을 보고 휴우고가 웃었다.

"신요고를 함락 못 시키고 북쪽으로의 침공을 단념하게 된다면 라울 왕자가 치명적인 타격을 입을 거라고 생각하는 거지? 그건 물론 그렇다.

하지만 그것보다 더 중요한 변수가 있다. 이대로 가면 형하잘 왕자는 라울 왕자가 신요고를 함락시키기 전에 로타 왕국을 함락시킬 것이다.

자국의 병력을 거의 잃지 않고 신요고 황국보다 강대한 로타를 계략만으로 함락시킨다면, 그것은 눈부신 공적이지. 게다가 황제는 죽을병에 걸려 누워 있다. 하잘이 로타를 함락시키면 그 시점에서 하잘 왕자가 황제로 정해질 가능성이 있다."

이해한 빛이 바르사의 눈에 떠올랐다.

"…그렇구나. 칸발 왕이 로타 왕과 동맹을 맺으면 로타 왕에게 강력한 후원자가 생기는구나. 그렇게 되면 남부의 대영주들은 내전을 일으킬 엄두를 못 낼 테니까 하잘 왕자의 야망도 무너지는 셈이고."

"그렇다."

휴우고는 한동안 잠자코 하늘을 쳐다보고 있다가 이윽고 입을 열어 지금까지와는 다른 조용한 목소리로 말했다.

"게다가 타르슈는 이제 슬슬 타국으로 손을 뻗치는 것을 그만둬야만 한다.

신요고가 전쟁을 포기하고 속국이 된다면 몰라도, 이 상태로는 많은 피를 흘리면서 로타나 칸발과의 기나긴 전쟁이 시작되고 만다."

냉엄한 빛을 띤 눈으로 휴우고가 말했다.

"남과 북은 광대한 바다로 나뉘어 있다. 산갈을 경유한다 해도 병사나 무기를 배로 계속 보내려면 엄청난 비용이 든다. 그런 비용 때문에 많은 세금을 부담하고, 아들이나 남편을 병사로 빼앗겨 고통으로 몸부림치는 사람들은 누구일까? 요고나 오르무, 호라무… 타르슈에게 먹혀 속국이 된 나라의 백성들이다."

짹짹짹… 하고 소리 높여 울면서 작은 새들이 하늘로 날아올랐다. 아침 햇살이 휴우고의 얼굴을 희부옇게 비추고 있었다.

"타르슈 제국은 술을 너무 많이 넣어서 가죽이 늘어나 얇아진 가죽포대 같은 상태다. 타르슈 따위 멸망해도 상관없지만, 지금 상태로 가죽포대가 찢어지면 엄청난 참사가 벌어진다. 그것은 어떻게든 피해야만 한다. 타르슈의 운명은 수많은 속국 사람들의 운명과 직결되어 있으니까."

바르사가 나지막이 말했다.

"그러니까 왜 머나먼 북쪽까지 쳐들어오느냐 말이다. 남쪽이 더 풍요로울 텐데."

휴우고가 쓴웃음을 지으며 잠시 잠자코 있다가 이윽고 말했다.

"그게 그렇지도 않다. 남쪽 대륙이 점점 황폐해지고 있거든."

바르사가 미간을 모았다. 휴우고가 하늘을 올려다본 채로 계속했다.

"엄청난 전비를 들이며 노리기에는 하잘것없는 먹잇감일 텐데도, 타르슈 왕자들이 머나먼 바다 너머 대륙에 관심을 갖게 된 것은 아뤠 코우(태양신의 입)의 말 때문이다."

"아뤠 코우?"

"타르슈인이 믿는 태양신 아뤠를 모시는 사제들이지. 요고의 주술사들하고도 깊은 관계를 맺고 있지. …그들이 황제에게 고한 것이다. 남쪽 대지가 식어가고 있다고. 태양신의 은혜는 북쪽으로 옮겨 가고 있다고. 북쪽 대륙은 앞으로 따뜻해져 땅이 비옥해질 것이다. 항상 봄이 이어지는 성지도 나타날 것이다. 그 성지에 들어간 사람은 늙지도 죽지도 않을 것이다…."

바르사가 쓴웃음을 지었다. 휴우고가 바르사를 흘끗 보며 눈썹을 치켜올렸다.

"한심하다고 생각하지? 종종 있는 터무니없는 예언이라고. 황제나 왕자들도 물론 그 예언 때문에 북쪽 대륙의 공격을 시작한 것은 아니다. 특히 항상 봄인 성지에 대해서는… 찾으러 왔던 밀정들 중에서 그런 곳을 찾은 사람은 아무도 없고."

휴우고가 잠시 말을 끊고 지그시 하늘을 쳐다봤다.

"하지만 또 하나의 예언은 적중했다. 몇 년 사이에 아뤄 코우의 예언이 서서히, 누가 봐도 분명한 사실이 되어 나타난 것이다. 흉작, 가축이 낳는 새끼 수의 감소, 어획량의 감소…. 북부는 그 정도는 아니지만, 남부의 추운 산간 지방에서는 상당히 심각한 곳도 있다.

제국 전체로는 아직 수입이 많이 줄지는 않았다. 그래도 뭔가가 변하고 있다는 것을 황제나 왕자들도 믿기 시작했다."

그 말을 듣고 바르사는 문득 떠올렸다.

'그러고 보니 신요고나 로타는 요 몇 년 풍작이 계속되고, 로타에서도 가축이 많은 새끼를 낳았다고 누군가가 말했었지.'

휴우고가 말을 이었다.

"작물의 생산량 감소는 세수입의 감소로 이어진다. 게다가 생활이 힘들어지면 속국의 백성들은 반란을 생각하게 될 것이다. 만약 아뤄 코우의 예언이 적중한다면 뭔가 손을 써야만 한다고 황제나 왕자들은 생각했다.

서서히 나라가 빈곤해져 가는 이 위기를 극복하기 위해 적절히 손을 쓰면 그 왕자는 황제가 될 수 있을 것이다. 황제는 고령에다 죽을병에 걸렸다. 왕자들로서는 가능한 한 빨리 공을 세우고 싶을 수밖에 없지.

그런 이유도 있어서 왕자들은 본격적으로 북쪽 대륙을 손에 넣을 방책을 세우기 시작한 것이다."

작게 한숨을 쉬고 휴우고가 계속했다.

"우리 밀정들은 이미 몇 년 동안 이 대륙에 대해 많은 것을 조사해서 공략을 위한 대책을 세워왔다. 북쪽 대륙이 따뜻해지고 있는 것은 분명하다. 게다가 무엇보다 타르슈의 왕자들의 마음을 부추긴 것은 북쪽의 농경 기술이 보잘것없고 인구도 적다는 점이었다.

타르슈 제국은 뛰어난 관개 기술을 갖고 있다. 그 기술을 활용하면 신요고는 물론이고, 로타 왕국의 북부도 지금의 몇 배의 전답을 개간해서 효율적으로 수확을 올릴 수가 있지. 북쪽 대륙을 정복해, 흉작으로 신음하는 남쪽 속국의 농민들을 북으로 이주시키면 세수입도 안정될 거라고 생각한 것이다."

바르사가 코웃음을 쳤다.

"그런 목적으로 막대한 전비를 쓰고 병력을 희생시킨다고? 수지가 안 맞는 것 같은데."

휴우고가 쓴웃음을 지었다.

"하지만 그 반대다."

"반대라고?"

"그렇다. 타르슈 제국의 방식으로는 병력을 희생시켜서라도 타국을 공격하면 나라가 안정이 된다.

타르슈의 방식은 이렇다. 타국을 정복해서 속국으로 만들면 그 나라의 병사를 그대로 속국병으로서 타르슈군에 편입시킨다. 속국병은 다음 전쟁의 최전선에 배치되어서 공적을 올리면, 그 병사의 가족이 코무스(신민권)를 받아서 세금을 감면받을 수 있지.

하지만 공격할 곳이 없어지면 어떻게 되지? 제국은 정규병을 먹여 살리면서, 동시에 엄청난 수의 속국병도 계속 먹여 살려야만 하지. 속국병의 가족은 무거운 세금을 피할 수 없어 계속 고통을 받게 되고. 어느 쪽을 봐도 불만이 가득 쌓인 사람들로 넘쳐나게 되지."

눈에 냉담한 미소를 띠고서 휴우고가 말했다.

"남쪽 대륙에는 이제 공격할 수 있는 나라가 거의 남아 있지 않다. 일찌감치 속국이 된 나라의 백성들은 다른 나라를 공격한 공적으로, 지금은 타르슈인과 거의 차이가 없는 풍요로운 생활을 하고 있다.

불이익을 받고 있는 것은 마지막에 속국이 된 우리 조국 요고와, 이웃 나라 오르무와 호라무의 백성들이다. 그들의 불만을 해소하기 위해서도 타르슈 제국은 공격할 나라가 필요한 거지."

바르사가 웃음을 터뜨렸다.

"어이가 없군. 그런 짓을 하다가는 언젠가는 막다른 골목에 다다를 텐데."

휴우고도 웃었다.

"맞는 말이다."

그리고 바르사를 쳐다보며 진지한 얼굴로 말했다.

"그래서 하는 말이다. 이제 슬슬 타르슈의 왕자들이 깨달아야만 한다고. 이제까지의 방식으로는 더 이상 안 된다는 것을. 타국을 침략해서 나라를 넓히는 것이 아니라, 군대를 해체해 논과 밭에서 일하는 일손을 늘리고 장사를 활발히 해야 할 때가 온 것이다.

이제까지의 방식만큼 이득은 크지 않더라도, 그렇게 하지 않는 한 네가 말하듯이 막다른 골목에 다다르게 된다.

하지만 손에 들어올 것 같은 먹잇감이 눈앞에 있으면, 왕자들은 우선 그것을 손에 넣을 생각부터 하게 될 것이다. 북쪽 대륙이 물기가 촉촉한 힘없는 먹잇감처럼 보이면, 왕자들은 여기에서 눈을 떼지 않을 것이다."

작게 한숨을 쉬고 휴우고가 말했다.

"챠그무 전하를 찾으면 나는 이런 이야기를 할 생각이었다. 하지만 챠그무 전하한테 나는 라울 왕자의 그림자로 보일 것이다. 하지만 너라면⋯."

휴우고가 바르사 쪽으로 얼굴을 돌렸다.

"네 말이라면 챠그무 전하는 귀를 기울여주실 것이다."

바르사는 대꾸하지 않았다.

멀리서 끼익끼익 하며 노를 젓는 소리와 쾌활한 목소리가 들려왔다. 배로 물건을 운반하는 인부들이 짐을 싣고 훠라강을 타고 내려오기 시작한 것이다.

"나는⋯."

바르사가 나지막이 말했다.

"나라가 어떻게 된다거나 하는 이야기에는 아무 관심 없다. 그 아이가 행복하게 살 수 있다면 그걸로 충분하다."

혼잣말처럼 바르사가 계속했다.

"하필 황태자로 태어나서, 그 아이는 항상 나라라고 하는 것에 얽매이고 휘둘려왔다. 그 사슬이 끊어졌을 때의 그 아이는… 정말로 행복해 보였지. 뗄감을 짊어지고 손이 트기도 하는 힘든 생활이었을 텐데도."

"…그랬을 거다. 전하는 즐거운 듯이 갑판을 닦으셨다. 웃통을 벗어젖히고 해적의 제자로 들어간 것 같은 얼굴을 하고서."

바르사 쪽을 돌아보며 휴우고가 미소를 지었다.

"걸레 짜는 법을 가르친 사람이 너지? 전하의 걸레 짜는 솜씨는 감탄할 만했지."

바르사가 얼굴을 일그러뜨리며 시선을 돌렸다.

휴우고가 나지막이 말했다.

"너는 믿지 않겠지만 나도 그분이 행복해지기를 바란다. 하지만 아마도 그분 자신이 더 이상 그런 삶을 꿈꿀 수 없게 되지 않았을까…."

그때 멀리 떨어진 갈대밭에서 물새들이 뭔가에 놀란 듯이 울면서 일제히 날아올랐다.

깜짝 놀라 몸을 긴장시키며 바르사가 휴우고의 입을 손으로 막았다.

'…사람이 온다.'

갈대밭 속을 여러 명의 사람이 짐승처럼 날렵한 동작으로 다가오고 있었다.

품속의 단검 자루를 쥔 휴우고의 손을 바르사가 살며시 눌렀다. 그런 다음 단창을 꽉 쥐고서 손에 힘을 줄 수 있는지를 확인했다.

바르사는 가슴 밑에 있던 작은 마대를 입가로 끌어당겨 송곳니로 잇자국을 낸 다음, 쫙 벌려 밑바닥의 실도 끊어서 순식간에 반으로 갈랐다. 그리고 그 마대로 맨발을 싸서 묶었다.

빈 밀가루포대를 휴우고의 얼굴에 씌우려고 하자, 휴우고가 그것을 손으로 누르고 숨죽인 목소리로 말했다.

"무슨 짓을 하는 거지?"

바르사가 빙긋이 웃었다.

"도망치는 거지. 부상자는 방해만 되니까. 여기서 조용히 하고 있어."

그런 다음 진지한 얼굴로 돌아와서 밀가루포대를 휴우고의 얼굴 위에 놓더니, 포대로 가려진 어깨 부근에 손을 얹고서 힘을 꽉 주었다.

"쓸데없는 짓 하면 안 돼."

그렇게 말하자마자 바르사는 걸치고 있던 빈 포대를 요란하게 벗어던지며 작은 배 위에서 일어섰다.

갈대밭에 사람의 형체 세 개가 보였다. 바르사는 단창 창고

달로 강기슭을 내리찍어 배에서 뛰어올랐다. 가장 가까운 곳에 있던 사람이 깜짝 놀란 듯이 단궁을 겨누며 소리쳤다.

"움직이지 마라!"

바르사는 그 말을 무시하고 남자를 향해서 달렸다.

남자가 활을 당겨 바르사를 향해 쐈다. 바르사는 날렵하게 단창을 휘둘러 화살을 쳐내더니 그 기세 그대로 단창을 한 번 회전시켜 남자의 머리를 내리쳤다.

쿵 하고 둔탁한 소리가 나고 남자가 눈을 뒤집으며 기절했다.

사람의 형체 둘이 갈대를 헤치며 다가왔다. 바르사는 기절한 남자의 옆구리 아래로 팔을 넣어서 들어 올려 방패로 삼고 나서 로타어로 소리쳤다.

"활을 쏘지 마라! 이 녀석이 맞는다."

두 사람이 움직임을 멈췄다. 그들이 뭔가를 하려고 하기 전에 재빨리 바르사가 또다시 소리쳤다.

"나는 단창술사 바르사라고 한다. 너희는 카샤루일 거다. 왜 나를 공격하는 것이냐? 대답해라! 대답하지 않으면 이 녀석을 죽이겠다."

이름을 밝힌 것은 도박이었다. 그들이 시하나 휘하에 있다면 대답도 없이 바로 공격해 올 것이다. 남자를 왼팔로 안은 채로 바르사는 오른손에 든 단창을 고쳐 잡았다.

활을 겨누고 있는 남자들의 얼굴에 당혹스러워하는 빛이 떠올랐다.

"…단창술사 바르사라고?"

한 명이 중얼거렸다. 두 사람은 서로 흘끗 쳐다봤다.

나이가 더 많은 남자가 활을 겨눈 채로 말했다.

"우리는 타르슈의 타쿠(매)를 뒤쫓고 있다. 녀석들의 은신처에서 작은 배 한 척이 사라진 것을 동료가 발견해서 찾고 있었다. …네가 정말로 단창술사 바르사라면 왜 그런 배에 숨어 있었지?"

바르사는 팔에 안고 있던 남자를 천천히 바닥에 내려놨다.

"그 이야기를 하려면 오랜 시간이 걸린다. 저항하지 않을 테니까 너희들의 두령한테 나를 데려가주기 바란다."

그렇게 말하고 바르사는 단창을 땅바닥에 놓고 세 발짝 물러서서 양손을 올려 보였다.

남자들은 잠시 망설이는 듯했지만, 이윽고 활을 겨눈 채로 슬금슬금 바르사 쪽으로 다가왔다.

5
밀정의 은밀한 계획

벽에 설치된 거대한 난로에 쌓여 있는 장작이 이따금 탁탁 튀는 소리를 내면서 타고 있다. 불길이 흔들릴 때마다 금실이 박힌 호화로운 벽걸이 장식이 반짝였다.

난로 옆에 놓인 작은 탁자를 사이에 두고서 두 남자가 앉아 있었다.

그들이 술잔을 들어 올리자 불빛이 잔을 핥아 금테두리가 번쩍였다.

깊숙이 의자에 등을 맡기고 있는 남자는 로타 왕국 남부의 대영주 스안의 장남 오곤. 그와 마주앉아 있는 남자는 쉰을 넘긴 요고인이었다. 흰머리가 섞여 있었지만 나이를 못 느끼게 하는 딱 벌어진 어깨가 눈에 띄는 남자로, 누가 봐도 부유한 상인으로 보이는 복장을 하고 있지만 움직이지 않는 그 눈길에는 묘한 위압감이 있었다.

오곤은 씁쓸한 얼굴로 술을 들이켜고 있었다. 얼굴에는 지친 기색이 역력했다. 급한 연락을 받고 쾌속마차를 갈아타며 이틀 동안 달려 반 크룬(약 30분)쯤 전에 제라무에서 돌아왔다.

문 두드리는 소리가 나고 하인의 목소리가 들렸다.

"…유라리 님을 모시고 왔습니다."

오곤이 얼굴을 들어 굵은 목소리로 말했다.

"들어와라!"

열대여섯 살 정도의 소녀가 들어왔다. 세 발짝쯤 안으로 들어오더니, 거기서 발을 멈추고 뾰로통한 얼굴로 오곤을 쳐다봤다. 잠자다가 일어난 듯 눈이 부어 있었다.

오곤이 쏘아보는 듯한 눈으로 지그시 딸을 쳐다보며 턱을 약간 치켜올렸다.

딸은 마지못해 아버지 곁으로 다가왔다.

갸름한 얼굴에 눈이 큰 아름다운 소녀지만, 눈길이 이리저리 헤엄치듯이 움직이며 한시도 가만히 있지를 않았다.

"왜 불렀는지 알고 있겠지?"

오곤이 말하자 딸의 미간에 주름이 잡혔다.

"알고 있어. 미안하게 생각하고 있어. …죄송해요."

오곤의 눈에서 분노의 빛이 번뜩였다.

"사과해서 될 일이 아니다. 대체 그 방에는 왜 간 것이냐!"

유라리의 눈에 능글맞은 미소가 떠올랐다가 사라졌다.

"시녀들이 계속 수군대니까 얼굴을 보고 싶었던 것이냐?"

오곤이 숨을 들이마시고 딸을 노려보더니, 이윽고 딸한테서 시선을 돌려 맞은편에 앉아 있는 상인을 봤다.

"알았겠지? 이런 딸이다. …누군가하고 공모할 만한 인물이 못 된다."

상인이 아리송한 미소를 짓고 있었다.

오곤이 딸에게로 시선을 돌려 엄한 어조로 추궁했다.

"얼굴만 보러 간 것이라면 방에서 데리고 나올 필요는 없었을 것이다. 보초한테 돈을 주면서까지 왜 정원으로 데리고 나온 것이냐?"

유라리는 어깨를 으쓱하며 잠시 잠자코 있다가, 아버지가 일어서는 기척을 느끼자 황급히 말했다.

"…그 사람이 말했거든. 방 안에 있는 게 지겹다고. 그래서 잠깐 정원에 나가게 해주려고 한 거야."

"한밤중에 말이냐!"

그 순간 유라리의 눈에 언뜻 스친 미소를 보고 오곤은 자기도 모르게 손이 올라갔다.

유라리가 흠칫 놀라며 소리쳤다.

"하지만 설마 도망칠 거라고는 생각 못 했어! 눈 깜짝할 사이여서 막을 수가 없었단 말이야! 나무로 기어 올라가서 벽을 뛰어넘어버린걸."

올라간 손을 천천히 내리며 오곤이 씁쓸한 목소리로 말했다.

"너라는 애는…. 어쩔 수 없는 녀석이다. 빨리 시집보내야지, 원. 내일이라도 제라무의 아만 대영주의 차남과 혼인할 준비를 시작하자."

유라리의 안색이 변했다.

"싫어. 그렇게 뚱뚱한 남자는! …아버지, 진심이 아니지?"

오곤이 딸을 똑바로 쳐다보며 내뱉듯이 말했다.

"진심이다. 라로쿠는 만만치 않은 사람이거든. 사위로 삼으면 득이 될 거다."

"아버지!"

응석 섞인 울음소리를 내는 딸에게 오곤이 살짝 미소 지으며 말했다.

"네가 어떻게 노는지 내가 모를 거라고 생각하느냐? 이제까지도 못마땅한 일들이 많았다. 이번 일은 용서 못 한다. 나가라. 울어도 아우성쳐도 너는 라로쿠의 아내가 될 거다."

유라리가 울기 시작했지만, 오곤은 하인에게 손을 흔들어

유라리를 데리고 나가게 했다.

문이 닫히고 둘만 남자, 오곤이 상인을 향해서 돌아앉았다.

"…황당한 일로 엄청난 일이 벌어지고 말았다."

상인이 쓸쓸한 표정으로 말했다.

"그 황태자는 얼굴이 꽤 잘생겼으니까요. 손님 취급하며 시녀들한테 시중들게 하는 게 아니었네요."

"너무 노골적으로 감시하면 오히려 성 안에 소문이 날 거라고 생각해서…."

오곤이 한숨을 쉬었다.

"지금은 실수에 대해 이러쿵저러쿵하고 있을 틈이 없다. 유라리가 소리치는 것을 듣고 병사들이 모여들었는데도 연기처럼 성 안에서 도망쳤다고 하니, 역시 누군가 도와준 자가 있었다고밖에 생각할 수 없군. 벌써 이틀이나 지났는데도 그 후로 아무 정보도 없나?"

상인이 고개를 저었다.

"필사적으로 찾고 있습니다만 아직입니다. 다만 한 가지 신경 쓰이는 일이 있었습니다."

오곤이 상인을 쳐다봤다.

"뭐지?"

"어젯밤 화루하의 밀가루창고가 불탔습니다. 혹시 '북익'

녀석들이 숨어 있지 않을까 생각하던 곳이지요. 화재가 발생하기 전에 난투를 벌이는 소리를 들었다는 이야기를 부하한테서 듣고 왔습니다. 불탄 자리에 사체는 없었지만 강둑에서 핏자국도 발견됐습니다."

오곤이 눈을 가늘게 떴다.

"무슨 일이지, 그건? 너희가 공격한 것이 아니라면, 누가 '북익'의 타쿠(매)를 공격했다는 것이지?"

상인이 술잔을 돌렸다.

"저희는 그렇게 요란하게 공격하지는 않습니다. 한집안 사람들끼리 싸우는 것을 최대한 겉으로 드러내지 않는 것이 저희 방식이니까요.

타르슈의 타쿠를 공격할 가능성이 있다고 한다면… 이 나라 사람일 겁니다."

오곤이 눈썹을 잔뜩 찌푸렸다.

한참을 난로 불빛을 바라보고 있다가, 이윽고 얼굴을 들어 상인을 봤다.

"'강의 민족'인가? …그럴지도 모르겠군. 우리 남부 영주들의 뒷조사를 하고 있는, 왕이 키우는 개들이다. 녀석들이 타쿠를 발견했다면 우리의 동향도 알려질 것이다."

오곤과 상인이 지그시 서로를 쳐다봤다. 상인이 나지막이 말했다.

"미룰 여유가 없군요. 어떻게 하시겠습니까?"

오곤이 상인을 응시한 채로 한참을 잠자코 있다가, 마침내 결심한 듯이 말했다.

"왕이 돌아가신 다음으로 생각했는데, 이렇게 되면 어떤 식으로 사태가 변할지 모르겠군. 타르슈의 신요고 침공도 머지않았다고 했지? 그렇다면 지금이 적기일지도 모르겠군.

쇼우 훠루(남부연합)의 전쟁 준비를 은밀히 시작하기로 하지."

상인이 고개를 끄덕였다.

"동포들에게도 준비를 하라고 알리겠습니다."

상인의 말에 오곤이 살짝 놀리는 듯한 미소를 지었다.

"…고맙지만, 그 동포라는 건 대체 그 수가 어느 정도나 되지? 남부 각지에 흩어져서 숨어 있는 요고인만으로는 기껏해야 기마 1,000기 정도일 거다.

나도 독자적인 정보망을 갖고 있는데 제라무에서 재미있는 이야기를 들었다."

상인을 쳐다보는 오곤의 눈에 냉담한 빛이 서렸다.

"북쪽 대륙을 공략하는 군대의 지휘권을 갖고 있는 사람은 그대들의 주군이 아니라 동생 라울 왕자라고 하더군. 라울 왕자는 병력 20만을 움직일 수 있다던가 하던데."

상인이 살짝 미소를 지으며 비웃듯이 말했다.

"그렇게 오랫동안 당신들한테 이득이 많은 장사를 시켜줬는데도 이제 와서 하잘 왕자와 인연을 맺은 것을 후회하고 계시는 건가요? …라울 왕자 편에 설걸 그랬다고?"

상인의 미소가 깊어졌다.

"당신이 알고 있는 것은, 말하자면 타르슈의 표면적인 사정일 뿐입니다. 그 속에 뭐가 있는지 간파할 능력도 없으면서 두 왕자 사이에서 서성거리다가는, 그 틈새로 떨어져서 양쪽에서 버림받게 되지요.

우리를 너무 우습게 봐서는 안 됩니다. 가령 당신들이 라울 왕자 쪽하고도 관계를 유지하기 위해서, 몇 년 전부터 군용말을 각지의 목장에서 은밀히 모아 산갈 반도로 보내고 있는 것도 우리는 알고 있습니다. 당신들의 그런 행동을 하잘 왕자한테 전하면 별로 좋게 생각하지 않으시겠지요."

오곤은 발끈한 표정을 지었지만 아무 말도 하지 않았다.

상인이 달래듯이 말했다.

"뭐, 안심하시지요. 이 로타 왕국은 신요고 황국보다도 훨씬 영토가 넓으니까요. 이 나라를 하잘 왕자가 속국으로 삼으면, 황제 폐하는 신요고 황국 공격을 꾸물거리고 있는 동생의 공적보다 형의 공적을 훨씬 더 높이 평가하실 겁니다.

황제 폐하는 거둘 수 있는 성과가 형제의 싸움으로 인해 줄어들면 역정을 내시겠지만, 설령 형제가 싸우더라도 커다란 성과를 거두는 편이 더 낫다고 생각하십니다. 하잘 왕자를 도우시면 당신들의 공적도 인정받게 될 겁니다."

오곤의 얼굴빛이 여전히 어두웠다.

"하지만 말이다. 아까도 말했듯이, 그대들의 동포가 도와준다고 해도 고작 1,000기 정도일 거다. 왕에 대한 충성은 이 나라의 영주들에게 깊이 침투되어 있다. 남부가 아무리 풍요롭고 병력이 많다고 해도 압도적으로 많은 것은 아니다. … 반드시 이길 수 있다는 확신이 없는 상태에서 군사를 일으키다가는 돌이킬 수 없는 일이 벌어질지도 모른다."

상인이 목소리를 낮췄다.

"…바로 그래서 그 칸발인을 끌어들인 겁니다."

오곤이 미간을 모았다.

"아아, 그 칸발인 말이로군. '왕의 창' 중 하나라고 하는…. 남부연합의 각오를 확인하기 위해 내 얼굴을 보면서 대화를 나누고 싶다며 여기까지 찾아왔다던데?"

상인이 고개를 끄덕였다.

"그런 사람입니다. 얼굴을 보고 이야기하면 마음을 알 수

있다고 생각하는 어리숙한 구석이 있는 남자지만 칸발 왕의
신뢰가 두텁지요. 그가 움직이면 왕도 움직일 겁니다."

상인의 눈에 강렬한 빛이 떠올랐다.

"시기를 놓쳐서는 안 됩니다. 용맹스러운 칸발의 창기병이
움직였다는 소식이 도착한 후에 쇼우 휘루도 들고 일어나면,
반드시 로타 왕의 군대를 쳐부술 수 있습니다."

오곤이 빨려 들듯이 고개를 끄덕였다.

상인이 낮은 목소리로 계속했다.

"…이 계획을 성공시키기 위해서도 그 황태자를 이대로 방
치해두어서는 안 됩니다."

오곤이 턱을 만지며 의중을 캐듯이 상인을 봤다.

"추격대를 보내라는 뜻인가? 그렇게까지 할 필요가 있을
까?"

상인이 조용히 말했다.

"있습니다. 그는 너무 많은 것을 알고 있습니다. 화근은 제
거해야 합니다."

오곤은 기세에 눌린 듯이 상인을 쳐다보고 있다가, 마침내
고개를 끄덕였다.

❧❋❧

상인은 오곤의 방을 나와서 성의 동쪽 동으로 향했다.

동쪽 동에는 신분이 높은 손님들이 묵는 호화로운 방과, 부유한 상인들이 사업상 방문하는 방이 모여 있다. 상인은 어느 방의 문 앞까지 오자, 문 옆의 자그마한 종을 울렸다.

문이 열리자 상인은 안으로 쑥 들어갔다.

이미 꽤 늦은 시각이었지만 난로 앞에 놓인 탁자를 둘러싸고 남자 셋이 술을 마시고 있었다. 둘은 요고인이지만, 또 하나는 키가 큰 칸발인이었다. 모두 상인풍의 차림을 하고 있었지만, 칸발인만은 어딘지 모르게 옷이 몸에 안 맞는 느낌이었다.

또 한 사람, 난로 옆에 서 있는 남자가 있었는데, 그는 술을 마시지도 않고 그저 조용히 우두커니 서 있었다. 상인의 호위무사 같은 복장으로, 허리에 대검이라고 하기에는 좀 짧은, 단단해 보이는 형태의 칼을 차고 있었다.

상인이 들어오는 것을 보더니 탁자에 둘러앉아 있던 요고인들이 벌떡 일어나 의자를 끌어당겨서 상인을 맞이했다.

"…어떻게 되었습니까?"

한 명이 묻자 상인이 미소를 지었다.

"추격대를 보내기로 했다."

상인을 지그시 바라보던 칸발인이 굳은 표정으로 말했다.

"…아직 어린 그 황태자를 오곤은 죽일 생각이냐?"

상인이 쓴웃음을 지었다.

"오곤의 추격대가 죽여준다면 고마운 일이지요. …이거야 원, 당신 얼굴을 그 황태자한테 보여줬기에 쓸데없는 걱정이는 것이지요."

칸발인이 눈썹 부근을 일그러뜨리며 상인을 봤다.

'…기분 나쁘게 말하는 사내로군.'

그것은 우연히 일어난 일이었다. 그가 잘못을 한 것은 아니다. 칸발인은 씁쓸한 기분으로 그때의 일을 떠올렸다.

이 성의 복도를 걷고 있었을 때, 저쪽에서 한 젊은이가 병사와 하인들에게 둘러싸여서 걸어왔다. 젊은이는 그와 눈이 마주친 순간, 의아해하는 표정을 지었다. 대화를 나누지도 않고 지나쳤는데, 그동안에도 젊은이는 그를 쳐다보고 있었다.

그 눈을 보고 그는 불안감을 느꼈다. 이 젊은이는 분명히 자신의 얼굴을 알고 있다…. 그도 어렴풋이 젊은이의 얼굴이 기억에 있었다.

이 성에서는, 그는 칸발의 고지대에서 생산되는 귀중한 약초를 팔러 온 상인으로 되어 있다. 어쩌면 이 젊은이는 자신이 상인이 아닌 것을 알고 있는 게 아닐까…?

그런 의심은 젊은이가 챠그무 황태자라는 것을 안 순간 확신으로 바뀌었다.

챠그무 황태자하고는 산갈 왕국에서 몇 번인가 마주친 적이 있다. 그 복도에서 챠그무 황태자가 의아해하며 자신을 본 것은, 칸발 왕의 측근으로서 수행했던 그가 상인 차림으로 스안의 성에 있는 것을 이상하게 여겼기 때문인 것이다.

만약 그가 스안 대영주와 은밀히 내통하고 있는 것을 로타 왕에게 알리게 되면 엄청난 일이 벌어진다.

뺨이 굳어 있는 칸발인을 보면서 상인이 말했다.

"걱정 마시지요. 당신은 우리한테 소중한 분입니다. 당신과 우리와 남부연합의 관계가 밝혀질 가능성은 조금도 남겨두지 않을 테니까요."

칸발인이 투박한 손으로 얼굴을 감쌌다.

"…그러기 위해서 그 황태자를 죽이겠다는 건가?"

오랫동안 칸발인은 얼굴을 손으로 감싼 채로 꼼짝도 하지 않다가, 마침내 슬며시 손을 얼굴에서 떼어냈다.

그야말로 무인답게 엄격하고 깔끔해 보이는 얼굴의 남자였다. 그 얼굴에 깊은 고뇌의 빛을 드러내며 칸발인이 말했다.

"그 황태자를 죽이지 않았으면 한다. 그가 로타 왕한테 나에 대해 반드시 말하리라는 법은 없지 않느냐. 만약에 말해버렸다 해도 로타 왕한테 변명할 방법은 어떻게든 생각해둘 테니까."

상인이 표정을 지우고서 칸발인을 응시했다.

이 칸발 왕의 중신은 타르슈 측으로 끌어들일 수 있었던 중요한 인재였다. '왕의 창'으로 불리는 최고의 무인 중 하나로, 칸발 왕의 신뢰도 두텁다.

로타 왕국과의 외교 임무를 수행하기 위해, 그는 약 2년 전부터 로타 왕의 왕궁 안에 있는 관사를 제공받아 1년의 절반을 로타에서 지내고 있다.

그는 밀약을 확실하게 맺기 위해서 스안의 성을 방문하고 싶어 했다. 그러나 한 해에 한 번 있는, 칸발 왕의 보석으로 불리는 루이샤(청광석)와 곡물의 거래는 이미 금년분이 끝난 상태였기에, '왕의 창'인 그가 이 시기에 남부의 대영주의 관사를 방문할 적당한 구실이 없었다. 그래서 표면적으로는 병의 요양을 위해 관사에 칩거하는 것으로 하고, 은밀히 상인 차림으로 변장해 이 스안 성을 방문한 것이다.

그런 그가 스안 성에 있는 것을 챠그무 황태자가 알아버렸다는 것은 타르슈의 밀정들로서는 절대로 간과할 수 없는 일이었다.

"…그렇게 말씀하시지만, 그 황태자는 로타만이 아니라 칸발과의 동맹도 생각하고 있다고 합니다. 그가 칸발 왕을 만나면….”

그 말을 듣자 칸발인은 약간 긴장한 얼굴을 했지만 곧바로 고개를 저었다.

“그건 큰 문제가 안 된다. 왕은 나를 깊이 신뢰해주신다. 타국 황자의 말보다는 내 말을 믿어주실 것이다. 안심해라. 나는 적당히 급한 용무를 만들어서 귀국하겠다. 그 황태자는 이한 왕자를 뵙기 위해서 우선 지탄으로 갈 것이다. 그렇다면 내가 먼저 칸발 왕 곁으로 돌아갈 수 있다.”

상인은 마음속으로 혀를 찼지만 표정은 전혀 움직이지 않았다.

그는 잠시 생각하는 척하고 나서 고개를 끄덕여 보였다.

“…그런가요? 당신이 그렇게까지 말씀하신다면 그렇게 하기로 하죠. 젊은이를 죽이는 것은 너무 잔인한 일이니까요.”

그렇게 말하며 상인은 일어섰다. 칸발인에게 고개를 까딱하고 그는 부하들을 데리고 방을 나갔다.

인적이 없는 복도를 걸으면서 상인이 옆에서 걸어가는 부하들에게 속삭였다.

“뭘 해야 하는지 알겠지?”

부하들이 고개를 끄덕였다.

상인은 마음속으로 불쾌한 듯이 중얼거렸다.

'그 황태자를 놔주라고? 말도 안 되지.'

그 황태자를 도망치게 한 자들이 로타 왕의 밀정들이라면, 그들은 생각했던 것보다 훨씬 깊숙이 이 남부 영주들의 품속으로 들어와 있는 것이다. 남부의 대영주들과 관계를 맺어온 자신들이 하잘 왕자 휘하에 있다는 것도 알고 있을 것이다.

'그들이 그 사실을 챠그무 황태자에게 말하면 큰일 난다.'

챠그무 황태자는 저 칸발인이 모르는 사실을 알고 있다. 북쪽 대륙을 공격할 우선권을 갖고 있는 사람이 하잘 왕자가 아니라 라울 왕자라는 사실을.

칸발 왕과 동맹을 맺고자 하는 그 황태자가 만에 하나라도 칸발로 가는 데 성공한다면, 그는 하잘 왕자 휘하의 밀정인 자신들이 필사적으로 다져온 책략의 최대 약점을 칸발 왕에게 말해버릴 것이다. 남부 대영주들을 후원하는 하잘 왕자가 지금 북쪽 대륙을 향해 진군하고 있는 군대의 지휘권을 갖고 있지 않다는 사실을.

칸발 왕이 그 사실을 알게 해서는 안 된다. 이 책략의 미묘한 균형이 거기에 달려 있다.

칸발인은 정보를 얻는 능력이 부족하다. 이웃 나라 로타 왕국이나 신요고 황국의 상황은 어느 정도 알고 있는 듯하지만, 로타 남부의 대영주들과 달리, 독자적인 정보망을 갖고 있지 않은 그들은 타르슈 제국의 내부 사정에 대해 전혀 모른다. …바로 그렇기 때문에 라울 왕자 쪽의 우세가 확실해진 지금 같은 상황에서도 하잘 왕자의 밀정들의 꼬드김에 쉽게 넘어간 것이다.

그들을 이대로 무지한 상태로 놔두는 것이 무엇보다도 중요했다. 그들이 사실을 알아버리면 책략 전부가 무너지기 쉽다.

챠그무 황태자가 살아서 칸발에 도착하게 해서는 안 된다.

상인은 옆에서 걷고 있는 호위무사 차림의 요고인을 흘끗 봤다.

"부탁한다."

요고인이 고개를 까딱했다.

정복당한 속국의 백성인 요고인이 타르슈 제국에서 두각을 나타내려면 나름대로의 뭔가를 갖고 있을 필요가 있다.

이 호위무사 차림의 요고인은 출중한 무술 실력으로 타르슈의 제1왕자 하잘에게 중용되어 온 남자다. 그 자신도 암살의 달인이었지만, 실력이 좋은 부하들을 잘 부려서 이제까지도 수많은 암살에 성공했다. 암살 대상자를 확실히 죽이기 위해 이중의 암살계획을 동시에 진행시키는 식으로, 신중하게 일을 하는 남자였다. 이 남자에게 맡겨두면 오곤이 풀어

놓은 추격대 뒤에 숨어서, 누가 한 일인지 모르게 챠그무 황
태자를 감쪽같이 암살할 수 있을 것이다. 추격대를 보내라고
오곤을 부추긴 것은 그런 이유 때문이었다.

상인은 챠그무 황태자가 도망쳤을 때부터 그를 죽일 방법
을 생각하고 있었던 것이다.

6
토사하강 줄기의 아하루

　바르사를 붙잡은 카샤루(사냥개)들이 그들의 두령에게 상의하러 간 동안, 바르사는 꽤 오랫동안 쓰라무 외곽의 작은 여인숙에 갇혀 있었다.

　챠그무 생각을 하면 마음이 급했지만 어쩔 수가 없었다.

　바르사는 목욕을 하고, 좁은 방 안에서 나태해진 몸 상태를 가다듬기도 하고, 이런저런 생각을 하며 지냈다.

　배에 두고 온 휴우고는 그 후에 무사히 도망쳤을까? …뭐, 그 정도의 일로 죽을 사람은 아닐 것이다.

　두 파로 갈라져 적대하고 있는 타르슈의 밀정들. 남부의 대영주들. 그리고 이렇게 자신을 여인숙에 가두어두고 있는 카샤루들. …챠그무를 둘러싸고 있는 소용돌이는 복잡해서 바닥이 보이지 않는다. 생각해야 할 것은 얼마든지 있었다.

카샤루 젊은이가 방으로 들어온 것은 붙잡힌 지 사흘째 되는 날 아침이었다.

"준비를 하고 나와 함께 갔으면 한다. 두령이 만나시겠단다."

그런 다음 젊은이가 덧붙였다.

"네 무기는 두령이 갖고 있다. 버리지는 않았다."

여인숙 뒷문에는 말이 묶여 있었다.

바르사는 말을 타고 젊은이의 뒤를 따라서 사루 가도를 북쪽을 향해 달리기 시작했다.

사루 가도는 훠라강을 따라서 왕도로 올라가는 커다란 가도였는데, 2단(약 2시간)쯤 가다가 젊은이는 동쪽으로 향하는 좁은 길로 꺾어 들어갔다.

좁은 길로 들어서자 눈앞에 온통 밀밭이 펼쳐졌다.

토질이 비옥하고 따뜻한 이 지역에서는 밀을 한 해에 두 차례나 수확한다. 옅은 파란빛의 가을 하늘 아래에서, 황금색으로 익은 밀이 바람이 지나갈 때마다 하얀빛을 반사하며 물결쳤다.

젊은이는 밀밭 사이의 논두렁길 같은 좁은 길을 하염없이 갔다. 이윽고 밭이 끊기고 숲이 보였다.

숲으로 들어서자 젊은이가 바르사를 돌아봤다.

"잠깐 내려라. 여기서부터는 눈가리개를 해야 한다."

바르사는 시키는 대로 말에서 내려, 젊은이가 검은 천으로 눈을 가리는 것을 도와줬다. 젊은이는 바르사의 손을 잡아 말고삐를 쥐어주고 한쪽 발을 받쳐서 말에 태워줬다.

"이 말은 익숙한 데다 길을 잘 아니까 말한테 맡기고 있으면 된다."

바르사가 고개를 끄덕였다. 검은 천은 두꺼워서 빛을 완전히 차단했다. 바르사는 소리의 울림으로 주위의 상황을 어렴풋이 느끼면서 말의 흔들림에 몸을 맡기고 있었다.

말은 오른쪽이나 왼쪽으로 꺾기도 하고, 올라갔다 내려갔다 하며, 꽤 오랫동안 계속 달렸다.

젊은이가 불쑥 말을 걸어왔다.

"…좀 물어도 될까?"

바르사가 고개를 끄덕이자 젊은이가 주저하면서 말했다.

"핫쿠로 시하나를 쓰러뜨렸다는 게 사실이냐?"

"핫쿠?"

"일대일이라는 뜻이다."

바르사가 살짝 웃으며 대답하지 않았다.

"난 시하나가 토위카무를, 기술 겨루기를 말하는데, 하는 것을 본 적이 있다. 대단했지. 우리 강줄기에서 가장 센 녀석하고 했는데 전혀 상대가 안 됐다."

젊은이가 자기 쪽을 보는 것을 바르사는 목소리로 느꼈다.

"네 몸놀림도 확실히 대단했다. 시하나를 해치운 게 사실이라면, 우리 형이 정수리를 얻어맞고 쓰러진 것도 당연하지."

그 표현에 바르사가 피식 웃었다.

"…형은 좀 어떻지?"

"아직 그 여인숙에서 자고 있다. 신음하고 있지만 심한 부상은 아니다."

그렇게만 말하고, 젊은이는 말을 너무 많이 한 것을 반성이라도 한 것처럼 입을 다물었다.

이윽고 주위의 소리가 약간 바뀐 것처럼 느껴졌을 때, 젊은이가 바르사의 말을 손으로 눌러 멈춰 세웠다.

"…좋아. 눈가리개를 풀어도 된다."

젊은이의 목소리에 눈가리개를 풀자 강렬한 빛이 눈을 강타했다. 바르사는 배어 나온 눈물을 손등으로 문지르고, 눈앞에 펼쳐져 있는 광경을 말없이 바라봤다.

석양빛을 반사시키며 강이 흐르고 있었다. 초원과 숲으로 둘러싸인 그 강의 강둑에는 풀이 무성했으며, 자세히 보니 곳곳에서 그 풀 사이로 희미하게 연기가 피어오르는 것이 보였다.

강의 수면으로 튀어나온 큰 나무 밑에서 몇 사람이 그물을 던져 물고기를 잡고 있었다. 그 하류에서는 여자들이 빨래를 하고 있었다. 모두 목에 노란 띠를 감고 있었다.

'이게 그들의 마을이구나….'

카샤루는 '강의 민족'으로 불리기도 한다는 것을 바르사는 떠올렸다.

젊은이가 품에서 폭이 좁은 노란 띠를 꺼내서 목에 감았다. 그러고는 바르사의 시선을 의식하고서 띠를 살짝 만지며 말했다.

"이건 홋 샤루라고 한다. 혼을 따뜻하게 한다는 뜻이지."

"혼을… 따뜻하게 한다고?"

바르사가 되묻자 젊은이가 고개를 끄덕였다.

"노란색은 마음이 착한 망자에게는 따뜻하게 보이는 색이다. 등불색이니까."

젊은이의 눈이 갑자기 어두워졌다.

"지난번 습격으로 내 사촌 형이 살해당했거든. 저기를 봐라."

젊은이가 가리킨 것은 강이 있는 방향이었다. 강 속에 노란 끈 같은 것 하나가 잠겨 있어, 물살에 이리저리 밀리며 흔들리고 있었다. 자세히 보니 그것이 수많은 노란 꽃을 늘어놓은 것임을 알 수 있었다.

"저 꽃이 하나하나 풀려서… 하나도 남김없이 전부 흘러가면, 사촌 형의 혼이 강의 신 곁으로 돌아갔다는 뜻이다. 그때까지는 사촌 형은 우리가 감은 홋 샤루를 보며, '아아, 나를 이렇게 생각해주고 있구나' 하고 생각하면서 마을에 있는 거지."

엎드려서 강에 떠 있던 남자. 그의 사체를 여기로 옮겨 온 걸까? 바르사는 문득 그런 생각을 했다.

젊은이가 한숨을 쉬더니 기분을 바꾸려는 듯이 단호한 목소리로 말했다.

"이쪽이다. 여기서부터는 말에서 내려서 걸어간다. 나중에 동료가 데리러 올 테니까 고삐를 이 나무에 묶어둬라."

말들을 숲가에 두고 두 사람이 숲에서 나가자, 빨래를 하고 있는 여자들이랑 강에서 물고기를 잡고 있는 남자들이 얼굴을 들어 이쪽을 봤다.

무릎까지 오는 풀이 무성한 들판 속에 구불구불한 좁은 길이 강 쪽으로 뻗어 있었다. 풀 사이의 좁은 길을 걸으면서, 바르사는 이따금 뭔가가 풀 사이에서 얼굴을 내미는 것을 발견했다.

오른편의 풀 사이에서 부스스한 머리의 작은 얼굴이 불쑥 튀어나와 바르사를 올려다봤다. 여섯 살 정도의 남자애였다. 그 아이는 입에 풀을 갖다 대더니 물새 울음소리와 똑같은 소리를 냈다.

그러자 왼편의 풀 사이에서 아직 어린 여자애가 얼굴을 내밀었다. 눈을 동그랗게 뜨고 바르사를 올려다보면서, 그 아이도 남자애의 흉내를 내며 입에 풀을 갖다 댔지만 삑 소리밖에 안 났다.

젊은이가 웃음을 참는 듯한 얼굴로 아이들을 보지 않으려고 애쓰며 걸어갔다. 망보는 사람 흉내를 내는 것 같았다. 바르사와 젊은이가 앞으로 걸어갈 때마다 여기저기서 풀이 흔들리며 제대로 된 소리, 삑 소리 등 이런저런 풀피리 소리가 울렸다.

바르사는 자기도 모르게 웃고 말았다. 젊은이도 참지 못하고 어깨를 흔들면서 웃고 있었다.

강둑에서 강가 자갈밭으로 가려면 꽤 가파른 비탈을 내려가야 했다. 언뜻 보면 풀이 무성한 강둑으로만 보이지만 곳곳에 돌벽이 보였다. 강가 자갈밭 쪽은 돌로 쌓은 벽이 단단히 떠받치고 있는 것 같았다.

바르사에게는 어디든 똑같은 초원의 강둑으로만 보였는

데, 젊은이는 어느 지점에서 갑자기 멈추더니 탕탕 하고 두 차례 발을 굴렀다.

얼마 후에 스윽 하고 소리가 나며 강둑의 풀이 솟아오르더니, 그 밑에 사람 둘이 나란히 들어갈 수 있을 정도 크기의 굴이 나타났다.

"두령 집이다."

재촉을 받고 바르사는 주저앉아서 굴을 들여다봤다. 계단 맨 위에 앉아서 뚜껑을 받치고 있는 중년 남자가 바르사에게 고개를 끄덕였다.

"자, 들어오시지요. 두령이 기다리고 있습니다."

허리를 구부려 계단을 내려가서 바르사는 깜짝 놀랐다.

계단 밑에는 밖에서 생각한 것보다 훨씬 넓은 공간이 펼쳐져 있었던 것이다. 게다가 의외로 밝았다. 강가 자갈밭 쪽 돌 벽에는 곳곳에 교묘하게 빈틈이 만들어져 있는 듯해, 안쪽에서 보면 섶새김을 한 창처럼 보였다. 그 창으로 한낮을 넘긴 은은한 빛이 들이쳐, 방 전체에 묘한 빛의 문양을 드리웠다.

회반죽인지, 벽도 천장도 흰색으로 매끄럽게 칠해져 있었고, 화로 주위만 검게 그을어 있었다. 벽의 움푹한 곳에는 선반이 있거나 물건을 놓을 수 있게 되어 있어, 자그마한 인형이랄지 크고 작은 항아리들이 빽빽이 늘어서 있었다.

과자라도 굽고 있는지 달콤하고 향긋한 냄새가 풍겼다.

방 한가운데에는 식탁이 있었고, 바르사보다 약간 나이가 많아 보이는 통통한 여성 하나가 무릎에 갓난아이를 안고 앉아 있었다. 그 옆에 멋진 백발의 노인이 앉아 있었다.

갓난아이는 한시도 가만히 있지를 않았다. 칭얼거리며 그녀의 팔 안에서 등을 뒤로 젖히곤 했다. 그녀의 발치에는 또 한 명의, 두 살 정도의 여자애가 달라붙어 있었다.

바르사가 계단을 내려오는 것을 보고, 통통한 여성은 의자에서 일어서서 옆에 있던 노인한테 갓난아이를 맡겼다.

노인은 능숙한 손놀림으로 갓난아이를 안았다.

"아이, 착하다. 너도 할아버지하고 저쪽에서 놀까?"

갓난아이를 한 팔로 안고 여자애의 손을 끌고서, 노인은 방 한구석에 있는 화려한 색깔의 요 위에 앉았다.

통통한 여성이 바르사에게 부드럽게 인사를 했다. 포동포동한 얼굴에 미소를 지으니 마치 여자아이처럼 보였다.

"처음 뵙겠습니다. 토사하강 줄기의 두령 아하루예요. 당신이 단창술사 바르사 씨군요."

"…네."

바르사는 당황스러웠다. 창고에 불을 지르는 식의 거친 습격을 지휘한 두령과, 눈앞의 작은 새 같은 여성이 연결이 되지 않았기 때문이다.

아하루가 웃었다.

"카샤루의 두령으로 안 보이지? 나도 체질에 안 맞는다고 생각하지만 어쩔 수 없어. 우리 강줄기에도 여러 가지 사정이 있어서. …뭐, 그런 얘기는 관두고. 거기 앉아요."

바르사는 시키는 대로 아하루 맞은편에 앉았다.

아까 뚜껑을 받치고 있던 중년 남자가 계단을 내려와 아하루 옆에 앉았다.

"내 남편."

그렇게 말하고 나서 아하루는 미소를 지으며 흘끔흘끔 바르사를 쳐다봤다.

"뭔가 묘한 느낌이 드네. 이렇게 바르사 씨하고 마주앉아 있다니. 당신은 우리 사이에서는 꽤나 유명하거든. 당신 이야기가 담긴 노래 가사도 난 무척 좋아하지. 좋은 가사야, 그건."

바르사가 눈을 깜빡이며 나지막이 말했다.

"…나는 들은 적이 없습니다."

아하루의 눈썹이 올라갔다.

"어머, 그래? 어쩜, 말도 안 돼. 하지만 그럴 수도 있겠네. 자신에 대한 노래가 떠돌거나 하면 낯간지러운 법이니까."

아하루가 갑자기 진지한 얼굴로 바르사를 쳐다봤다.

"당신이 타르하마야의 재림을 막기 위해 도와준 것은 우리 모두가 진심으로 감사해하고 있어. 그건 정말이야.

하지만 말이야, 이번 일에 관해서는 분명히 해두었으면 하는 게 있어. 자, 탁 털어놓고 이야기하기로 하지."

작은 접시에 담은 구운 과자와, 차 같은 것이 든 찻잔을 바르사 앞에 놓으며 아하루가 말했다.

"이번 습격에서는 우리도 조금 성급했던 점이 있었어."

'탁 털어놓고'라고 말한 대로, 그녀는 습격하게 된 경위를 이야기하기 시작했다.

"우리는 타르슈의 밀정으로 추정되는 상인한테 한 명, 한 명 감시를 붙이고 있어. 가능하면 뒤를 밟아서 은신처를 찾아내려는 거지.

타르슈의 밀정은 철두철미해서 좀처럼 꼬리를 잡을 수가 없었는데, 그날 아침 일찍 스안의 성에서 나온 남자는 무슨 이유에서인지 마음이 급했던 것 같아. 우리는 뒤를 밟는 데 성공했지."

바르사는 문득 휴우고의 말을 떠올렸다.

'…'남익'의 밀정 속에 심어놓은 녀석이 알려 왔다. '남익' 녀석들이 난리가 났다고 하더군. 누군가가 도와서 챠그무 전

하를 도망치게 했다고 한다….'

'그 소식을 전하러 온 녀석이 꼬리를 잡힌 거구나.'

아하루가 말을 계속했다.

"우리는 서둘렀어. 녀석들이 다른 은신처로 옮겨 가기 전에 얼른 해치워야 한다고 생각했거든. 그래서 그렇게 습격한 거야. …하지만 너무 무리를 한 건지도 몰라. 결국 한 명도 못잡은 데다 동료 한 명을 잃고 말았지. 나는 평생 그 책임을 지고 살아야만 해."

어두운 눈빛으로 그렇게 말하고 나서 아하루가 바르사를 봤다.

"…그런데 당신은? 왜 그 창고에 있었지?"

바르사가 조용한 목소리로 대답했다.

"나는 어떤 사람을 찾고 있습니다. 그 사람이 스안 대영주의 성으로 갔다는 이야기를 듣고 성의 위병들한테 물어보려고 하고 있는데 갑자기 공격을 받았지요."

바르사는 챠그무의 이름이랑 휴우고와 도망친 것 등은 생략하고, 대략적인 사실만 이야기했다.

아하루는 고개를 끄덕이며 듣고 있었다. 바르사가 입을 다물자 귀밑머리를 귀 뒤로 넘기면서 생각에 잠긴 듯한 표정으로 말했다.

"그렇구나. 그 술집에서 일어난 일은 알고 있어. 그래서 당신을 거의 의심하지 않았던 거야. …이상한 표현을 해서 미안. 하지만 그런 느낌이야."

그렇게 말하고 나서 아하루가 말을 덧붙였다.

"오해하지 마. 당신이 오그하루, 그 습격에서 목숨을 잃은 젊은이를 죽였다고 의심하는 건 아니야. 오그하루의 사체 옆 강둑에 쓰러져 있던 동료가 그를 죽인 사람은 남자였다고 하니까.

하지만 말이야, 좀 마음에 걸리는 것이 있어."

아하루가 지그시 바르사를 쳐다봤다.

"당신은 작은 배를 타고 도망쳤다고 했지? …하지만 말이야, 화재를 보러 강가에 나와 있던 구경꾼이 한 명이 아니라 두 명의 사람의 형체가 작은 배에 타는 것을 봤다는 거야."

바르사는 잠자코 아하루를 쳐다보고 있었다. 눈앞의 여성과, 그 습격을 지휘한 자와의 인상이 천천히 겹쳐졌다. 작은 새 같은 외모 속에 날카로운 통찰력을 가진 여성이 있다.

아하루의 뺨에는 붉은빛이 돌았지만 어조는 어디까지나 온화했다.

"당신은 오그하루를 죽인 남자와 작은 배를 타고 도망쳤을 거야. 동료들이 당신을 발견했을 때도 오그하루를 죽인 남자는 작은 배에 숨어 있었을 테고. 왜 타르슈의 밀정을 감싼 거지?"

바르사가 아주 차분한 목소리로 대답했다.

"그가 내 목숨을 구해줬기 때문입니다. 나는 약 때문에 몸이 마비되어 있었어요. 그 화재 속에 내버려뒀다면 타 죽었을 거예요."

아하루가 약간 얼굴을 찡그렸다.

"하지만 당신은 오그하루의 사체를 봤을 거 아냐? 카샤루를 죽인 타르슈 사람인 것을 알면서도 왜 감싼 거지?"

바르사가 아하루를 쳐다봤다.

"나는 목숨을 구해준 은혜를 갚았을 뿐입니다. 당신들이 지핀 불로 나는 죽을 뻔했어요. 만약 내가 혼자서 그 건물에서 강으로 도망치려고 했다면, 오그하루라는 사람은 나를 활로 쏘지 않았을까요?"

아하루가 무슨 말을 하려다가 입을 다물었다. 그런 다음 나지막이 말했다.

"쐈겠지."

크게 한숨을 쉬며 고개를 젓더니 아하루가 얼굴을 찡그렸다.

"그렇다 해도 스안의 병사들한테서 당신을 납치하기도 하고, 그런 화재 속에서 일부러 당신을 데리고 도망치기도 하

248 하늘과 땅의 수호자—제1부

고. …그 타르슈 밀정은 왜 그렇게 당신을 도와주는 걸까?"

마음속을 들여다보는 듯한 눈으로 아하루가 바르사를 응시하고 있었다.

그녀를 적으로 돌리고 싶지는 않았지만 모든 것을 말할 생각은 없었다.

타르슈 밀정들의 내부 싸움 같은 것을 말하게 되면, 이 여성은 실을 더듬어 찾아가듯이 그 작은 배에서 휴우고가 했던 이야기까지 캐물으려고 할 것이다. 이야기가 복잡해질 따름이다.

"모르겠네요. 아까도 말했지만, 나는 약에 취해 오랫동안 잠들어 있었고, 그들의 얼굴을 제대로 보지도 못한 상태에서 당신들이 습격해 왔기 때문에 물어볼 틈도 없었어요."

미심쩍어하는 얼굴을 하며 아하루가 말했다.

"배로 함께 도망쳤잖아? 이유를 물을 여유 정도는 있지 않았을까?"

바르사가 고개를 저었다.

"나를 데리고 도망친 남자는 넓적다리에 화살을 맞았고, 배에도 꽤 깊은 부상을 입었어요. 배로 도망치는 동안에도 열이 많이 나서 몽롱한 상태였고요."

아하루가 미간을 모으며 지그시 바르사를 보더니, 이윽고 남편과, 방 한구석에서 아이들을 달래고 있는 노인의 얼굴을 흘끔흘끔 봤다.

노인이 살짝 미소를 지으며 갓난아이를 무릎 위에서 일으켜 세우면서 말했다.

"…이 사람은 거의 사실을 말하고 있는 듯하다. 숨기고 있는 것도 있는 듯하지만, 뭐 대부분은 사실일 거다. 나는 그렇게 생각한다."

아하루의 남편은 말없이 고개를 끄덕였을 뿐이다.

아하루는 천천히 어깨에서 힘을 뺐다. 잠시 고개를 숙이고 뭔가 생각하다가, 이윽고 얼굴을 들어 바르사를 봤다.

"그렇긴 하네. 당신이 있는 걸 모르고 습격했지만, 자칫하면 당신은 그 습격으로 죽었을지도 모르는 거고."

그렇게 말하고 나서 아하루가 갑자기 쓴웃음을 지었다.

"당신을 심문하는 것은 바위에 손톱자국을 내는 것과 마찬가지네. 챠그무 황태자가 말씀하신 대로야."

가슴이 철렁해 바르사가 아하루를 봤다.

"…챠그무 황태자를 만났나요?"

"응."

아하루가 눈썹을 치켜올리며 밝은 미소를 잠깐 지었다.

"이렇게 말하면 실례겠지만, 아가씨들이 넋을 잃을 만한 분이야."

아하루는 챠그무와 만나게 된 경위를 이야기하기 시작했다.

아하루가 이끄는 토사하강 줄기의 카샤루들은 스파루의 명령으로 오랫동안 스안 대영주의 성을 감시해왔다고 한다.

"성 안에도 성 밖에도 항상 동료를 잠입시켜놨고, 성 내부까지 이어지는 지하통로도 만들어놨지. 우리는 굴 파는 데 선수거든."

아하루가 빙긋이 웃었다.

"그런데 말이야, 이제 보름도 더 지난 일인데, 성문을 감시하던 동료가 기묘한 광경을 본 거야.

스안의 아들 오곤과, 아랫도리만 가린 산갈 어부 차림의 소년이 성문 근처에서 뭔가 열심히 이야기를 하고 있어서 무슨 일인가 하고 주목하고 있었더니, 신기하게도 오곤이 말에서 내려서 그 소년을 성 안으로 안내해서 들어갔다는 거야.

그 후로 갑자기 우리가 타르슈 밀정으로 추정하고 있는 상인들의 출입이 빈번해졌지."

시녀로서 성 안에 잠입시켜둔 동료한테서 소년이 정중한 대접을 받으면서도 연금되어 있다는 말을 듣고, 아하루와 동료들은 더욱더 소년의 정체에 신경이 쓰였다.

그 소년은 도대체 누구일까?

연금되어 있다는 것은 죽일 수도 없고, 그렇다고 해서 밖으로 내보내기도 곤란한 인물이라는 뜻이다.

어떻게 소년과 접촉할 수는 없을지 그 방법을 모색하고 있을 때, 놀랍게도 소년이 스스로 연금되어 있던 방에서 도망쳐 나왔다고 한다.

아하루가 깔깔 웃으며 말했다.

"스안의 손녀딸은 잘생긴 남자한테 엄청 관심이 많거든. 우리가 잠입시킨 시녀가 넌지시 챠그무 전하 이야기를 했더니 제대로 미끼를 물어, 한밤중에 챠그무 전하가 연금되어 있는 방으로 몰래 들어간 거야."

바르사가 살짝 쓴웃음을 지으며 이야기를 듣고 있었다. 밤에 잠입한 아가씨를 보고 챠그무는 어떤 기분이었을까?

'…챠그무가 벌써 그런 나이가 되었구나.'

"챠그무 전하는 그 기회를 놓치지 않고 스안의 손녀딸을 정원으로 유혹했어. 그리고 정원으로 나가자마자 아가씨를 버려두고 담을 뛰어넘어 도망친 거지.

아가씨가 황급히 병사들을 부르는 소리로, 우리도 전하가 도망친 것을 알아차리고 병사들보다 먼저 전하한테 달려가서 그 지하도로 해서 성 밖으로 모시고 나왔어."

이야기를 들으며 바르사가 문득 궁금해져서 물었다.

"챠그무 황태자는 스스로 이름을 밝히셨나요?"

아하루가 고개를 끄덕였다.

"우리가 왕을 위해 일한다는 것을 알자 스스로 이름을 밝히셨어. 왕에게 드릴 말씀이 있어서 로타에 왔다고 하며."

아하루가 차를 한 모금 마셨다.

"이름을 듣고 깜짝 놀랐지. 챠그무 황태자는 서거하셨다고 들었으니까.

우리는 물론 얼굴도 모르니까 정말로 챠그무 황태자인지 처음에는 의심할 수밖에 없었지만.

전하는 의심을 받아도 태연하셨어. 요사무 왕은 산갈에서 만나 뵌 적이 있으니까 자신이 누구인지를 확인하고 싶으면 왕에게 데리고 가면 된다고 하시며."

아하루가 천천히 고개를 저었다.

"온순해 보이는 얼굴이지만 참으로 대담하고 완강한 분이시지."

바르사가 약간 갈라진 목소리로 물었다.

"…지금은 어디에?"

"북쪽으로 향하셨지."

"왕도의, 요사무 폐하가 계신 곳으로 가고 있다는 뜻인가요?"

아하루가 고개를 저었다.

"아니. 이것은 아직 백성들에게는 알려져 있지 않은 것인데, 사실 요사무 폐하께서 편찮으시거든. 사람을 만날 수 있는 상태가 아니야."

깜짝 놀라며 바르사가 물었다.

"무슨 병환이신가요?"

염려스러운 듯이 아하루의 얼굴이 어두워졌다.

"그걸 알 수가 없어. 고열이 계속되고 있어서…. 요사무 폐하 부군께서도 그런 식으로 고열이 계속되다가 서거하셔서 모두가 진심으로 불안해하고 있지."

한숨을 쉬며 아하루가 말했다.

"그래서 말이야, 지금 정무는 이한 왕자 전하가 보고 계셔.

남부의 영주들에게 대항하기 위해 북부의 영주들도 이한 전하 곁에 모여 결속을 강화하고 있어서, 이한 전하는 왕도가 아니라 북부의 성에 계시거든."

북부의 이한 왕자의 성. 지탄에 있는, 그 견고한 해자로 둘러싸인 성을 바르사는 잘 안다.

"그러면 챠그무 전하는 그쪽으로?"

고개를 끄덕이며 아하루가 스윽 일어서더니, 선반에서 얇게 무두질한 양피지를 한 장 갖고 왔다.

그것을 손에 든 채로 아하루가 말했다.

"…난 당신에 대해 챠그무 전하께 말씀드렸어."

바르사가 숨을 멈추고 아하루를 쳐다봤다.

"그분이 챠그무 황태자라고 정체를 밝히셨을 때, 앗 하고 놀랐지. 노래 가사를 떠올리며…. 그래서 당신을 붙잡았다는 것을 전하께 말씀드려본 거야.

챠그무 전하는 엄청 놀라셨어."

바르사는 잠자코 아하루의 말을 듣고 있었다.

"당신은 나라 간의 분쟁하고는 관계가 없다고 하며, 전하는 열심히 나를 설득하려고 하셨어. 전하가 남긴 편지를 읽은 자가 전하의 신변을 염려해서 당신을 로타로 보냈을 거라고 하시며."

바르사가 나지막이 말했다.

"그게 언제 이야기죠?"

"당신을 붙잡은 날 오후."

바르사가 매서운 눈으로 아하루를 쳐다봤다.

"그날 내 목적을 알고 있었는데도 당신은 나를 사흘이나 그 여인숙에 감금시켰다니.

이유가 뭐죠? 챠그무 전하를 뒤쫓지 못하게 하기 위해서인가요?"

아하루가 고개를 저었다.

"…당신을 사흘간 꼼짝 못 하게 해달라고 부탁한 사람은 챠그무 전하야."

아하루가 손에 들고 있던 양피지를 바르사 앞에 놨다.

"이것은 챠그무 전하가 당신한테 보낸 편지야. 내가 보는 앞에서 로타어로 쓰셨어. 내가 읽어도 상관없는데, 그 대신 반드시 당신한테 전해달라고 하시며."

바르사는 앞에 놓여 있는 양피지를 봤다. 또렷하고 힘차게 로타 문자로 쓴 챠그무의 편지를.

바르사, 찾으러 와줘서 고마워.

바르사가 로타까지 와줬다는 말을 듣고 떨릴 정도로 기뻤어.

다시 한 번 잠깐이라도 바르사를 만나고 싶지만, 제발 더 이상 나를 찾지 않았으면 해.

지금은 나보다도 탄다를 생각했으면 해.

신요고 황국은 이제 곧 전쟁터가 될 거야.

내가 때를 놓치게 되면 마을도 전답도 불바다가 되어버려.

한시라도 빨리 탄다를 산속으로 도망치게 해. 그때 갔던 겨울의 사냥굴이라도 좋아.

바르사와 탄다가 무사히 살아 있다는 생각을 할 수 있다면 나는 힘을 낼 수가 있어.

나는 괜찮아. 걱정하지 않아도 돼.

무슨 일이 있어도 반드시 살아남아서 마음에 정한 일을 해내고, 고향으로 돌아갈 테니까.

모르는 사이에 뺨으로 눈물이 흐르고 있었다.

바르사는 고개를 숙이고 눈꺼풀을 누르더니 한동안 가만히 있었다.

눈물을 닦고 얼굴을 들자 아하루의 눈에도 눈물이 고여 있었다.

"걱정 마."

목이 멘 채 아하루가 말했다.

"챠그무 전하는 우리가 이한 전하 곁으로 틀림없이 모시고 갈 테니까."

바르사가 고개를 끄덕였다.

카샤루에게 있어서 챠그무는 남부의 대영주가 타르슈와 은밀히 내통하고 있는 것을 증명해주는 중요한 산증인이다. 틀림없이 이한 왕자한테 데리고 가줄 것이다.

챠그무는 카샤루의 보호를 받고 있다. 자신이 할 수 있는 일은 이제 아무것도 없다.

마음이 놓이는 한편으로, 격하게 울고 난 후처럼 마음이 텅 빈 것 같은 쓸쓸함을 바르사는 느꼈다.

아하루가 슬쩍 물었다.

"바르사 씨, 돌아갈 여비는 있어? 단창은 여기에 있지만 짐 이랑 돈은 잃어버린 거 아냐? 신요고 황국까지의 여비 정도 라면 어떻게든 마련해줄 수 있어."

바르사가 미소를 지었다.

"고맙습니다. 괜찮습니다. 어느 정도의 돈은 항상 속옷의 옷깃 안쪽이나 소매에 꿰매두니까요.

다만, 만약 부탁드려도 된다면 말을 빌려주세요. 일단 쓰라무의 여인숙으로 돌아가고 싶으니까."

"물론이지. 어느 여인숙이지?"

"오크루 거리의 타쿠 호루(푸른 바다)라는 여인숙입니다. 선불을 했으니까 아직 내 말을 팔아버리지는 않았을 겁니다."

아하루가 고개를 끄덕였다.

"아아, 타쿠 호루라면 잘 알지. 말은 거기 맡겨두면 돼. 나중에 사람을 보낼 테니까."

아하루의 남편이 단창을 가져오자 바르사는 일어서서 받았다.

벽의 구멍으로 들이치는 빛이 어느 틈엔가 석양빛으로 변해 있었다. 방 한구석에서는 노인의 팔 안에서 갓난아이가 쌕쌕 숨소리를 내며 자고 있었다.

7
바르사의 결심

카샤루 젊은이의 배웅을 받으며 사루 가도로 나왔을 때는 이미 해가 저물어, 붉은 기를 띤 노란빛이 밀밭과 하늘의 경계를 어렴풋이 드러나게 했다.

젊은이와 헤어지자 바르사는 쓰라무항을 향해 가도를 쉬지 않고 달렸다.

이윽고 푸른 밤하늘에 별이 밝게 빛나기 시작했다. 얼굴에 닿았다가 머리카락을 빠져나가는 바람이 얼어붙을 듯이 차가웠다. 자신이 뱉어내는 숨이 하얗게 얼굴을 감쌌다가 사라져갔다.

가슴속으로 바르사는 몇 번이고 챠그무의 말을 곱씹어보

고 있었다.

소년다운 패기와, 내민 바르사의 손을 조용히 밀어내는 듯
한 배려심이 그 짧은 편지에 가득 차 있었다.

'…이제 어른이 되었구나.'

머릿속으로는 안다고 생각했어도 실감할 수는 없었던 세
월의 흐름이 그 편지를 읽는 동안 또렷이 마음에 다가왔다.

열한 살의 챠그무를 갑자기 등에 업게 된 그때는 목숨을
지키는 것만 생각하면 됐다.

하지만 열여섯이 된 챠그무를 둘러싸고 있는 것은 복잡
하고 거대한, 나라와 나라 사이의 흥정의 소용돌이다. 게다
가….

'챠그무는 그 점을 잘 알고 있다. 자신이 어떤 길을 걷고 있
는지 잘 알고 걷고 있다.'

챠그무는 이제 위정자가 되는 길에서 도망치려고 하지는
않는다. 황태자가 되는 게 싫어서, 궁 생활이 싫어서, 같이 떠
돌아다니고 싶다고 하던 그때의 소년이 아니다.

문득 휴우고의 말이 귀에 되살아났다.

'그분이 행복해지기를 바란다. 하지만 아마도 그분 자신이
더 이상 그런 삶을 꿈꿀 수 없게 되지 않았을까….'

휴우고가 한 말의 의미를 지금은 충분히 이해한다.

챠그무가 꿈꾸는 것은 평온한 평민의 삶이 아니다.

타르슈 제국의 침략으로부터 신요고 황국을 지키기 위해 몸과 마음을 다 바쳐 노력하고 있다.

바르사는 바람을 맞으며 눈을 가늘게 뜨고서 살짝 미소를 지었다.

'이제 나 같은 사람이 나설 때가 아니구나.'

쓰라무의 항구마을에 도착한 것은 거의 한밤중에 가까운 시각이었다.

그런데도 여인숙 타쿠 호루가 있는 오크루 거리에는 아직 많은 사람이 걸어 다녔으며, 술집이나 도박장은 휘황찬란하게 불을 밝히고 손님을 불러들이고 있었다.

여인숙 현관은 회삼물 바닥을 지나면 커다란 방으로 되어 있고, 난로에서 불이 타오르고 있었다. 그 방으로 들어가자, 불 옆의 의자에 앉아서 친구로 보이는 노인과 술을 마시고 있던 주인이 못마땅한 얼굴로 바르사를 봤다.

"…아이고 맙소사. 드디어 돌아오셨군. 말도 짐도 내팽개쳐둔 채 엿새나 소식도 없고.

짐도 말도 적당히 팔아치우려던 참이었다."

바르사는 난로를 쬐며 추위로 곱은 손을 비비면서 쓴웃음을 지었다.

"미안하군. 이런저런 일들이 있었거든. 하지만 열흘분을 미리 지불했잖아."

"흥. 그렇지 않았으면 벌써 말을 팔아버렸지."

살이 많이 찐 주인은 무릎을 누르면서 일어서더니, 벽 쪽으로 가서 걸려 있는 많은 열쇠 중 하나를 집어서 바르사에게 건넸다.

"자. 주방의 불은 이미 꺼버렸으니까 요리는 안 돼. 목욕은 아직 가능하지만."

바르사는 고개를 끄덕이면서 열쇠를 받았다. 아하루네 집에서 과자만 집어 먹었을 뿐, 아침밥 이후로 제대로 된 식사는 못 했지만 식욕이 전혀 없었다.

바르사의 얼굴을 흘끗 보며 주인이 불쑥 말했다.

"안색이 나쁘군."

바르사가 깜짝 놀라며 주인을 봤다.

"어… 그래?"

주인이 콧방귀를 뀌었다.

"잠깐 거기 있어봐라. 아침에 싸늘해져 있거나 하면 곤란하니까."

그렇게 말하고 주인은 안쪽에 있는 주방으로 들어갔다.

바르사는 불을 쬐면서 우두커니 서 있었다. 의자에 앉아 있는 노인이 술잔을 들어 올려 보였다.

"한잔할 텐가?"

바르사가 미소를 지었다.

"고마워요. 하지만 참겠습니다. 빈속이라."

닫히려는 문을 발로 차면서 주인이 돌아왔다. 손에 냄비와 국자와 나무그릇을 들고 있었다.

"바로 그 빈속이라는 게 위험해. 젊은 사람들은 한두 끼 걸러도 잠을 자지 않아도 괜찮다고 생각하지만, 그런 불규칙한 생활이 노인이 되면 나쁜 영향을 주지."

큰 목소리로 말하면서 주인이 난로에 냄비를 걸었다.

"일단 너는 젊은 여자다. 아이를 낳을 몸이라는 점을 명심해야지."

바르사가 웃음을 터뜨렸다.

"나는 이미 30대 중반이에요."

눈알을 번득이며 주인이 바르사를 쳐다봤다.

"그래서 어떻다는 거냐? 우리 어머니는 마흔다섯에 나를 낳았다."

젊다거나 아이를 낳을 몸이라는 말은 한동안 들은 적이 없어서, 바르사는 어떻게 대답해야 좋을지 몰라 쓴웃음을 지으며 주인을 쳐다보고 있었다.

주인이 냄비 뚜껑을 열자 라루(스튜)가 보였다. 만들어둔 것이리라. 얇은 막이 생겼지만, 난롯불로 데우면서 주인이 국자로 휘젓자 김이 나면서 좋은 냄새가 올라왔다.

"어머니는 말이다, 열여섯에 아이를 낳기 시작해서 마흔여섯까지 열둘을 낳았다. 그중에서 여덟 명이나 훌륭하게 길러냈지. 내 아내도 열 낳아서 일곱을 길러냈고."

굵은 눈썹을 힘주어 모으고 바르사를 보면서 주인이 말했다.

"나도 말이다, 서른 넘어서까지 도박에 빠져 유쾌하고 즐겁게 살았지만 말이다. 자식이 다섯이 되자 슬슬 안정된 생활을 해야겠다고 생각했지. 그게 의외로 말이다, 시기라는 게 있단다. 안정된 생활을 할 수 있는 시기라는 게 말이다.

젊을 적에는 잘 모르겠지만 안정된 생활을 하다 보면 그것도 또 괜찮은 삶이야."

의자에 앉아서 느긋하게 술을 마시고 있는 노인이 맞장구를 쳤다.

"맞는 말이다. 그 시기를 놓쳐버리면 사카와처럼 되고 말지."

주인이 노인을 향해서 고개를 크게 끄덕였다.

"그렇지. 내가 하고 싶은 말이 바로 그거야. 사카와를 봐. 한때는 라후라(도박사)로 나는 새도 떨어뜨릴 기세였지만, 지금은 비참하기 짝이 없잖아. 술집 한구석에서 사람들한테 술과 음식을 얻어먹고 있잖아. 알아? 일전에 말이야….″

어느 틈엔가 주인과 노인은 바르사에 대한 설교를 잊고 자신들의 이야기에 빠져 있었다. 그래도 라루가 끓기 시작하자 주인은 나무그릇에 담아서 바르사에게 건네주었다.

바르사는 난로 앞에 주저앉아 뜨겁고 걸쭉한 라루를 먹으면서, 노인들의 이야기를 멍하니 듣고 있었다.

바르사는 묵묵히 라루를 다 먹고, 주인한테 고맙다는 인사를 하고는 복도로 나갔다.

복도 양옆에 방이 몇 갠가 늘어서 있다. 방에 있는 손님들은 이미 잠들었을 것이다. 복도는 오싹할 정도로 춥고 어두웠다.

방으로 돌아와서 침대에 앉더니, 바르사는 한참을 같은 자세로 어둠을 바라보고 있었다. 도로 맞은편에 있는 도박장의 불빛이 창문을 통해 희미하게 들이쳤다. 남자들이 화내는 소리나 여자들의 새된 웃음소리가 바닷물처럼 높아졌다 낮아졌다 하며 들렸다.

바르사는 윗옷을 벗어 침구 위에 펼치고, 배에 말고 있는 밧줄을 풀었다. 그리고 침대 아래쪽에 걸터앉아 장화를 벗고 침구로 기어들어 갔다.

동틀 녘의 어둠 속에서 사람들이 일하는 소리가 어렴풋이 들렸다. 부엌에서 일하는 사람들이 아침 식사를 위해 바무 (빵)를 굽기 시작한 것이리라. 향긋한 냄새가 여인숙 안에 퍼졌다.

잠이 깨면서 동시에 꿈속에서 느끼던 온기와 냄새가 사라지며, 팔 안에 썰렁한 공허감을 느꼈다.

바르사는 살짝 눈을 뜨고서 푸르스름한 방을 봤다.

'한곳에 정착할 시기…라.'

꿈의 흔적을 몸에 느끼면서 바르사는 마음속으로 중얼거렸다.

탄다의 팔 안에서 그런 생각을 몇 번을 했던가? 그때마다 그건 불가능하다는 생각이 떠올랐다.

역시 자신은 이 일을 그만둘 수는 없다.

살벌한 일이지만, 자신의 반평생에서 터득한 것들은 이 일을 통해서만 살릴 수 있다. 지금 이 일을 그만두게 되면, 피로 얼룩진 과거의 기억은 빚이 되어서 자신을 천천히 말려 죽일 것이다.

하지만 이 일에는 항상 죽음이 따라다니게 마련이다. 언제 허망하게 목숨을 잃을지도 모른다. 어느 마을의 뒷골목이나 황야나, 어딘가 그런 곳에서 갑자기 목숨을 잃어 시체가 된다. 그리고 탄다는 돌아오지 않는 자신을 무슨 일이 생기지나 않았는지 걱정하며 하염없이 기다리게 된다….

잔인한 짓을 하고 있다고 생각하지만 어쩔 도리가 없다. 어떻게 해야 좋을지 대답은 아직 못 찾은 상태다.

한숨을 쉬며 바르사는 양손을 머리 밑에 놓고서 천장을 올려다봤다.

해가 바뀌면 전쟁이 시작된다…라고 휴우고가 말했다. 챠그무도 한시라도 빨리 산으로 도망가라고 썼다.

전쟁이란 병사들끼리 싸우는 것이겠지만, 피에 취한 병사들이 침략해 오면, 처참한 일이 벌어질 것이다. 싸움이 치열해지면 사람의 마음은 통제력을 잃는다.

예전에 남쪽 대륙에서 온 상인이 이야기한 적이 있다. 전쟁은 전쟁터에서만 이루어지는 것이 아니라고. 전쟁의 흥분으로 짐승처럼 변한 병사들이 욕망을 못 이기고 상가나 마을을 습격해 약탈하는 거라고.

상점에 난입해 금품을 빼앗고, 불을 지르고, 아직 나이가 어린 아이들마저 칼로 베어 죽이는 것을 그는 목격했다고 했다.

그런 그의 이야기를 떠올릴 때마다 가슴속이 불안감으로 흔들렸다.

도읍에서 약간 떨어진 청무 산맥의 산중에 있는 탄다나 토로가이는 괜찮다고 하더라도, 아스라와 치키사를 맡기고 온 마사의 가게가 있는 사로가는 위험할지도 모른다.

전쟁이 시작되기 전에 마사를 찾아가는 게 좋겠다. 상황에 따라서는 아스라와 치키사를 떠맡아서, 챠그무가 쓴 것처럼 탄다와 함께 산속의 사냥굴로 데리고 가도 좋겠다.

'…신요고로 돌아가자.'

나라와 나라 사이의 전쟁에서는 한 사람의 힘 같은 건 아무 영향력이 없을 것이다. 그래도 소중한 사람들이 전쟁에 휘말린다면 곁에 있고 싶었다.

투숙객이 방문을 여닫는 소리가 들렸다. 일찍 떠나는 손님이 아침을 먹으러 식당으로 가는 발소리가 방 앞을 지나쳐 갔다.

바르사는 침구를 걷어차고 일어나 차가운 방바닥에 발을 붙이고서, 덜덜 떨면서 침대 밑에 둔 짐을 끌어냈다.

자루에 손을 넣어서 새 속옷을 꺼냈을 때, 뭔가가 바닥에 툭 떨어졌다. 바닥에 떨어져 있는 것을 보고서 바르사는 깜짝 놀라 눈을 크게 떴다.

그것은 항상 손목에 감고 있는 가죽끈이었다. 휴우고의 넓적다리를 묶어서 지혈을 해주었던 가죽끈이다.

얌전히 말아서 빨간 헝겊으로 묶어놓았다. 그 빨간 헝겊을 풀자 안쪽에 자잘한 요고 글자가 빽빽하게 적혀 있었다.

이 가죽끈에 대한 답례로 정보 하나를 주겠다.

전하를 죽이기 위해 '남익'의 자객이 떠났다.

전하는 봐서는 안 되는 칸발인의 얼굴을 봐버린 것 같다.

'남익' 녀석들로서는 모처럼 찾아낸 칸발 공략의 실마리가 끊어질 수도 있는 위기다.

어떻게 해서든 전하를 죽이려고 할 것이다.

전하의 목적이 로타 왕의 설득에 있다는 것이 알려지고 말았다.

목적을 알면 행방도 예측할 수가 있다.

'남익' 녀석들이 보낸 자객은 무술 실력이 뛰어난 자다.

나는 다른 사정이 있어서 내일이라도 이곳을 떠나야만 한다.

네가 이 편지를 읽기를, 네가 전하를 지킬 수 있기를 빌겠다.

바르사는 멍하니 그 편지를 쳐다보고 있었다.

싸늘한 긴장감이 배에서 가슴으로 퍼졌다.

'봐서는 안 되는 칸발인의 얼굴…. 칸발에도 타르슈가 손을 뻗치고 있는 건가?'

내통자의 얼굴을 보고 말았다면 타르슈의 밀정들도 전력을 다해서 챠그무를 죽이려고 할 것이다.

'챠그무는 카샤루의 보호를 받고 있다. 그들도 추격대 정도는 예상하고 있을 거다….'

그렇게 생각해도 찌르는 듯한 불안감이 가슴을 떠나지 않았다.

남부의 대영주가 추격대를 보낼 것은 예상하고 있겠지만 타르슈의 자객까지 생각하고 있을까? 실력이 뛰어나다는 그 자객의 손으로부터 그 카샤루들은 챠그무를 지켜낼 수 있을까?

그들에게 경고하고 싶지만 타르슈의 밀정이 준 정보이니 안 믿을지도 모른다. 게다가 경고하기에도 시간이 너무 걸린다.

'이 편지는 언제 쓴 거지?'

짧아도 하루, 어쩌면 이틀이나 사흘이 지났을지도 모른다. 자객이란 자는 벌써 북쪽을 향해서 떠났을 것이다. 지금부터 말을 타고 달려도 따라잡을 수 있을지 어떨지….

초조함과 망설임이 복받쳐 올라와, 바르사는 빨간 헝겊을 꽉 쥐고서 일어섰다.

신요고로 돌아갈 것인가? 북쪽으로, 이한 왕자의 성으로
향할 것인가?

북쪽으로 가기에는 이미 늦었는지도 모른다. 게다가 카샤
루가 지키고 있으니까 자신이 나설 일은 없을 것이다. 그렇
게 생각해도 북쪽으로 가고 싶었다.

챠그무가 무사한 것을 확인하고 싶었다.

여기서 이한 왕자의 성이 있는 지탄까지는 아무리 서둘러
도 열흘 이상 걸린다. 챠그무가 무사한 것을 확인하고 나서
봉쇄된 국경이 아닌 산길을 넘어서 사로가로 향해도 전쟁이
시작되기 전에 도착할 수 있을까?

바르사는 헝겊을 꽉 쥔 채로 아무것도 보이지 않는 눈으로
벽을 응시하고 있었다.

사로가는 산갈 왕국과의 국경에서 말로 닷새 정도 걸리는
거리다. 전쟁이 어떤 식으로 전개될지는 모르지만, 거기까지
공격당하기에는 상당한 시일이 걸리지 않을까?

거기까지 생각하고 바르사는 쓴웃음을 지었다. 사로가로
가는 것을 미룰 이유를 찾고 있는 것을 깨달았기 때문이다.

아스라와 치키사는 정이 많은 마사가 가족처럼 보살피고 있다.

하지만 마음속에 떠오르는 챠그무의 모습은 혼자서 외로이 서 있는 모습이었다.

'카샤루들이 챠그무를 지키는 것은 증인으로 삼고 싶기 때문이지, 우정이나 애정 때문이 아니다. 정세가 변하면 내팽개칠 수도 있다.'

챠그무는 결국 홀로 거대한 소용돌이 속을 건너려고 하는 것이다.

바르사는 깊이 숨을 들이마셨다. 그리고 마음을 정했다.

하얀 아침 햇살이 창으로 들이쳤다.

짐수레가 바깥 도로를 달리는 덜컹거리는 소리가 기세 좋게 울렸다. 새벽 고기잡이를 마치고 돌아오는 남편의 배를 맞이하러 가는 여자들의 짐수레 소리일 것이다.

재빨리 준비를 마치자, 짐을 어깨에 걸치고 단창을 손에 들고서 바르사는 잰걸음으로 방에서 나갔다.

제3장

눈보라
속에서

1

오 차루

언덕 정상에 도착해 타라노 평야를 내려다본 순간, 남자들이 술렁거렸다.

탄다도 숨을 멈췄다.

눈앞에 광대한 평야가 펼쳐져 있었다.

수확을 마친 밭이 몇백 장의 작은 천을 이어 붙인 깔개처럼 보였다. 곳곳에 초록빛 사발을 엎어놓은 듯이 야트막한 산이 있고, 규모가 꽤 큰 마을들이 흩어져 있는 것 외에는 전답이 끝없이 펼쳐진 비옥한 토지였다.

바다를 건너온 요고인들은 처음에 도착한 토지에 살던 사람들한테서 들은 이름을 지명으로 썼을 것이다. 남부에는 야쿠의 지명이 그대로 남아 있는 곳이 많다. 야쿠족이 타라 노

(넓은 들판)로 부르던 이 타라노 평야는 신요고 황국의 중요한 곡창지대였다.

이제까지 올라왔던 야우루산은 평야 오른쪽으로 길게 뻗어 있는 토우하타 산맥으로 이어진다. 평야의 왼쪽 끝에는 약간 낮은 아마타 산맥이 있어, 겨울의 이 시기에도 봉긋이 초록빛 옷을 두르고 있었다.

평야를 가로질러서 청궁천이 흐른다. 요 며칠 비가 계속 내렸는데, 오늘은 맑은 날씨여서 강물이 빛의 띠처럼 보였다. 그 강 끝에는 푸른 바다가 펼쳐져 있었다.

산갈 왕국과의 국경선은 토우하타 산맥을 동서로 가로질러서 좀 더 가다 보면 해안선으로 이어졌다. 대군을 이끌고 공격해 온다면, 토우하타 산맥 속을 통과하는 가도의 고개보다는 해안에 선단을 상륙시켜 평야를 진군해 오는 편이 용이하다.

신요고 황국군의 지휘관들은 이 평야가 첫 전투 장소가 될 것으로 생각해, 전국에서 모은 민병 약 2,000명 중 7할 정도를 여기로 보냈다.

탄다를 비롯한 북부 출신들은 일단 도읍의 남쪽에 있는 소하로가(小河路街)에 모였다. 민병은 각 마을에서 열 명씩 소집되어서, 북부 지역만 해도 400명 정도 되었다. 그 400명의 남자들을 넓은 강변으로 모이게 해서 다섯 마을을 한 조로 편성했다.

군사 물자의 운반 역할을 맡은 조 사람들은 소하로가에서 물윗배를 타고 청궁천을 남하했으니까 야영지 준비를 이미 마쳤을 것이다.

다른 남자들은 짐말에 짐을 싣고 여기까지 남하해 왔다. 황국에서 말을 준 것이 아니다. 징병될 때 마을의 농경용 말을 짐말로 데리고 오라는 명령을 받은 것이다. 마을 사람들에게 농경용 말은 귀중하니까, 한 마을에서 몇 마리나 보낼 수는 없어서 한 마리를 보내는 게 고작이었다. 가난한 마을에서 온 민병들은 말이 없어서 할당된 짐을 자신들이 짊어져야만 했다.

탄다의 본가가 있는 마을에서는 탄다를 비롯한 민병으로 징발된 남자들에게 말 한 마리를 내주었지만, 나이 든 말라빠진 말이라 무거운 짐을 오랫동안 지게 하면 무척 괴로운 듯이 멈춰버린다.

늙은 말의 고통스러워하는 눈을 보고 있으면 가여워서, 탄다는 말 등에 실은 짐 하나를 자신이 짊어지기로 했다. 남부까지의 먼 길을 무거운 짐을 지고 계속 걷는 것은 힘든 일이어서, 다리도 허리도 등도 뻣뻣해져 밤에도 잠들 수가 없을 정도였다.

그래도 옆에서 터벅터벅 걷고 있는 늙은 말은 착한 녀석이어서, 탄다의 배려를 아는 것도 아닐 텐데 이따금 애교 부리듯이 축축한 콧등을 탄다의 귀 언저리에 갖다 대곤 했다. 호챠(할아버지)라는 이름을 붙인 이 말은 짐말로서는 도움이 안 됐지만 좋은 길동무는 되었다.

"호챠, 고생했다. 조금만 더 가면 종점이야."

남자들의 대열이 언덕을 내려가기 시작하자, 탄다가 늙은 말의 목을 어루만지며 나지막이 말했다.

저 평야가 인생의 종점이 될지도 모른다. 누구나 아마도 가슴속에 품고 있을 그 생각을 탄다도 갖고 있었지만, 평야의 풍경은 너무나도 화창하고 밝아, 저기서 죽고 죽이는 싸움을 하리라고는 도저히 상상할 수가 없었다.

살짝 한숨을 쉬고, 탄다는 언덕을 내려갔다.

북부부대의 민병들은 날이 저물 무렵 산기슭에 도착했다.

광대한 풀밭이 황국군의 야영지로 변해 천막들이 꽉 들어찼으며, 금빛 수가 놓인 깃발이 석양에 반짝였다.

야영지에서는 저녁 준비가 시작되어 화로의 연기가 피어오르고 있었지만, 몇백 마리의 말이 있어서 그 냄새가 연기 냄새도 음식 냄새도 싹 삼켜버렸다.

"너희들 북부부대의 야영지는 저쪽이다."

병사들과 말의 웅성거림을 뚫고, 민병의 지휘를 맡고 있는 민병대장의 목소리가 어렴풋이 들렸다.

번쩍이는 갑옷과 검을 옆에 놓고 따뜻한 저녁 식사를 시작한 정규병들 옆을, 탄다 일행은 고픈 배를 쥐어 잡고서 터벅터벅 말을 끌고 갔다.

민병의 야영지에 도착해서 탄다 일행은 망연자실했다.

산 밑의 계곡 옆에 목초지가 펼쳐져 있었다. 300명의 남자들이 숙박하기에는 충분한 넓이였지만, 띄엄띄엄 화로가 만들어져 있을 뿐으로 천막이고 뭐고 아무것도 없었다.

이제까지는 밤이 되면 도중의 마을들로 흩어져서 마을 사람들의 집이나 헛간에서 잤는데, 오늘 밤은 노천에서 잘 거라고 생각하니 모두 맥이 풀렸다.

"한 조당 화로 하나를 배정한다. 우선 말을 보살펴라. 그런다음 해가 지기 전에 작은 시내 아래쪽에 오물 처리를 위한구덩이를 파라. 그 후에 저녁 준비를 시작한다."

민병대장의 말을 듣고 남자들이 느릿느릿 움직이기 시작했다.

"먼저 떠난 녀석들은 뭘 하고 있었지? 야영지를 만들려고 먼저 강을 내려갔잖아?"

"…우리 야영지가 아니라 정규병의 야영지를 만들었겠지."

속삭이는 목소리가 여기저기서 들렸지만, 민병대장을 비롯한 정규병들한테 들릴 정도로 큰 소리로 불평하는 자는 없었다. 사기를 떨어뜨릴 것 같은 말을 했다가는 가차 없이 채찍으로 맞는다는 것을 그동안 행군하며 뼈저리게 깨달았기 때문이다.

민병을 통솔하는 여덟 명 정도의 정규병들은, 무인계급의 사고방식은 백성들과는 다르다는 것을 말로도 태도로도 확실히 보여줬다.

민병이 각지에서 소집되어 부대에 편성된 날, 민병대장은 말 위에서 단호한 목소리로 소중한 조국을 지키기 위해 목숨을 버릴 각오가 없는 자는 나라를 위태롭게 하는 자이므로 처형하겠다고 공언하고, 그것을 며칠 후에 실증해 보였다. 어둠을 틈타서 도망치려다가 붙잡힌 남자의 목을 민병들이 보는 앞에서 치고, 그가 도망치는 것을 알아차리지 못한 같은 마을 사람들도 거의 반죽음이 될 때까지 채찍으로 때린 것이다.

무자비한 그 광경은 남자들에게 강렬한 충격을 주었다.

민병들은 태어나서 이제까지 고향 마을에서 한 발짝도 밖으로 나간 적이 없는 자가 많았다. 그들은 세금을 낼 때 외에는 무인계급 사람들을 본 적도 없었다.

갑옷과 투구로 무장하고 냉담한 눈을 하고서, 칼로 사람의 목을 친 무인의 모습은 그런 남자들을 마음속으로부터 떨게 만들었다. 무인이란 무시무시한, 뭔가 자신들과는 전혀 다른 사람들이라고 그들은 생각했다.

그 일 이후로 남자들은 그들에게 찍히지 않도록, 불평불만을 들키지 않도록 노력하며 지내왔다.

날이 저물어 오자 남부라도 역시 추워졌다.

남자들은 화로 주위에 모여 불을 쬐면서, 묵묵히 먹잘 것 없는 저녁 식사를 마치자 담요를 뒤집어쓰고 누웠다.

오랜 행군으로 인한 피로로, 누웠더니 몸 여기저기서 삐걱거리는 소리가 났다. 탄다는 조금이라도 몸이 편해질 자세를 찾아내려고 했다. 담요를 머리까지 뒤집어쓰고, 자신의 입김으로 얼굴이 따뜻해지기 시작하자, 탄다는 어느 틈엔가 빨려들듯이 잠 속으로 빠져들었다.

누군가의 비명이 들려 탄다는 깜짝 놀라 눈을 떴다.

화로의 불은 타오르고 있었고, 달빛만이 희미하게 풀밭을 비추고 있었다. 그 어둠 속에서 남자들 여럿이 누군가를 때리고 있는 듯한 소리가 들렸다.

탄다가 몸을 일으키자 옆에 누워 있던 이웃 마을 남자가 작은 소리로 말했다.

"…내버려둬. 쓸데없이 엮이지 마."

흐느껴 울며 신음하는 목소리가 나고, 화내는 목소리와 때리는 목소리가 들리는데도, 정규병들이 오는 기척은 없었다. 그들은 약간 떨어진 곳의 천막에서 자고 있어서 안 들릴 것이다.

탄다는 일어섰다. 어리석다는 생각은 들었지만, 보고도 못 본 척할 수는 없었다.

가까이 다가가자 체구가 작은 사람 하나를 세 남자가 때리기도 하고 발로 차기도 하는 것이 보였다.

"뭐 하는 거지?"

탄다가 말을 걸자 남자들이 돌아봤다.

"너하고는 상관없어! 참견 마!"

아직 젊은 목소리였다. 흥분해서 목소리가 치솟았다.

탄다는 성큼성큼 남자들 사이로 들어가서 웅크리고 있는 남자 옆에 섰다.

"…숙면을 방해하고 있다. 이 이상 소란을 떨면 다른 마을 사람들도 화낼 거다."

탄다가 조용한 목소리로 말하자 젊은이들이 입을 다물었다. 수면을 방해받은 남자들의 분노가 담긴 침묵을 그제야 알아차린 것이다.

그래도 그대로 물러나기는 억울한지, 조금 전에 소리친 젊은이가 탄다의 목덜미를 잡았다.

"건방지게 잘난 척하기는."

탄다가 잠자코 젊은이를 처다봤다. 젊은이는 침을 뱉더니 탄다의 배를 힘껏 쳤다. 배 속에서 뭔가가 파열하는 듯하며 숨이 막혔다. 탄다는 배를 누르며 앞으로 고꾸라질 뻔했지만, 젊은이한테서 시선을 떼지 않았다.

"어이…."

동료가 젊은이에게 말을 걸었다. 돌아본 젊은이가 자신들을 둘러싸듯이 일곱 명 정도의 남자들이 서 있는 것을 발견하고서 창백해졌다. 탄다의 마을이 속한 조의 남자들이 팔짱을 끼고 젊은이들을 무뚝뚝한 얼굴로 노려보고 있었다.

젊은이들이 불만스러운 얼굴로 어깨를 흔들면서 화로 쪽으로 사라지자, 탄다는 웅크리고 있는 남자의 등을 문질러 줬다.

"괜찮아?"

고개를 끄덕이고 떨면서 남자가 얼굴을 들었다. 달빛에 어렴풋이 떠오른 그 얼굴은 열여덟을 넘었다고는 도저히 생각할 수 없는 소년의 얼굴이었다. 비적 말랐으며 눈만 번쩍였다. 얼굴이 온통 피투성이였다.

"…상처를 치료해주지."

속삭이며 탄다가 소년을 안아서 일으켰다. 그런 다음 말없이 서 있는 남자들에게 깊숙이 고개를 숙였다.

"고마웠습니다."

남자들은 어깨를 으쓱하며 자신들의 침상으로 돌아갔다.

마을 사람이 아닌 탄다를 그들은 항상 약간 거리를 두고 대했지만, 이런 때는 편을 들어준다는 것을 알고 탄다는 기뻤다.

탄다가 소년을 강가로 안고 갔다.

"혼자서 얼굴을 씻을 수 있겠니?"

속삭이자 소년이 고개를 끄덕였다. 아픈 듯 이따금 손을 멈추면서도, 소년은 얼굴을 씻기 시작했다. 그 옆에서 탄다는 품에서 주머니를 꺼내, 손으로 더듬어서 작은 기름종이로 싼 것을 골라냈다.

기름종이에 싸여 있던 가루를 손바닥에 담아 물을 조금 떨어뜨려서 이겨, 소년의 얼굴 상처에 발라줬다.

"시원할 거다."

나지막이 말하자 소년이 고개를 끄덕였다.

"왜 맞은 거니?"

탄다가 작은 소리로 묻자 소년은 한참을 머뭇거린 다음 띄엄띄엄 대답했다.

"시끄럽다고. …네가 있으면, 잘 수가 없다고. …난, 계속, 이상한 꿈을 꿔. 마을을 떠난 이후로, 안 꾸게 되었는데, 여기 왔더니, 또, 꾸고 말았어."

아직 변성기가 안 왔는지 소녀 같은 목소리였다.

거기까지 말하고 입을 다물어버린 소년에게 탄다가 조용히 재촉을 했다.

"꿈? 어떤 꿈이지?"

소년은 한참을 잠자코 있다가, 이윽고 짜내듯이 말했다.

"도망쳐야 해. …뛰어서, 도망쳐야 해. …짓눌리는 느낌이야. 가슴이 묵직하고, 내 안에서 소리치라고 하는 목소리가 들려…."

탄다는 소년이 떨고 있는 것을 발견하고 어깨에 살며시 손을 얹었다.

'전쟁이 무서워서 견딜 수가 없는 거야. 무리도 아니지.'

그때 소년이 갑자기 눈을 크게 떴다. 탄다를 지나쳐서, 다른 뭔가를 보는 것처럼 산 쪽을 응시하고 있었다.

대기가 웅웅거리는 듯한 느낌이 어렴풋이 전해져 왔다.

섬뜩해지며 닭살이 돋아, 탄다는 자기도 모르게 입 속으로 주문을 외며 마음을 가라앉히려고 했다.

갑자기 쏴 하고 큰 소리가 났다. 바로 옆 산의 나무들에서 새들이 일제히 밤하늘로 날아오른 것이다. 요란한 날갯짓 소리와 함께 날카롭게 울어대는 소리가 들려왔다.

뭔가가 산의 풀숲에서 튀어나왔다. 여우인지 들개인지, 검은 형체가 날렵하게 달려서 강을 뛰어넘어 들 쪽으로 사라졌다. 그것이 최초의 한 마리였다. 그 뒤로 계속해서 짐승들이 산에서 달려 나왔다.

소년이 고개를 흔들면서 소리치기 시작했다.

"…위험해! 여기는, 위험해! 도망쳐. …모두, 도망쳐…!"

달려가는 짐승들이 밟기도 하고 뛰어넘기도 해서, 잠들어 있던 민병들은 깜짝 놀라며 잠에서 깨어, 무슨 일인가 하고 주위를 둘러보고 있었다.

탄다는 일어서더니, 떨면서 소리치고 있는 소년의 손을 끌어서 남자들이 있는 쪽으로 달리기 시작했다.

"모두 일어나라! 일어나서 짐승들이 도망치는 쪽으로 뛰어라!"

탄다의 목소리에 따라서 일어서서 달리기 시작한 사람도 조금은 있었지만, 대부분은 멍하니 탄다를 보며 무슨 말을 하는 거냐는 듯한 얼굴을 하고 있었다.

다시 한 번 소리치려고 탄다가 숨을 들이쉰 순간, 대지가 봉 하고 솟아오르더니 요동을 치며 떨었다. 그 요동이 한참 계속되고 나무들이 흔들리고 부딪히는 소리가 들렸다.

그것은 정말로 한순간이었다.

천둥소리 같은 소리가 들리는가 싶더니, 마치 대지의 표면이 벗겨지듯이 바로 앞에 있던 숲이 솟아오르며 이쪽으로 미끄러져 왔다. 가까운 상류 쪽에서 일어난 산사태가 나무들을 차례로 쓰러뜨리며 남자들이 자고 있는 풀밭 쪽으로 흘러왔다.

어둠 속에 비명이 퍼졌다.

탄다는 소년의 손을 끌고 달렸지만, 도중에 뒤에서 밀려온 토사에 발이 걸리고, 떠내려온 나무에 옷이 걸려 질질 끌려갔다.

소년을 안은 채로, 속수무책으로 탄다는 토사에 떠내려갔다.

단지 한 가지 행운이었던 것은 산사태가 그렇게 크지는 않았다는 것이다. 떠내려가면서도 탄다는 팔로 얼굴을 감싸, 어떻게든 토사 위로 얼굴을 내밀고 있을 수가 있었다.

　이윽고 야영지의 하류 쪽 바위 사이에 나무가 걸려서, 탄다의 몸도 움직임을 멈췄다.

　산사태가 진정된 기묘한 정적 속에서, 탄다는 신음하면서 소년을 잡아끌어서 일으키며 야영지 쪽을 돌아봤다.

　달빛에 떠오른 광경을 쳐다보는 사이에, 강이 있었던 부근부터 야영지의 3분의 1 정도가 토사에 파묻힌 것이 보였다.

　탄다는 입에 들어간 진흙을 뱉어냈다. 소년이 기침을 하면서 울고 있었다.

　탄다는 떨리는 손으로 소년의 진흙 투성이 등을 살며시 쓰다듬어줬다.

　탄다를 비롯해 살아남은 남자들은 횃불로 토사를 비추면서, 진흙과 나무 사이에서 동료들을 구해내려고 했다. 하지만 고작 두 명, 마침 두 나무 사이에 생긴 공간에 들어간 꼴이 된 두 남자를 구했을 뿐이다.

　아침이 되자 스물다섯 명의 남자들이 토사에 파묻힌 것을 알았다. 그중에는 탄다의 마을이 속한 조의 남자들도 둘 포함되어 있었다.

　토사에 파묻힌 사람들을 즉시 빼내주고 싶었지만, 곡괭이로는 바위와 나무가 뒤섞인 진흙을 파내는 데 많은 시간이 걸렸다.

말 탄 무사 여덟 명이 말 위에서 현장을 보고 있더니, 이윽고 민병대장이 살아남은 남자들을 소집했다.

"재난이었지만 더 이상 이 토사를 파내서는 안 된다.

그대들은 한낮까지는 여기를 출발해, 적의 기마병을 저지할 말뚝을 묻는 작업을 시작해야 한다. 쓸데없는 작업에 힘을 쏟는 것은 용서하지 않겠다."

쓸데없는 작업이라는 말을 들은 순간, 눈을 내리깔고서 땅에 머리를 대고 있던 남자들 사이에서 억누를 수 없는 분노의 신음 소리가 새어 나오기 시작했다. 저 토사 밑에는 지금 형제나 친구가 묻혀 있다. 그들을 구해내는 것을 쓸데없는 작업이라고 하다니….

그 신음 소리는 누가 내는지도 알 수 없는 울림이 되어 대기를 흔들었다.

민병대장이 창백한 얼굴을 하고서, 겁에 질려 뒷걸음질 치기 시작한 말의 고삐를 눌렀다.

그는 아직 스물다섯밖에 안 된 젊은이였다. 대대로 마로쿠(1개 대대=약 300명의 병사로 이루어진 대대를 뜻함)를 이끄는 대대장 집안이기 때문에 민병을 이끄는 민병대장 역할을 맡았을 뿐이다.

민병대장 옆에 있던 부대장이 상관의 허둥대는 모습을 보고 큰 소리로 외쳤다.

"진정해라!"

부대장은 예순에 가까운 고령의 무인이었다. 더 이상 실전에서는 능력을 발휘할 수 없는 나이인 데다 하급무인 출신이지만, 사람을 통솔하는 능력이 뛰어나서 젊은 민병대장을 도와주는 역할로 발탁된 사람이다.

민병들은 신음을 멈췄지만, 주위를 뒤덮은 정적 속에는 손으로 만져질 정도의 분노가 가득 차 있었다.

부대장이 온화한 목소리로 호소했다.

"그대들의 심정은 충분히 이해한다. 저 토사 밑에서 아직 숨을 쉬고 있을지도 모르는 동료들을 생각하면 가만히 있을 수 없을 것이다.

하지만 그대들 전원이 곡괭이를 갖고 판다고 해도, 전부 파려면 얼마나 걸리지? 아까부터 그대들의 작업을 보고 있었지만, 해 질 때까지 해도 전부 파낼 수는 없다. 화로에 있던 위치를 추정해 거기만 파는 것도 가능하겠지만, 이렇게 엄청난 양의 토사가 흘러왔다. 토사의 힘에 밀려서 떠내려갔을 수도 있다.

내일도 팔까? 하지만 생각해봐라. 불쌍하지만 숨을 안 쉬면 사람은 그리 오래 못 버틸 것이다."

담담하게 사실만 말하는 부대장의 목소리를 듣는 사이에, 남자들의 침묵에서 분노가 사라져갔다.

"평상시라면 다른 부대원들도 불러 모아서 구원을 청할 수도 있을 것이다.

하지만 지금은 전시다. 앞으로 한 달 후면 적이 공격해 온다. 그대들이 말뚝을 파묻는 작업을 제때 못 하면, 타르슈와 산갈의 기마병의 움직임을 막을 수가 없다. 그것이야말로 산사태처럼 우리 나라를 덮칠 것이다.

마을에 남겨두고 온 처자를 생각해라. 사랑스러운 아이들의 얼굴을 떠올려라. 잔인한 적병한테 그들이 죽지 않도록 최선을 다하라. …토사에 묻혀 있는 자들도 용서해줄 것이다."

훌쩍이는 소리가 남자들 사이에서 새어 나오기 시작했다.

"1단(약 1시간)쯤 조식 시간을 더 주겠다. 시간이 부족하겠지만 그사이에 동료들의 명복을 빌어주도록 해라."

그렇게 말하고 부대장은 민병대장을 재촉해 남자들한테서 등을 돌리게 했다.

기마무사들이 사라지자 남자들은 머리를 들고 멍한 표정

으로 서로를 쳐다봤다. 어떻게 명복을 빌어줄 것인지 작은 소리로 소곤소곤 상의하고 있는 남자들 사이에서, 탄다가 혼자 일어서서 무릎의 진흙을 털더니 숲속으로 들어갔다.

숲에서 돌아왔을 때는 탄다는 사초(莎草)라고 하는 손바닥처럼 생긴 풀잎을 스물다섯 장 들고 있었다.

탄다는 훌쩍거리고 있는 남자들 사이를 돌아다니며 토사에 묻힌 남자들의 이름을 알아내더니, 사초 잎에 단도 끝으로 남자들의 이름을 새기기 시작했다.

"…넌 주술사냐?"

한 남자가 탄다에게 말을 걸어왔다. 탄다가 온화한 목소리로 대답했다.

"아직 배우는 중이지만 혼을 떠나보내는 의식은 한 적이 있습니다."

어느 틈엔가 민병들이 탄다 주위에 모여, 그가 묵묵히 사초 잎에 이름을 새겨 땅바닥에 늘어놓는 것을 바라보고 있었다.

스물다섯 명의 이름을 스물다섯 장의 잎에 다 새겨 넣자, 탄다가 남자들을 둘러봤다.

"이제부터 혼을 저세상으로 보내겠습니다. 편안히 갈 수 있도록 도와주시기 바랍니다."

민병들이 고개를 끄덕였다. 누구나 한 번쯤은 경험한 적이 있는 의식이다.

탄다는 사초 잎 한 장을 손에 들더니, 쩌렁쩌렁한 목소리로 혼을 떠나보내기 위한 주문을 외었다.

"아크챠무여, 새가 되어라!

바람을 타고 하늘을 달려, 저세상에 이르러 편안히 잠들어라.

머지않아 또다시 이 세상에 태어날 때까지, 잠시 깊은 잠에 빠져 쉬어라!"

그러고는 힘차게 손을 흔들어 사초 잎을 하늘을 향해 던졌다.

순간 사초 잎이 흰빛을 발하며 타올라 새로 변해, 일직선으로 하늘을 향해 날아올라서 구름 속으로 사라져갔다.

"어이어이, 어이어이."

남자들이 등을 젖히고 하늘을 올려다보며 굵은 목소리로 울었다.

"잘 가라, 아크챠무! 잘 가라!"

눈물이 진흙으로 범벅이 된 남자들의 뺨을 타고 흘러내렸다.

두 번 다시 고향 마을로 돌아갈 일이 없는 친구와 형제를 생각하며 그들은 큰 소리로 울었다.

스물다섯 장의 사초 잎은 차례차례로 혼을 실은 새가 되어 하늘로 빨려 들어갔다.

아침을 먹고 출발하기 전에 잠깐 틈을 내서, 탄다는 간밤에 얻어맞았던 소년한테 가서 다시 한 번 상처를 치료해 줬다.

아침 햇살 속에서 새삼 소년의 얼굴을 보고서, 너무 어려 보여 탄다는 깜짝 놀랐다.

"…넌 몇 살이지?"

소년이 고개를 숙이고 작은 소리로 말했다.

"열넷. …형이 뽑혀서 내가 대신 왔어."

그렇게 말하더니 참을 수가 없어졌는지 눈에 눈물이 글썽였다.

탄다는 엉겁결에 소년의 머리를 안아줬다.

사람과의 접촉에 익숙지 않은 들개처럼 소년은 깜짝 놀라 몸이 뻣뻣해졌지만, 이윽고 몸에서 힘을 빼고 탄다의 가슴에 얼굴을 파묻었다.

일손을 빼앗기고 싶지 않은 마음에 많은 아이들 중에서 다른 아이를 대신 보내는 부모가 적지 않았다. 이 북부의 민병부대에도 그렇게 열여덟 살이 안 된 소년들이 몇 명이나 있다.

"…나는 이상한 아이니까. 아버지는 필요 없다고 생각하거든."

탄다의 등에 팔을 두르고 힘을 꽉 주며 소년이 신음하듯이 말했다.

그 작은 머리를 쓰다듬으며 탄다가 말했다.

"이상한 아이라. 나도 종종 그런 말을 들었지."

놀란 듯이 소년이 얼굴을 들었다. 얻어맞아서 눈두덩이 부었고, 눈물과 콧물로 얼굴이 얼룩져 있었다.

"그래?"

탄다가 눈썹을 치켜올리며 미소를 지었다.

"나는 망자의 혼을 볼 수가 있고, 죽을병에 걸린 사람의 형체를 볼 수가 있거든. 그래서 사람들이 나를 꺼렸지. …너는 왜 이상하다는 말을 들었지?"

소년은 치열이 고르지 못한 입을 벌려 열심히 단어를 찾으면서 대답했다.

"난, 여기가 아닌 곳이, 보여. 산과 겹쳐서, 강이 보이기도 하고, 반짝이는 것이 춤추거나 하는 것이, 보여."

탄다가 깜짝 놀라서 소년을 물끄러미 쳐다봤다.

"…여기에는 뭐가 보이지?"

소년이 생각해보지도 않고 대답했다.

"여기는, 엄청 크고, 아주 깊은 물속이야. 엄청 많이, 이상한 것이, 헤엄치고 있어."

탄다는 한동안 물끄러미 소년을 바라보고 있다가, 이윽고 눈을 감고 입 속으로 주문을 외우더니 나유그를 보는 '눈'을 뜨게 했다.

끝없이 남빛 물이 펼쳐져 있었다.

위를 올려다보니 저 멀리 위쪽으로 수면이 보이고, 밝은 빛이 흔들렸다.

생물들이 얼마나 많은지! 본 적도 없을 정도로 많은 요나로가이(물의 민족)랑, 잔물고기 같은 은빛의 가느다란 생물들이 떼 지어서 탄다의 몸을 지나쳐 간다.

머리 위로는 수많은 초록빛이랑 노르스름한 빛이 반짝거리면서, 몇 줄기의 빛의 띠를 이루며 남에서 북으로 헤엄쳐 간다….

사그(이쪽 세계)로 돌아와 크게 숨을 들이마시더니 탄다는 땀을 닦았다.

소년이 불안해하는 얼굴로 탄다를 올려다보고 있었다.

탄다가 소년의 얼굴을 쳐다봤다.

'이 아이는 초능력자다. 아스라와 마찬가지로….'

민병으로 끌려오게 되어, 아스라의 이야기를 제대로 들어주지도 못한 채 돌려보내고 말았는데, 생각해보니 아스라도 꿈을 꾸며 매일 밤 가위 눌린다며 탄다를 찾아왔었다.

가슴을 짓눌리는 듯한 꿈. 뭔가를 해야 하지만 뭘 해야 좋을지 모르겠다. 단지 초조함만이 마음속에 있다고 아스라가 말했었다.

'이 아이도 몇 달을 악몽을 꾸며 가위 눌려왔다고 했지….'

초능력자들만이 느끼는 뭔가가 있는 건지도 모른다. 그렇게 생각한 순간, 섬광처럼 한 가지 생각이 머릿속에 번뜩였다.

'어쩌면 이 아이들은 오 챠루(무리의 경고자)일지도 몰라….'

물고기나 새와 같이 무리 지어 사는 생물 중에는 다른 존재보다 민감하게 가장 빨리 위험이 올 것을 알아차려, 무리에게 경고를 하는 존재가 있다고 한다. 그런 존재를 주술사들은 오 챠루라고 한다고 토로가이 사부가 가르쳐주었다.

어젯밤 그 어둠 속에서 지진이 올 것을 알아차리고 밤하늘로 날아오른 새떼를 탄다는 떠올렸다.

이 소년은 탄다보다도 훨씬 일찍 이변을 알아차리고 도망치라고 소리쳤다.

사람이라는 생물도 무리 지어 사는 생물이라고 생각한다

면, 오 챠루가 있다고 해서 이상할 것은 없다.

아스라 같은 초능력자, 사그와 나유그, 이 두 세계와 깊은 관계를 맺고 있는 자가 태어나는 이유는 뭘까? 예전부터 생각했지만, 어쩌면 그런 초능력자들은 두 세계가 서로 만나, 무슨 일이 일어날 것을 누구보다도 일찍 알아차리는 오 챠루일지도 모른다….

그렇다고 한다면 아스라나 이 아이는 도대체 무엇을 두려워하고, 무엇을 경고하려는 걸까? 나유그에서 일어나고 있는 일이 사그에 뭔가를 일으키는 걸까?

오 챠루가 경고를 하는 것은 무리에게 위험이 닥쳤을 때다.

'아아… 사부님이 여기 계시다면!'

뭔가가 일어나려고 한다. 이대로 넋 놓고 있어서는 안 된다.

'전쟁이 시작되면 나는 목숨을 잃을지도 모른다. 그렇게 되기 전에 어떻게 해서든 사부님께 이 사실을 알려야만….'

소년이 불안한 듯이 나지막이 말했다.

"…아저씨, 괜찮아?"

탄다는 정신을 차리고 살짝 미소를 지었다.

"괜찮아. 하지만 아저씨라고 부르지 마. 나는 탄다라고 해. 이름으로 부르도록 해."

소년의 통통 부은 눈에 미소가 떠올랐다.

"탄다 씨로구나. 난 코챠야."

"코챠(꼬맹이)?"

탄다가 자기도 모르게 되묻자 소년이 이가 빠진 얼굴로 웃었다.

"계속 그렇게 불려서 그대로 이름이 되었어. 너무해, 우리 아버진."

탄다가 쓴웃음을 지으며, 웃고 있는 소년의 얼굴을 바라보고 있었다.

멀리서 소집을 알리는 종소리가 들려왔다.

새나 물고기들 같으면 오 챠루가 움직이면 무리도 움직인다.

하지만 사람의 무리는 너무 크고 너무 복잡해, 오 챠루의 경고 같은 건 무리의 소음 속에 파묻혀버린다.

남자들이 소집 장소로 향하기 시작했다. 탄다도 소년과 함께 걷기 시작했다. 국경으로, 전장으로. 이제 얼마 있으면 전쟁이 시작된다.

남자들 사이에 끼어서 걸으면서, 탄다는 통증을 참는 듯이 얼굴을 일그러뜨렸다.

엄청난 재앙의 징조를 느끼면서, 아무것도 할 수가 없어 토사에 떠밀리듯이 전쟁터로 끌려가는 자신의 무력함이 견딜 수가 없었다.

2
되살아난 카샤루

바르사는 하염없이 북쪽으로 말을 몰았다.

챠그무 일행이 어느 길을 지나갈지는 생각하지 않기로 했다. 그걸 생각하면서 북상하게 되면 오랜 시간이 걸리고 만다. 그럴 여유가 없었기에, 바르사는 마음을 정하고 지탄으로 향하는 최단 거리를 냅다 달렸다.

챠그무 일행은 바르사보다 며칠 먼저 남부를 출발했다. 따라서 거리를 좁히려면 잘 시간을 줄이는 수밖에 없었다. 바르사는 하루에 4시간 정도밖에 못 자고, 식사도 거의 말 위에서 해결하면서 이동했다.

도중에 두 번 말을 바꿨다. 좋은 말을 사면 눈알이 튀어나올 정도의 돈이 든다. 진이 준 돈이 얼마 안 남아서 여비는 사이소에게 받은 보수에 의지해야 했지만, 조금이라도 빨리 지탄에 도착하기 위해서는 그런 걱정을 하고 있을 수가 없었다.

그런 이동 중에도 대상의 호위무사가 머무는 숙소를 발견하면, 바르사는 1단(약 1시간) 정도 휴식을 취하면서 호위무사들한테서 소문을 듣기로 하고 있었다. 이런 숙소는 대상의 호위무사로서 로타 전국을 떠돌아다니는 남자들이 마주치는 장소인 데다, 그들은 습격이나 매복에 대한 소문에는 민감했기 때문이다.

호위무사들과 대화를 나누는 가운데, 남부의 대영주가 보낸 추격대에 관한 소문은 몇 번인가 들었다. 하지만 챠그무를 데리고 있다는 카샤루에 대한 소문은 전혀 들려오지 않았다.

'…카샤루는 비밀 통로를 많이 알고 있거든.'

예전에 탄다가 했던 말을 떠올리며, 바르사는 챠그무의 행방에 대해 이리저리 머리를 굴렸다. 체구가 작은, 강의 민족들과 함께 생활하며, 지금 이 순간도 풀밭이나 숲을 걷고 있을까?

'무사히 살아 있기를.'

피곤해서 묵직한 관자놀이를 누르며 바르사는 마음속으로 빌었다.

왕도를 지나친 지 사흘쯤 지나자 주위 풍경이 확 변하기 시작했다.

길 양옆에 계속되던 비옥한 밭이나 마을이 사라지고, 대신에 무성한 풀이 물결치는 초원이 끝없이 펼쳐졌다. 하늘의 색깔이 옅고 높았으며, 바람은 얼굴을 베듯이 차가웠고, 눈 냄새가 살짝 났다. …북부 지역으로 들어선 것이다.

작년과 올해 따뜻한 날이 계속되어서, 봄에 태어난 새끼 양들도 무럭무럭 자랐고 밭에서의 수확도 많았다. 북부 사람들은 예년과 달리 많은 식량을 비축한 채 겨울을 맞이하려 하고 있었다.

초원과 침엽수림을 빠져나가, 바르사가 지탄에 가장 가까운 마을 오다무에 도착한 것은 쓰라무를 떠나 열흘째 되는 날의 일이었다. 보통 사람 같으면 열대엿새는 걸리는 거리였기에, 오다무의 호위무사 숙소에 도착했을 때는 아무리 바르사라 해도 움직일 수 없을 정도로 지쳐 있었다.

이 정도로 지쳐 있어서는 설령 챠그무 일행을 따라잡는다 해도 아무 도움도 안 된다. 그걸 깨닫고, 바르사는 그날 밤만은 푹 자기로 했다.

뜨거운 물에 들어가고, 지친 몸에 활력을 불어넣어줄, 보리를 푹 끓인 달콤한 죽을 먹고서, 바르사는 침대에 쓰러졌다.

너무 지쳤던 것이리라. 잠이 든 직후에는 뭐가 뭔지 알 수 없는 꿈을 연달아서 꿨지만, 한밤중부터는 땅속과도 같은 깊은 잠에 빠져들었다.

아래층에서 시끄러운 소리가 들려 바르사는 깜짝 놀라 눈을 떴다.

창으로는 아침 빛이 들이치고 있었다. 흐린 날의 희미한 빛이었지만 더 이상 이른 아침이라고는 할 수 없는 시각 같았다.

뭔가 흥분해서 얘기하고 있는 사람들의 목소리가 두툼한 마룻바닥을 통해 웅얼거리는 것처럼 들렸다. 바르사는 일어나서 몸단장을 마치고 서둘러서 아래층으로 내려갔다.

현관 안쪽의 큰 방에 서 있는, 여행 차림 그대로의 수염 난 호위무사가 남자들 몇 명과 열심히 얘기를 하고 있었다. 아무래도 동틀 녘에 출발했다가 도중에 돌아온 것 같았다.

"…그래. 아환 숲의 좁은 길이야. 가도를 가는 것보다 지름길이니까. 우리는 항상 그 길로 다니거든."

"거기에 사체가 있었다는 거야?"

수염 난 남자가 고개를 끄덕였다.

"피 냄새도 엄청났어. 아직 따뜻한 사체였지. 아마도 새벽에 당한 것 같아."

"그래서 돌아온 거야?"

수염 난 남자가 얼굴을 잔뜩 찌푸렸다.

"응. 뭔가 느낌이 이상했거든. 내가 본 사체는 모두 상인 차림이었는데, 그건 상인이 아니야. 손에 든 검이 손때 묻은 예리한 검이었어. 검을 쥐어서 손에 굳은살이 박혔고, 턱 밑에 투구 끈 자국이 있었거든. 상인이 아니라 병사야."

남자들이 입을 다물었다.

바르사는 남자들 속으로 들어가서 수염 난 남자에게 물었다.

"사체가 몇 구였지?"

수염 난 남자가 바르사에게로 얼굴을 돌렸다.

"좁은 길에 쓰러져 있었던 것은 넷이었을 거다. 하지만 엄청난 피가 흘렀더라고. 숲속에는 사체가 더 있을지도 모른다."

배 언저리에서부터 차가운 것이 스멀스멀 올라왔다.

지탄으로 가는 지름길의 숲속 좁은 길. 상인으로 변장한 병사의 사체. 새벽의 습격….

바르사가 수염 난 남자에게 말했다.

"그 사체가 있었던 장소를 좀 더 자세히 가르쳐줬으면 한다."

수염 난 남자가 눈살을 찌푸렸다.

"그곳에 가볼 생각인가? 관둬. 지금쯤은 피 냄새를 맡고 늑
대가 우글거릴 거다."

바르사가 어깨를 으쓱했다.

"…여하튼 가르쳐줘라."

하늘은 은빛을 머금은 듯한 구름으로 뒤덮여 있었고, 바람
은 얼음처럼 차가웠다.

바르사는 슈마(바람막이용 천)로 얼굴을 덮고 아환 숲을 향해
서둘렀다. 숲은 어둑어둑했고, 검은 새들이 요란하게 울어대
고 있었다.

말을 타고 좁은 길을 달려가자, 이윽고 수염 난 남자가 말
한 대로 길에 엎어져서 쓰러져 있는 사체 네 구가 나타났다.
근처에 있던 새들이 말발굽 소리를 듣고 일제히 날아올랐지
만, 다행히 아직 늑대는 나타나지 않았다.

바르사는 슈마 위로 코를 누르고서 사체가 쓰러져 있는 부
근의 지면 상태를 찬찬히 살펴봤다. 여기서 난투가 벌어진
것은 틀림없었다. 많은 발자국이 흩어져 있었고, 피도 지면에
스며들어 있었다. 나무에 화살이 박혀 있는 것을 바르사는
발견했다. 본 기억이 있는 살깃이 달린 짧은 화살이었다.

뭔가를 질질 끈 것 같은 흔적이 풀에 나 있는 것을 발견하고, 바르사는 좁은 길을 벗어나서 숲속으로 그 흔적을 따라갔다.

상당히 안쪽까지 흔적을 따라가서 큰 나무 뒤에서 나간 순간, 바르사는 살기를 느끼고 곧바로 땅에 엎드렸다. 활시위를 당기는 소리가 들리고, 화살이 웅 소리를 내면서 머리 위를 날아갔다.

"…토사하강 줄기의 카샤루냐? 나는 바르사다! 도와주러 왔다!"

순간 주위가 고요해지고, 그런 다음 사람이 일어선 기척이 있었다. 낙엽 위에 엎드린 채로 바르사는 상황을 지켜봤다.

"…정말로 바르사 씨냐?"

주저하듯이 묻는 말을 듣고, 바르사는 무릎을 꿇고서 몸을 일으켰다.

나무 뒤에 아하루의 집까지 안내해주었던 젊은이가 서 있었다. 머리에 피로 물든 헝겊을 감고 있었다. 굳은 얼굴로 활을 겨누고 있다가 바르사의 모습을 보더니, 후유 하고 어깨에서 힘을 뺐다.

"깜짝 놀랐네. 녀석들이 돌아왔다고 생각했네."

옆으로 가자, 나무의 맞은편 수풀 속에 한 남자가 누워 있었다. 발을 다쳐 힘없이 누워 있었다. 바르사가 얼굴을 찌푸리며 젊은이를 봤다.

"남부의 추격대한테 공격당한 것이냐?"

젊은이가 고개를 끄덕였다.

"동틀 녘에. 거의 전원을 해치웠는데, 우리 쪽에도 부상자가 나왔다. 동료가 다른 동료를 데리고 올 때까지 나는 여기서 기다리기로 했다."

바르사가 갈라진 목소리로 물었다.

"챠그무 황태자는… 어떻게 됐지?"

젊은이가 씩 웃었다.

"괜찮아. 걱정 없어. 다른 길로 가서, 이제 거의 지탄에 도착할 때가 되었을 거다."

바르사가 미간을 모았다.

"두 패로 갈라진 것이냐? 너희가 여기를 지나간다는 것이 알려졌다면, 챠그무와 함께 간 쪽도 습격을 당했을 수도 있지 않을까?"

젊은이의 미소가 깊어졌다.

"우리가 뭐 얼간이라서 습격을 당한 것이 아니다. 일부러 이쪽으로 유도한 것이다."

젊은이의 말뜻을 알아듣고 바르사는 몸에서 힘을 뺐다.

추격대를 따돌리기 위해서 그들은 두 패로 갈려, 이 젊은이들이 미끼가 되어 추격대를 유도한 것이리라.

"그랬구나. 아하루는 머리가 좋구나."

바르사가 나지막이 말하자 젊은이가 난처한 표정을 지었다.

"아니… 뭐, 두령도 머리가 좋기는 하지만, 이 계획을 세운 사람은 두령이 아니다."

해서는 안 될 말인데도 말하고 싶어서 죽겠다는 얼굴을 하고 있었다.

바르사가 잠자코 기다리고 있자, 젊은이는 결국 참지 못하고 털어놨다.

"닷새 전 밤에 말이야, 우리가 머물고 있던 암굴에 시하나 씨가 왔었어."

기분 나쁜 냄새를 맡은 것처럼 바르사가 얼굴을 찡그리는 것을 보고서 젊은이가 당황하며 말했다.

"아니, 당신한테는 시하나 씨는 용서할 수 없는 상대겠지만…."

바르사는 자기도 모르게 그 말을 끊었다.

"너희들한테도 시하나는 죄인이 아니었던가? …언제부터 너희들은 밀통한 거지?"

젊은이가 부루퉁한 표정을 지었다.

"아무 관계도 없는 당신이 그런 말을 할 자격이 있을까. 시하나 씨가 대죄를 범한 것은 사실이야. 하지만 그 사람은 누구보다도 진지하게 로타를 염려하고 있어.

지금 남부의 대영주들이 손을 잡고 나라를 양분시키는 전쟁을 일으키려 하고 있다. 이런 때 시하나 씨 같은 사람을 언제까지고 따돌리게 되면, 로타에도, 우리 카샤루에게도 좋지 않아."

단숨에 그렇게 말한 젊은이의 상기된 얼굴을 보면서 바르사가 천천히 말했다.

"그것은 아하루의 주장이냐?"

젊은이의 얼굴이 더욱 빨개졌다.

"두령은 머리가 유연한 사람이야. 나는 두령이 시하나를 받아들인 것을 보고 두령이 얼마나 도량이 넓은 사람인지를 깨달았어."

싸늘한 불안감이 위 부근에 가라앉아 있었지만 바르사는 조용히 물었다.

"그래서? …시하나가 챠그무 황태자를 데리고 간 것이냐?"

젊은이가 고개를 끄덕였다.

"시하나는 남부의 추격대가 어떤 길을 거쳐 왔는지를 가르쳐줬어. 그러면서 자기도 도와줄 테니까 두 패로 갈라지자고 제안해준 거야."

'…그렇구나.'

시하나는 챠그무를 이한 왕자한테 데리고 감으로 해서, 남부의 대영주와 타르슈의 관계를 밝혀 왕자의 신뢰를 다시 회복하고자 하는 것이리라.

아하루는 그런 의미 있는 역할을 시하나에게 양보하고, 자신의 부하들에게 미끼 역할을 시켰다. 조금 전에 이 젊은이가 말한 대로, 시하나라는 인재를 썩히는 것을 아하루는 아쉬워하는 것이다. 로타 왕이 병들어 나라를 둘로 가르는 전쟁이 일어나려고 하는 지금, 무서울 정도로 두뇌 회전이 빠르고 이한 왕자에게 진심 어린 충성을 맹세한 시하나는, 카샤루에게도 언제까지고 추방시켜둘 수 없는 사람인지도 모른다.

시하나라는 여자의 냉혹함을 바르사는 뼈저리게 알고 있기에, 그 여자가 챠그무를 데리고 가고 있다고 생각하니 기분이 좋지는 않았지만, 불안한 마음은 조금 가라앉았다.

적어도 그런 목적이라면 챠그무를 확실하게 보호해서 이한 왕자의 성까지 데리고 갈 것이다. 무술 실력과 두뇌 회전은 무시무시한 여자니까, 이 젊은이들의 보호를 받는 것보다는 훨씬 안전할지도 모른다.

'…아하루는 그런 생각도 했을까?'

한숨을 쉬며 바르사가 말했다.

"그래서 너희들은 미끼 역할을 멋지게 해낸 셈인가? 몇 명쯤 되는 추격대가 공격해 왔지?"

젊은이의 얼굴에 자랑스러워하는 미소가 떠올랐다.

"열 명은 됐지. 하지만 그렇게 실력이 좋은 녀석들은 아니었어. 수가 많아서 부상을 당했지만, 넷 죽이고 나머지 녀석들도 심한 부상을 입혔지. 지금쯤은 늑대 밥이 되었을지도 모르겠군."

바르사가 얼굴을 찌푸렸다. 실력이 좋은 녀석들이 아니었다고 하는 젊은이의 말이 걸린 것이다.

휴우고는 '남익'이 보낸 자객은 실력이 무시무시하다고 썼다. 그 말에 과장이 있을 것 같지는 않다.

'…타르슈의 자객은 다른 길을 따라가고 있다.'

등줄기에 싸늘한 것이 지나갔다.

카샤루들은 타르슈의 자객이 뒤쫓고 있는 것을 모른다.

남부의 대영주가 보낸 추격대는 챠그무가 이한 왕자의 성으로 들어가버리면 뒤쫓을 의미가 없어지니까, 챠그무가 성으로 들어간 시점에서 카샤루들은 이제 됐다고 경계를 풀어버릴 것이다.

하지만 타르슈의 자객은 챠그무가 칸발인 내통자의 얼굴을 봤기 때문에 죽이려고 하는 것이다. 설령 챠그무가 무사히 이한 왕자의 성에 도착하더라도 죽이는 것을 포기할 리가 없다. 어디선가 죽일 기회를 노리고 있을 것이다.

바르사는 창백해지며 말없이 발길을 돌리더니, 뛰어서 말을 묶어놓은 곳으로 돌아갔다.

3
이한의 성에서

은은한 은색 빛을 머금은 눈구름이 하늘을 뒤덮고 있었다.

그 하늘 아래 이한의 성에서는 밥 짓는 연기가 계속 피어오르고 있었다. 성 밖의 들에도, 성문 안쪽에도 많은 천막이 쳐져 있었으며, 중무장을 한 기마들이 발굽 소리를 울리며 오가고 있었다.

한낮을 조금 지났을 무렵, 이한은 회합실에 있었다.

회합실 벽에 설치되어 있는 거대한 난로에서는 장작이 활활 타올라, 긴장한 표정으로 커다란 책상을 둘러싸고 있는 남자들의 등이나 얼굴에 그림자를 춤추게 했다.

책상 위에는 양피지에 그려진 지도가 펼쳐져 있어, 남자들은 그것을 손가락으로 가리키면서 계속 숫자를 세고 있었다.

"…그렇다. 라다무령(領)은 남부에 가깝지만 영주는 충성스러운 자다. 요사무 왕 편에 설 것이다. 그곳의 병력은 300 정도 될까?"

"아니, 400에 가까울 것이다."

이한은 아군의 수를 계산하고 있는 북부의 영주들을 바라보면서, 마음속으로 형 생각을 하고 있었다.

'어떻게든 회복하셔야 하는데….'

형이 회복되기만 하면 이쪽 편으로 돌아설 영주들도 있을 것이다.

'하지만 지금은 그런 섣부른 기대를 품어서는 안 된다. 최소한의 병력으로 이길 방법을 찾아내야만….'

이한은 미간에 주름을 만들며 지그시 지도를 응시했다.

그때 문 밖에서 방울 소리가 울리고 시종의 목소리가 들려왔다.

"이한 왕자 전하께 손님이 찾아왔습니다."

이한이 얼굴을 들어 큰 목소리로 말했다.

"들어와라. 여기로 와서 말하라!"

문을 열고 들어온 시종은 남자들의 등 뒤로 돌아서 이한 곁으로 다가왔다.

"'단창술사 바르사'가 전하를 뵙고 싶다고 합니다."

"뭐라고…?"

이한은 놀란 듯이 눈썹을 치켜올렸지만, 이윽고 뭔가를 생각하는 듯한 표정을 지었다.

"어떻게 하시겠습니까? 회의 중이시라고 말했지만, 화급한 용건이라 간절히 부탁드린다고 하기에…."

시종의 목소리로 정신을 차린 듯이 이한이 눈을 깜빡이더니 말했다.

"서재로 안내해라."

시종이 사라지자, 이한은 흥미로워하는 얼굴을 하고 있는 북부의 영주들에게 간단히 말했다.

"잠깐 자리를 비우겠다. 그대들은 군사회의를 계속하기 바란다."

복도로 나오자 냉기가 몸을 감쌌다. 이한은 잰걸음으로 자신의 서재로 향했다.

이한이 서재의 의자에 앉는 것과 거의 동시에 문 밖의 방울이 울렸다.

이한이 대답을 하자, 문이 열리고 시종이 잡고 있는 문 밖에서부터 바르사가 들어왔다.

먼지를 뒤집어쓴 채 굳은 얼굴을 하고 있었다. 시종이 문을 닫고 사라지자, 바르사가 한쪽 무릎을 꿇고 깊이 고개를 숙이는 칸발식 절을 했다.

"바쁘신데도 불구하고 알현할 기회를 주셔서 감사합니다."

이한이 미소를 지었다.

"얼굴을 들고 편하게 있어도 된다. 그대라면 나는 언제든 만나지."

일어선 바르사에게 이한이 말했다.

"아스라와 치키사는 잘 있느냐?"

바르사가 약간 망설이면서 대답했다.

"제가 마지막으로 만났을 때는 잘 있었습니다. 편지로 알려드렸듯이, 지금은 신요고 황국의 사로가에 있는 상가에서 일하고 있습니다. …그러나 앞으로는 어떻게 될지 불안합니다."

이한의 얼굴이 흐려졌다.

"타르슈의 침공이 슬슬 시작될 무렵이겠구나. 그 아이들을 여기로 데려와주고 싶지만…."

말을 꺼내려다 이한의 얼굴에 쓸쓸한 미소가 떠올랐다.

"여기 있어도 안전하다고는 할 수 없을지도 모른다."

바르사는 피곤해 보이는 이한의 얼굴을 쳐다봤다.

"…전하, 제가 알현을 청한 이유가 무엇인지 짐작하시는

지요?"

이한이 고개를 끄덕였다.

"아하루한테서 그대를 만났다는 말은 들었다. 하지만 아하
루는 그대가 신요고로 돌아갔다고 했는데."

바르사가 낮은 목소리로 대답했다.

"생각을 바꿨습니다. 챠그무 황태자가 염려되어 견딜 수가
없었기에. 전하는 여기 도착하셨습니까?"

몸을 긴장시키며 대답을 기다리고 있는 바르사에게 이한
이 고개를 끄덕여 보였다.

"챠그무 황태자 전하는 분명히 여기 오셨다. 나와 회견을
하시고 귀중한 정보를 많이 가져와주셨지."

그렇게 말하는 목소리에 뭔가 슬픔이 담겨 있는 듯해, 바르
사는 숨을 참고서 다음 말을 기다렸다.

"…영민한 분이시다, 챠그무 황태자 전하는. 열여섯으로는
도저히 생각할 수 없는, 영민하고 강인한 분이시다.

내 형님께서 챠그무 황태자는 언젠가 훌륭한 군주가 되실
그릇이라고 하시는 것을 들은 적이 있는데, 만나 뵙고 나도
그렇게 느꼈다."

이한의 눈 속에 있는 슬픈 빛이 깊어졌다.

"가능하면 나는 그분의 소망을, 목숨 걸고 자국의 백성을

구하고자 하시는 그 진지한 소망을 들어드리고 싶었다.

로타와 신요고와의 동맹. 챠그무 황태자가 말씀하셨듯이, 본래 같으면 그것이 타르슈 제국의 위협으로부터 북쪽 대륙의 여러 나라를 지키는 최선의 방법이었을 텐데."

주먹을 꽉 쥐며 이한이 말했다.

"하지만 불가능하다. 불가능한 이유가 있다는 것을 나는 챠그무 전하께 말씀드렸다.

하나는 우리 나라의 사정이다. 우리 나라는 지금 내전의 위기에 있다. 타르슈의 도움으로 부유해진 남부의 대영주들이 왕에게 반기를 들 기회를 노리고 있다.

지금의 우리에게는 한 명의 병사도 다른 곳으로 돌릴 여유가 없는 것이다."

바르사는 숨을 못 쉴 것 같은 고통을 느끼면서 이한의 이야기를 듣고 있었다.

목숨 걸고 돌고 돌아서 간신히 도착했는데. 챠그무는 여기서 꿈꿔왔던 것을 이룰 수 없다는 말을 들은 것이다.

이를 악물고 있는 바르사를 보면서 이한이 나지막이 말했다.

"…또 한 가지 커다란 문제가 있다. 그것은 챠그무 황태자 자신의 문제다."

바르사가 미간을 모았다.

이한이 조용히 말했다.

"우리도 신요고 황국의 사정에 어두운 것은 아니다. 나 스스로도 카샤루 몇 명을 신요고 황국에 잠입시켜뒀다. 그들이 전해 온 이야기와, 챠그무 황태자를 데리고 온 카샤루가 전해 온 이야기는 거의 일치했다."

바르사가 나지막이 말했다.

"…시하나가 신요고에 잠입해 있었습니까?"

이한의 눈썹이 올라갔다.

"알고 있었느냐? 그렇다면 이야기하기가 쉽겠구나. 시하나가 한 짓을 용서한 것은 아니지만, 지금은 그 죄를 묻기보다 그녀의 능력이 필요하다. 시하나는 죽는 것보다 살아 있었던 편이 우리한테 도움이 될 것이다. 왕과 백성을 구하는 것으로 속죄를 하게 할 생각이다."

그렇게 말하고 나서 이한은 씁쓸한 미소를 지었다.

"…관대하다고 생각하느냐? 하지만 내 마음속에는 시하나를 추궁할 수만은 없다는 생각이 계속 있었다. 나 스스로도 그 후로 타르하마야의 힘을 매장시켜버린 것이 과연 잘한 일이었는지, 몇 번이나 다시 생각해보곤 했다. 지금 그 힘이 내 손에 있다면, 남부의 대영주도 타르슈도 이 나라에서 쫓아낼 수 있었을 거라며…."

바르사는 잠자코 이한의 얼굴을 쳐다보고 있었다.

다른 사람을 자기 뜻대로 할 수 있는 힘의 매력은 마음이 올바른 사람마저도 뒤흔든다. 피에 굶주린 신의 얼굴을 가까이서 본 후라 할지라도….

이한이 어두운 얼굴로 말을 이었다.

"형님 대신에 이 나라를 책임지면서 깨달았다. 나라가 적에게 잡아먹히려 할 때, 왕은 누구보다도 냉철해야 한다. 날개 밑에 있는 것을 지키는 매처럼, 망설이지 않고 적을 쓰러뜨리고, 필요하면 우리 편의 목숨을 희생시키는 결단도 내려야만 하지."

반짝이는 눈으로 바르사를 바라보며 이한이 말했다.

"챠그무 황태자에게는 그런 냉철함이 없다. 그는… 지나치게 청렴하다.

젊어서가 아니라 심성이 너무 착한 것이다. 그분의 눈을 보면서 그것을 절실히 느꼈다. 그분은 절대로 냉철해질 수 없는 분이다."

바르사는 아무 말도 하지 않고 이한을 쳐다보고 있었다.

"아까 말한, 챠그무 황태자 자신의 문제라는 것은 그것이다.

신요고라는 나라는 황제를 신으로 떠받드는 나라다. 황제는 절대적인 권력자다. 챠그무 황태자가 동맹을 약속하고 그

것을 실행하기 위해서는, 챠그무 황태자 자신이 황제가 되어야만 한다. 하지만 챠그무 황태자는 그 나라에서는 이미 죽은 사람으로 되어 있다."

엄한 빛이 깃든 눈으로 바르사를 보면서 이한이 말을 이었다.

"신요고 황국이라는 나라는 기묘한 나라다. 우리 감각으로는 이해할 수 없는 면이 있지. 우리 나라 같으면, 가령 죽었다고 생각한 아들이 지원군을 데리고 귀환하면, 나는 기쁨의 눈물을 흘리며 맞아들일 것이다. …하지만 그 나라의 황제는 챠그무 황태자를 그런 식으로 맞아들일 리가 없다."

어두운 빛을 띤 눈으로 이한이 말했다.

"황제는 지금까지도 동맹을 원하는 사신을 보내오지 않는다. 황제는 이미 결단을 내려, 이웃 나라에 동맹을 바라지 않고 쇄국을 해서 나라를 닫은 것이다. 설령 자기 나라가 멸망한다 해도 다른 나라의 도움을 받기를 원치 않는 그런 황제의 뜻을 챠그무 황태자가 거스르고, 그 나라를 타르슈의 손에서 구하는 길은 딱 한 가지."

이한이 말을 끊었지만 바르사는 그가 무슨 말을 하고자 하는지 알 수 있었다.

챠그무가 아버지 뜻을 거스르고 신요고 황국을 구하는 길은 한 가지밖에 없다. 황제를 은밀히 시해하고 자신이 황제가 되는 것이다.

바르사가 이해한 것을 알아차리고 이한이 말을 이었다.

"하지만 챠그무 황태자는 그 길을 택하지 못할 것이다. …그렇기 때문에 나는 그의 약속을 믿고 움직일 수가 없는 것이다."

바르사는 조용히 숨을 들이마셨다.

가슴에 가득 차 있는 생각이 너무나도 무거워서 목소리조차 낼 수가 없었다.

이한이 천천히 오른손으로 얼굴을 어루만졌다.

"너무 잔인하구나, 인간 세상이란. …마음이 순수하고, 진심으로 백성을 생각하는 그 젊은이가 이런 길을 걸어야 하다니."

바르사가 낮은 목소리로 물었다.

"챠그무 황태자는 지금 어디에 계신가요?"

살며시 오른손을 무릎으로 내리며 이한이 대답했다.

"나는 이 성에 머무르라고 했다. 손님으로서 평생 이 땅에 계셔도 상관없다고. 그러나 그분은 하룻밤만 머무르고 방금 전에 길을 떠나셨다."

뭔가에 찔린 듯한 통증이 가슴에 흘렀다.

"어디로…?"

"칸발로. 로타와의 동맹이 이루어지지 않는다면, 칸발 왕에게 신요고 황국과의 동맹을 제안하겠다고 말씀하셨다."

슬픈 빛이 이한의 눈 속에 번뜩였다.

"만약 칸발 왕이 신요고 황국과 동맹을 맺어준다면, 나도 동맹을 생각해주겠느냐고 물으셨다. …하지만 나는 고개를 끄덕일 수가 없었다.

칸발 왕이라고 해서 그렇게 어리석지는 않다. 전하의 상황이 위태롭다는 것은 간파하고 있을 것이다. 게다가 그 나라 백성들은 타지 사람은 자신들을 이해 못 한다고 단정 짓는 편협한 면이 있다. 신요고를 위해 병사를 보낼 정도라면 자국의 방어준비를 다져서 저항할 생각을 할 것이다. 동맹은 맺지 않을 것이다."

바르사가 짧게 물었다.

"챠그무 전하는 혼자 떠나셨나요?"

이한이 고개를 저었다.

"칸발로 가는 길을 잘 아는 병사 둘을 붙여주었고, 칸발까지 가기에 충분한 여장과 여비를 드렸다. 지금 상황에서는 그것이 내가 해드릴 수 있는 전부였다."

이제 곧 눈이 내리기 시작한다. 고작 병사 둘과 함께 늑대가 우글거리는 숲을 넘고, 험한 유사 산맥을 넘어가는 여정에 챠그무가 발을 들여놓고 말았다는 건가?

타르슈의 자객은 이 성을 지켜보고 있었을 게 틀림없다. 성 안에서 공격하는 것은 어렵겠지만, 성 밖으로 나가버리면… 마음대로 할 수 있다.

가슴이 타들어가는 듯한 불안을 느끼며 바르사가 말했다.

"말씀 잘 들었습니다. 이제 그만 물러가겠습니다."

이한이 일어섰다.

"챠그무 황태자를 뒤쫓아 갈 생각인가?"

"네."

바르사의 얼굴에 나타난 강한 불안감을 보고 이한은 신경이 쓰이는 듯했지만 직접 묻거나 하지는 않았다.

바르사는 깊숙이 절을 하더니 바로 발길을 되돌렸다.

문 근처까지 가서 손잡이를 잡으려고 했을 때, 문득 오른쪽 손목에 감고 있는 가죽끈이 눈에 들어왔다. 그 순간 휴우고의 말이 머릿속에서 되살아났다.

바르사가 뒤돌아서 이한을 올려다봤다.

"이한 전하. 만약 칸발 왕이 신요고가 아니라 로타하고라면 동맹을 맺겠다고 한다면 어떻게 하시겠습니까?"

이한이 놀라며 눈을 크게 떴다. 잠시 그 눈에 골똘히 생각하는 빛이 움직이더니, 곧바로 단호한 어조로 대답했다.

"칸발 왕이 우리와 동맹을 원한다면, 나는 받아들이겠다."

바르사는 고개를 끄덕이더니 가볍게 절을 하고 나서 문을 열고 복도로 뛰쳐나갔다.

4
자객

눈발이 흩날리기 시작했다.

처음에는 솜털이 춤추듯이 허공을 떠다니던 눈은 이윽고 소리도 없이 소복소복 내려 하늘과 땅을 뒤덮기 시작했다.

대상의 호위무사로서 몇 번이나 다닌 길을 바르사는 말을 몰고 쉬지 않고 달렸다.

챠그무는 조금 전에 성을 나갔다고 이한 왕자가 말했다. 오늘 밤은 토르안에 머물 생각으로 가고 있겠지만 눈이 이렇게 내린다. 무리를 하지 않고 도중에 있는 타안(눈보라 대피용 오두막)에서 밤을 보낼 생각을 하고 있지는 않을까?

로타 북부에서는 갑자기 눈보라를 만나는 일이 있다. 그런 때 여행자들이 피할 수 있는 자그마한 오두막이 가도를 따라서 곳곳에 있다.

토르안으로 이어지는 이 가도는 평소 같으면 수많은 대상이 왕래하는 길이지만, 날씨 탓에 지금은 여행자와 마주칠 일도 거의 없었다.

해가 저물기 시작해, 가도 양옆이 깊은 숲으로 바뀌자 주위는 푸른 어둠에 휩싸였다. 그 푸르고 싸늘한 풍경 속에서 바르사는 혼자서 오로지 말만 몰았다. 말의 하얀 입김과, 말이 머리를 흔드는 소리만이 얼어붙은 풍경 속에서 들리는 생명의 소리였다.

푸른 어둠에 물들어 있는 길 앞쪽에 뭔가 검은 것이 움직이는 것을 바르사는 봤다.

'늑대….'

고삐에서 손을 떼고 장갑 끝을 물어서 벗겨 품에 넣고는, 바르사는 안장에서 단창을 뽑았다. 그런 다음 창집을 벗겨 그것도 품에 넣더니 단창을 힘주어 잡았다.

길 위에 있는 검은 물체에 모여 있던 늑대들이 얼굴을 들어 이쪽을 보고 엄니를 드러냈다. 검은 물체가 사람의 몸인 것을 발견하고 바르사는 이를 꽉 깨물었다.

단숨에 늑대떼를 향해 뛰어들자 늑대가 흥분해서 공격해 왔다.

말이 미친 듯이 눈을 뒤집으며 뛰어오르는 것을 무릎으로 누르면서, 바르사는 단창을 오른쪽, 왼쪽으로 정신없이 휘둘렀다. 늑대가 부딪힐 때마다 단창에 묵직함이 느껴졌다. 세 마리, 네 마리 정도 쓰러뜨렸을까? 정신을 차리고 보니 나머지 늑대들은 숲으로 도망치고 없었다.

숨을 헐떡이면서 바르사는 말에서 내려, 떨고 있는 말을 달래며 사체 쪽으로 다가갔다.

얼굴은 잘 안 보였지만 로타 병사인 것은 알 수 있었다. 엎드려 있는 몸을 살며시 뒤집자, 오른쪽 어깨부터 가슴 한가운데까지 한 번에 칼로 내리그은 상처가 있었다. 쇄골도 늑골도 싹둑 베어 있었다.

바르사는 그의 눈꺼풀을 감겨주었다. 이대로 매장도 하지 않고 여기에 눕혀두면 늑대가 또 올 것이다. 하지만 지금은 용서를 비는 수밖에 없었다.

바르사는 일어서서 사체에게 머리를 숙이더니 말에 올라탔다.

이 병사가 챠그무와 동행한 병사라고 한다면 자객은 여기서 챠그무를 습격한 것이다.

목에서 턱에 걸쳐서 긴장감이 퍼져갔다. 가슴에는 얇은 판이 들어가 있는 것 같았다. 불안을 필사적으로 억누르며 바르사는 집중해서 길을 살펴봤다. 눈 위에 많은 말발굽 자국이 흩어져 있었다. 그 뒤를 따라서 바르사는 말을 달리기 시작했다.

조금 후에 또 한 명의 병사가 쓰러져 있었다.

이제는 바르사는 말에서 내리지도 않고 그 사체 옆을 지나쳐 갔다. 이 병사는 챠그무를 도망치게 하려고 여기서 자객 앞을 가로막았을 것이다. 그리고 칼에 베였다….

바람을 타고서 전방에서 말발굽 소리가 들려왔다.

계속 퍼붓는 눈 너머로 두 기의 말의 형체가 보였다. 바싹 뒤따르는 말 위의 남자의 손에서 칼이 번뜩였다.

"챠그무!"

울부짖듯이 바르사가 소리쳤다. 그리고 팔을 들어 올려 안장 위에서 등을 젖히며 활을 쏘듯이 단창을 던졌다. 단창은 윙 소리를 내며 추격자의 등을 향해 날아갔다. 추격자가 얼른 몸을 비틀어서 단창을 피해, 단창은 말의 목을 스쳐 갔다.

말이 비명을 지르며 쓰러졌지만, 말 위의 사람은 안장 위에서 부드럽게 뛰어올라, 공중에서 한 차례 회전해서 땅으로 뛰어내렸다. 그러고는 등 뒤의 바르사에게는 눈길도 주지 않고, 뭔가를 챠그무의 말을 겨냥해 던졌다.

챠그무가 땅바닥으로 내동댕이쳐지는 것이 보였다. 허우

적대듯이 하며 일어선 챠그무 곁으로 남자가 달려갔다.

챠그무는 허리에 찬 검을 뽑고는 몸 앞에서 거머쥐었다. 그 순간 남자가 칼을 내리쳤다.

귀에 거슬리는 소리가 나며 챠그무의 검이 두 동강이 났고, 핏방울이 튀었다.

바르사는 말 위에 일어서서 안장을 차며 뛰어오르더니, 팔꿈치를 치켜올려 자객 위로 뛰어내렸다. 자객은 몸을 비틀어서, 바르사의 팔꿈치가 정수리를 직격하는 것을 순간적으로 피했다. 두 사람은 서로 뒤엉켜서 땅바닥에 굴렀다.

바르사는 남자의 옆구리에 무릎을 처박고, 칼을 쥐고 있는 오른손을 짓누르려고 손을 뻗었다. 그러나 남자는 그 손을 왼손으로 잡더니 왼쪽 팔꿈치를 바르사의 목구멍에 처넣었다.

바르사는 순간적으로 몸을 남자 위에 엎드리는 것처럼 해서 팔꿈치 공격을 피했지만, 남자는 팔꿈치를 내민 반동을 이용해서 몸을 비틀어 바르사의 몸 위로 올라탔다.

남자의 팔이 목을 압박하기 전에, 바르사는 턱을 끌어당겨서 목을 지켰다. 그러고는 남자의 팔을 있는 힘껏 물었다. 순간 남자가 주춤하는 틈을 놓치지 않고, 온몸의 힘을 모아서 남자를 밀어내더니, 바르사는 땅바닥을 굴러서 벌떡 일어났다.

남자도 민첩한 동작으로 벌떡 일어나, 두 사람은 마주 보고서 움직임을 멈췄다.

바르사에게 물린 남자의 왼팔 손목에서 눈 위로 검은 피가 뚝뚝 떨어졌다. 남자는 말없이 손도끼처럼 짧고 굵은 칼을 거머쥐었다.

저리는 듯한 통증이 바르사의 가슴을 지나갔다. 맨손으로는 그 칼을 막을 수가 없다.

바르사는 얼른 왼팔을 얼굴 앞으로 올려 방어 자세를 취했다. 왼팔 하나를 희생시켜 가슴으로 뛰어들어서 울대뼈를 주먹으로 쳐야겠다고 마음먹은 순간, 남자를 향해서 번쩍이는 것이 날아갔다. 부러진 검이었다.

깜짝 놀라 남자가 그것을 칼로 쳐냈을 때 목소리가 들렸다.

"바르사…!"

단창이 공중을 날아서 왔다. 몸을 비틀어 그것을 받자마자, 바르사는 그 기세 그대로 남자를 향해 단창을 내려쳤다.

살짝 움직여서 남자는 단창을 쳐내 궤도를 바꾸더니 바르사 옆으로 미끄러지듯이 들어갔다. 그 움직임에 응하듯이, 바르사는 몸을 비틀어 자세를 낮춰, 밑에서부터 단창의 창고달을 남자의 옆구리에 대고서 그대로 남자의 몸을 따라 미끄러뜨리듯이 세게 밀어 올리더니, 남자의 턱을 힘껏 쳤다.

피를 튀기면서 남자는 몸을 젖히며 뒤로 물러섰다.

입에서 피를 줄줄 흘리면서, 남자는 악귀 같은 형상이 되어서 칼을 휘둘러 단숨에 간격을 좁혀 왔다.

남자와 바르사의 몸이 교차한 순간, 바르사의 옆구리와 남자의 목에서 핏방울이 튀었다. 아주 잠깐 바르사도 남자도 움직이지 않다가, 이윽고 남자가 목을 누르며 눈 위로 쿵 쓰러졌다.

남자가 움직이지 않는 것을 확인하고서, 바르사는 옆구리를 손으로 누르고 푸른 어둠 속에 우두커니 서 있는 사람의 형체 쪽으로 몸을 돌렸다.

키가 큰 젊은이가 얼굴 절반을 피로 물들인 채 서 있었다.

"챠그무…?"

바르사가 나지막이 말하자, 피리처럼 가느다란 소리를 내며 숨을 들이쉬고는 젊은이가 다가왔다.

"바르사…."

정신을 차렸을 때는 바르사는 자신보다 키가 큰 젊은이에게 꼭 안겨 있었다.

종장

눈 덮인 봉우리를 향해

공포와 통증과 추위로 챠그무는 심하게 떨고 있었다.

그 몸을 바르사는 있는 힘껏 안아주었다. 이가 딱딱 부딪히면서 챠그무가 나지막이 말했다.

"…정말로, 바르사다. 아니면 꿈을 꾸고 있는 건가."

바르사가 웃으면서 챠그무를 흔들었다.

"…틀림없이 꿈이다. …이렇게 컸다니….."

바르사는 천천히 팔을 풀더니 물끄러미 챠그무를 봤다. 푸른 어둠 속에서 얼굴은 어렴풋하게만 보였지만, 오른쪽 절반이 피로 물들어 있는 것은 알 수 있었다.

"꽤 많이 베였구나."

바르사가 살며시 챠그무의 상처를 만졌다. 이마에서 눈꼬리 부근까지를 베였다.

이렇게 어두워서는 제대로 된 상처의 처치가 불가능했지만, 추위 덕분에 더 이상 피가 나오지는 않는 것 같았다. 예리한 칼날에 베인 상처였다. 꿰매는 것보다는 오히려 상처 입구를 벌어지지 않게 잘 모아서 누르는 편이 낫겠다고 바르사는 판단했다.

"좀 아플지도 모른다."

그렇게 말하고서 바르사는 챠그무의 상처를 손으로 살짝 집듯이 해서 모았다. 그런 다음 상처에 헝겊을 대고 여분의 슈마(바람막이용 천)를 길게 접어서, 그 헝겊이 움직이지 않도록 머리까지 한 번 돌려서 묶었다. 그 위로 챠그무가 두르고 있던 피로 더럽혀진 슈마를 코 위까지 올려주고, 캇루(망토)의 두건을 깊이 내려줬다.

"…아프니?"

바르사가 나지막이 묻자 챠그무가 이를 딱딱거리면서 말했다.

"그렇게 아프지는 않아. 마비되어서 굳었을 뿐이야. 그보다도 여기 오는 사이에 로타 병사 못 봤어?"

바르사가 조용히 고개를 저었다.

"둘 다 그 녀석한테 당했더구나."

챠그무가 움직임을 멈췄다.

"주… 죽었어…?"

그렇게 말하자마자 챠그무는 이를 악물고서 턱을 끌어당겨 오열을 참으려고 했다.

"내, 탓이야. 나를, 지키려다가…. 좋은 사람들, 이었는데. 아이도, 있다고 했는데…."

발을 끌듯이 하며 걷기 시작한 챠그무의 어깨를 바르사가 붙잡았다.

"어디 갈 생각이냐?"

"매장해, 줘야…."

바르사가 손에 힘을 주어서 챠그무를 말렸다.

"이미 눈에 묻혀 있다. 땅바닥도 얼어 있어. 도구 없이는 매장은 절대로 불가능하다."

"하지만…."

말이 점점 격해지려는 챠그무에게 바르사가 단호한 목소리로 말했다.

"잘 들어라. 로타의 겨울을 너는 모른다. 이 눈도 이제부터 점점 거세질 거야. 이 숲에는 늑대도 있어. 이대로는 말도 얼거야.

그 병사들은 너를 지키려다 죽었지? 그 죽음을 헛되이 하지 않기 위해서라도 지금은 네가 살 생각을 하도록 해라."

떨면서 잠자코 있는 챠그무에게 바르사가 말했다.

"눈이 그들을 매장시켜주고 있다. 여기서 머리 숙이고 빌자."

챠그무는 한참을 망설인 끝에 고개를 끄덕였다.

바르사와 챠그무는 나란히 서서, 사체가 잠들어 있는 쪽으로 깊이 머리를 숙였다. 눈은 소리도 없이 내려서 쌓여, 이미 말발굽 자국마저도 사라져 있었다.

다행히도 겁먹고 도망친 챠그무의 말은 고삐가 수풀에 걸려 엉키는 바람에 근처에 서 있었다.

바르사는 먼저 챠그무를 말에 태우고, 그런 다음 챠그무의 말에 실려 있던 짐 속에서 횃불을 찾아내더니, 곱은 손가락을 입에 넣어 녹이면서 힘들게 불을 붙였다.

횃불로는 그렇게 멀리는 못 비춘다. 바르사가 마침내 숲속 그늘진 곳에 있는 타안(눈보라 대피용 오두막)을 발견한 것은 반단(약 30분) 이상 지난 후였다.

그 무렵에는 두 사람은 뼛속까지 얼어붙어 있었다.

챠그무를 말에서 내려주려다가 바르사는 챠그무가 정신을 잃은 것을 알았다. 챠그무의 말이 바르사의 말을 따라와준 덕분에 간신히 여기까지 올 수 있었던 것이다.

챠그무의 몸은 무거웠다. 간신히 오두막으로 옮겨 바닥에 눕히고 나서, 바르사는 횃불로 화로의 섶나무 가지에 불을 붙였다.

챠그무의 발을 들어서 장화를 벗기자, 핏기가 없는 새하얀 발이 나타났다. 동상에 걸렸다면 갑자기 따뜻하게 하면 위험하고 문질러도 안 된다. 바르사는 챠그무를 흔들었다.

"챠그무. …일어나라, 챠그무!"

상처가 아픈 걸까? 신음하면서 챠그무가 살짝 눈을 떴다.

"들어라. 내 목소리가 들리니?"

챠그무가 살짝 고개를 끄덕였다.

"지금부터 발가락을 하나씩 꼬집을 테니까 느낌이 오거든 말해라."

챠그무가 고개를 끄덕인 것을 확인하고, 바르사는 챠그무의 손가락이랑 피부를 꼬집기 시작했다. 처음에는 얼굴을 찌푸리고만 있었는데, 이윽고 작은 소리로 챠그무가 신음했다.

"느낌이 오니?"

챠그무가 고개를 끄덕였다. 동상에 걸리지는 않은 것이다. 바르사는 안심을 하고 챠그무의 발을 바닥에 내려놨다.

챠그무는 또다시 눈을 감고 있었지만, 바르사는 챠그무의 양발을 문지르기 시작했다. 한참을 문지르자 핏기가 돌아오기 시작한 것이리라. 챠그무가 통증 때문에 신음하기 시작했다.

"참아라. 피가 잘 흐르게 해놓지 않으면 걸을 수가 없게 되거든."

챠그무의 발과 손을 문질러 피가 흐르게 해주고 나서, 바르사는 자신의 옆구리 상처를 살펴봤다. 칼이 스친 정도의 상처로 출혈도 별로 없었다.

바르사는 수건을 한 장 접어서 상처에 대고, 위에서 띠로 묶더니 일어섰다. 해야 할 일이 산더미처럼 많다. 바르사는 우선 눈을 뒤집어쓴 자신들의 캇루(망토)를 밖으로 갖고 나가서 눈을 탁탁 털어냈다. 눈이 묻어 있으면 오두막 안에서 눈이 녹아 바닥이 젖어버리기 때문이다.

꼼꼼히 눈을 털어낸 캇루로 챠그무를 감싸주고 나서, 바르사는 자신의 손발을 문지르기 시작했다. 피가 흐르기 시작하면 수천 개의 바늘로 찌르는 듯한 통증이 일면서 속이 메스꺼워진다.

손가락이 정상적으로 움직이게 되자, 바르사는 잠든 챠그무의 얼굴에서 슈마를 풀고 상처에 댄 헝겊을 살짝 벗겨냈다. 얼어서 감각이 없는 건지, 챠그무는 잠에서 깨어나지 않왔다.

화로의 불빛으로 보니 챠그무의 상처는 상당히 심했다.

이마에서부터 오른쪽 눈꼬리를 거쳐서 뺨까지 베였다. 그래도 아까의 판단은 옳았던 것 같다. 상처는 잘 붙었고 출혈도 없었다.

고민한 끝에, 바르사는 눈을 녹여 끓인 물로 조심스럽게 상처를 씻어줬다. 챠그무가 신음하며 얼굴을 흔들려고 했지만, 바르사는 한 손으로 머리를 꽉 누르고서 상처를 씻었다.

그런 다음 최대한 청결한 헝겊을 찾아 접어서 상처에 대고, 움직이지 않도록 다른 헝겊으로 꽉 묶었다.

"상처…?"

챠그무가 중얼거렸다. 몽롱한 목소리였다.

"괜찮아. 이미 붙었으니까. …탄다가 있으면 좀 더 제대로 치료해주었겠지만 어쩔 수 없지."

바르사가 말하자 챠그무의 입가가 살짝 벌어졌다.

"탄다는… 잘 있어?"

"여전하지, 뭐. 그때하고 전혀 달라진 게 없어. 약간 나이를 먹었을 뿐."

미소를 지은 채로 챠그무는 잠든 것 같았다.

약하게 숨소리를 내며 자고 있는 챠그무의 머리를 안고서 바르사가 중얼거렸다.

"너는 엄청나게 변했구나. 멋진 젊은이가 되었어."

햇볕에 그을린 그 얼굴은 젊은이의 골격으로 변해 있었지만, 입가와 또렷한 눈썹 주위에 예전의 어린 소년의 모습이 남아 있었다.

그대로 자고 싶었지만 바르사는 자신의 마음을 다그쳐 일어섰다.

말을 마구간에 넣고 보살펴줘야 한다. 자는 것은 그다음이다.

눈 내리는 밤이 조용히 지나갔다.

이따금 장작을 채워 불이 꺼지지 않도록 하면서, 바르사는 챠그무를 거의 안듯이 하고서 쪽잠을 잤다.

한밤중을 조금 지났을 무렵, 챠그무가 가위 눌리기 시작했다. 열이 오른 것이다.

바르사는 눈을 넣은 헝겊을 챠그무의 이마에 대고, 화로에 냄비를 걸어 눈을 녹여서 마른 입술 사이로 물을 머금게 해줬다.

기침을 하면서 갑자기 챠그무가 얼굴을 흔들며 소리쳤다.

"…도망쳐! 거기 있으면 안 돼! …도망쳐!"

바르사가 챠그무를 꽉 안았다.

"챠그무… 챠그무! 괜찮아, 꿈이야. 나쁜 꿈을 꾸고 있을
뿐이야."

챠그무가 촉촉해진 눈을 바르사 쪽으로 돌렸다.

"백성이… 도읍이… 멸망한다. 모두를, 도망치게 해야…."

그렇게 중얼거리더니 챠그무는 눈을 감고, 실이 끊어진 듯
이 축 늘어지며 몸에서 힘을 뺐다.

꿈속에서까지 고국에 대한 걱정을 하고 있는 챠그무가 가
여워서, 땀으로 이마에 달라붙은 머리카락을 바르사는 손가
락으로 살며시 빗어줬다.

동이 틀 무렵이 가까워서야 챠그무가 깊은 잠에 빠져, 바르
사도 어느 틈엔가 잠이 들었다.

눈은 다음 날에도 계속 내려 날이 밝아도 어둑어둑했다.

정오 전에 열이 조금 내려 챠그무가 눈을 떴다. 얼굴 상처
가 아픈 듯 괴로워 보였지만, 자신의 몸을 끌어안듯이 하고
누워서 그 통증을 잠자코 견디고 있었다.

바르사는 챠그무의 짐을 풀어서 식량을 꺼내 고기와 감자
를 졸인 다음, 라가(치즈)를 약간 그 안에 넣어 녹여서 따뜻한
라루(스튜)를 만들어 챠그무를 먹여주었다. 챠그무는 대접의
절반만 먹었다.

저녁 무렵이 되자 챠그무는 마침내 열도 내려 스스로 소변을 보러 갈 수 있게 되었다.

저녁 식사는 바무(발효시키지 않은 빵)에 라가를 얹어서 구운 것과, 향료가 들어간 꿀을 뜨거운 물로 녹인 음료였다.

챠그무는 뭔가 생각에 잠긴 채, 상처를 만지지 않도록 조금씩 바무를 뜯어서 입에 넣었다.

자기 몫을 다 먹자 바르사는 식기를 들고 일어섰다.

"안색이 꽤 좋아졌구나. 하루 더 푹 쉬면 상처의 통증도 사라질 거다."

챠그무는 대답하지 않았다. 화롯불만 응시하고 있었다.

오랫동안 그렇게 하고 있다가, 엄습해 온 한기를 견디는 것처럼 자신의 왼팔을 오른손으로 잡았다.

"…바르사."

"응?"

"나는 죽은 사람이야."

넋이 나간 듯한 눈으로 챠그무가 말했다.

"신요고의 황태자로서의 나는 이미 죽었어. 로타가 안 된다면 칸발로… 가느다란 실에 매달리듯이, 그렇게 생각하고 성을 나왔지만… 죽은 사람이 동맹을 맺는다는 건 불가능하지…."

화롯불을 쳐다보면서 챠그무가 얼굴을 찡그렸다.

"바다로 뛰어들었을 때는 죽은 척하더라도 로타 왕이 영단을 내려주시면 다시 살아날 수 있을 거라고, 지원군을 데리고 돌아감으로써 고국을 구할 수 있을 거라고 생각했어.

설령 아바마마가 내 행위에 격노하시더라도 마음속의 올바른 생각을 속이지 않고 몸과 마음을 다 바쳐서 부딪쳐가면 길이 열릴 거라고 생각했지…."

챠그무가 주먹을 꽉 쥐었다.

"하지만 그건… 어린아이의 어리석은 꿈이었어."

꽉 쥔 주먹으로 눈을 덮고서 챠그무는 움직이지 않았다.

눈 녹인 미지근한 물이 든 냄비에 접시를 갖다 대며 바르사가 말했다.

"…너는 그걸 슬퍼하고 있구나."

무슨 뜻인지 몰라 챠그무가 얼굴을 들어 의아해하며 바르사를 쳐다봤다.

바르사가 미소를 지으며 눈썹을 치켜올렸다.

"네가 꾼 꿈이 어리석은 것이었는지 어떤지는 나는 모른다.

하지만 네가 황태자가 아니게 된 것을 슬퍼한다는 것은 알 수 있다. …옛날에는 그토록 싫어했는데 말이야."

살짝 입을 벌리고서, 챠그무는 아무 말도 못하고 바르사를 쳐다보고 있었다.

"옛날의 너였다면 황태자라는 지위에서 벗어나면 엄청 기뻐했을 텐데."

"그건….'"

말문이 막힌 챠그무에게 바르사가 조용히 말했다.

"너를 찾아다니기 시작했을 때, 너를 만나면 해주려던 말이 있다.

황태자로서 장례식까지 마쳤다는 것은 하늘이 주신 선물이다. 마침내 그 성가신 사슬에서 벗어났다니 축하한다는 말을 해주려고 했지."

바르사가 말을 이었다.

"신요고가 멸망하더라도 그건 네 책임이 아니다. 나라가 멸망할 위험에 처해 있는데도 이웃 나라에 도움을 청하려고 하지 않는 완고한 네 아버지의 책임이고, 황제에게 제대로 된 충언도 못 하는 주위 녀석들의 책임이다. 그렇지 않니?

다 큰 어른들이 줄지어 있으면서도 못 바꾸는 운명을 고작 열여섯 살인 네가 왜 전부 책임져야 하지?

그 나라가 너한테 한 짓을 나는 절대로 용서하지 않을 것이다. 전쟁이 일어나는 걸 원하지는 않지만, '선상'(황족과 귀족) 사람들이 파멸한다 해도 그건 자업자득인 셈이야.

이제까지 충분히 노력했어. 더 이상 방법이 없다고 생각한다면, 어깨의 짐을 내려놓는 것은 나쁜 게 아니다. 너를 추궁할 사람은 아무도 없다. 편해질 수 있는 길이 네 눈앞에 있어.”

챠그무가 풀이 죽은 듯이 눈을 깜빡였다.

마음을 뒤덮고 있던 어두운 덤불을 싹 베어낸 것 같은 기분이었다. 빛이 들이치고 바람이 들어온 것 같은 느낌이었지만, 발가벗겨진 듯이 오싹하면서도 마음이 차분해지는 느낌도 있었다.

자신이 무엇에 얽매여 있었던가, 어떻게 하면 좋을까 하고 멍하니 생각하는 사이에, 지금까지 보이지 않았던 것이 천천히 모습을 드러냈다.

챠그무가 바르사를 쳐다보며 툭 던지듯이 말했다.

“…그 길로 가도 편해질 수는 없어.”

바르사가 재촉하듯이 눈썹을 치켜올렸다.

챠그무가 부끄러운 듯이 얼굴을 찡그리며 그 단어를 밀어냈다.

“내가 짊어진 것은 무거운 짐이 아니라… 꿈이니까.”

챠그무의 눈에 눈물이 글썽였다.

“어머니랑 여동생이랑, 모두를 구하고 싶어. 한 사람이라

도 더 많이…. 신요고를 타르슈 제국의 속국 따위로 만들고
싶지 않아. 라울 왕자 따위한테 지고 싶지 않아. 백성들을 행
복하게 해주고 싶어."

바르사는 아무 말도 하지 않고 챠그무를 쳐다보고 있었다.

궁으로 돌아가기 싫다며 울던 어린아이는 이제 없다.

백성이 불행해지면 챠그무도 불행해진다. 자신처럼 나라
같은 건 아무래도 상관없다는 생각을 챠그무는 절대로 할 수
가 없을 것이다.

이 길을, 눈 덮인 험준한 산봉우리를 걷는 듯한 험한 길을
챠그무는 나아가는 수밖에 없다. 그 길 너머에만 챠그무가
진심으로 미소 지을 수 있는 장소가 있는 것이다.

"챠그무…."

바르사가 말했다.

"휴우고라는 사람이 전해달라는 말이 있다. 들을래?"

챠그무가 깜짝 놀라며 눈을 크게 떴다.

"휴우고를 만났어?"

그렇게 말하고 나서 챠그무는 얼굴을 찡그렸다.

"이상한 사람이야. …적인데도 미워할 수가 없어."

바르사가 피식 웃었다.

"맞아. 확실히 이상한 남자였어."

만나게 된 경위를 간단히 이야기하고 나서 바르사가 말했다.

"그 녀석이 너한테 전해달라고 한 말은 이런 거야. 로타 왕과의 동맹을 생각하기 전에 빨리 칸발로 가라. 칸발 왕을 만나서 신요고와의 동맹이 아니라 로타와 칸발의 동맹을 생각하게끔 해라."

챠그무가 움직임을 멈췄다. 섬광을 본 것 같은 표정이었다.

"로타와 칸발의 동맹…?"

가슴의 고동이 빨라졌다.

챠그무의 뺨으로 천천히 피가 올라가는 것을 바르사는 바라보고 있었다.

"그렇구나… 그래… 그거라면 칸발 왕도, 로타 왕도 응할 거야.

게다가 로타와 칸발이 손을 잡으면 견고한 벽이 생기지. 라울 왕자도 함부로 북쪽 대륙을 공격 못 할 거야…!"

눈을 반짝이며 그렇게 말하고 나서, 갑자기 챠그무가 얼굴을 찌푸렸다.

"하지만 왜 휴우고가 그런 말을?"

"칸발과 로타를 먼저 형이 함락시켜버리면, 그 녀석의 주군이 황제가 되지 못하기 때문이라고 했다. 그리고 속국이 어쩌고저쩌고, 뭐 그런 말도 하던데….”

그때 휴우고가 한 말을 떠올릴 수 있는 한 전부 이야기해
주자, 챠그무는 말 속에 담긴 뜻을 캐내려는 듯이 진지한 표
정으로 듣고 있었다.

챠그무는 한참을 고개 숙이고 생각에 잠겨 있다가, 마침내
얼굴을 들었다.

“…뭔가 뒷사정이 있다고 해도 칸발과 로타가 동맹을 맺으
면 큰 이득이 있는 것에는 변함이 없어. 가능할지 어떨지 해
보고 싶어.”

바르사가 고개를 끄덕였다.

“이한 왕자는 칸발 왕이 동맹을 맺고 싶다고 하면 받아들
이겠다고 말씀하셨다.”

깜짝 놀라며 챠그무가 되물었다.

“이한 왕자가, 정말로…?”

바르사가 미소를 지었다.

“그에게도 나쁜 이야기가 아닐 것이다. …게다가 너의 그
올곧고 진지한 면에 감동을 받은 것 같기도 하고. 황제의 미
움을 받고 있는 젊은이라는 말을 하면서, 어떻게든 네 힘이
되어주고 싶어 하는 마음을 읽을 수가 있겠더라고.”

챠그무의 눈에서 눈물이 흘러내렸다. 눈물을 아무렇게나

닦으려고 하다가 챠그무는 아픈 듯이 얼굴을 찡그렸다.

"상처를 만지면 안 돼."

바르사가 말하자 챠그무가 헤헤 하고 웃었다. 바르사는 섶나무 가지를 꺾어서 불에 넣으며 온화한 목소리로 말했다.

"칸발에는 여기보다 일찍 눈이 내린다. 산을 넘으려면 단단한 각오가 필요하지. 요다음 마을인 토르안에서 단단히 여장을 갖추어야겠구나. 나는 가진 게 별로 없으니까 네 여비를 조금 나눠줘야 하는데."

챠그무가 진지한 얼굴로 바르사를 봤다.

"…아니야, 바르사…."

말을 하려는 챠그무를 바르사가 막았다.

"내 행동은 내가 정한다."

챠그무는 바르사를 한참 동안 쳐다보다가, 이윽고 시선을 돌려 화롯불을 응시했다.

장작을 핥으며 춤추는 불꽃을 보는 동안, 기나긴 여행에 대한 기억이 마음속에 되살아났다.

바다로 뛰어들어, 어두운 망망대해를 헤엄치고, 또 헤엄쳐서 간신히 바닷가로 흘러간 날의 밤. 넋이 나간 것처럼 나른한 몸을 간신히 움직여서, 갈증으로 고통스러워하며 마을까지, 하얀 햇살을 받은 바닷가를 하염없이 걸었던 날의 아침.

로타로 가줄 배를 좀처럼 찾을 수 없었던 나날들의 초조함과 절망감. 간신히 로타에 도착했는데 남부의 대영주에게 붙잡혀버렸을 때의 그 좌절감.

그리고 이한 왕자에게 동맹을 거절당했을 때의 그 심정. 계속 불안감과 초조함을 가슴 밑바닥으로 밀어 넣고 정신을 가다듬으며, 열심히 자신의 마음을 다잡아왔지만, 모든 것이 헛수고였을지도 모른다고 생각했다….

하지만 아직 갈 수 있다. 아직 더 길이 이어져 있다.

따뜻한 기운이 가슴 밑바닥에서 생겨나, 몸 구석구석까지 퍼져갔다.

불꽃이 흔들리며 장작의 단면이 달궈지는 것을 보면서 챠그무가 나지막이 말했다.

"…나를 칸발로 데려가줄 거야?"

바르사도 불꽃을 보면서 미소를 지었다.

"응. 데리고 가주지, 내 고향으로… 내 뼈를 묻을, 가난하지만 아름다운 골짜기로 너를 데리고 가주지."

눈에 갇힌 어둠 속에서, 흔들리는 화롯불에 따뜻해 보이는 두 사람의 얼굴이 도드라져 보였다.

옮긴이의 말

　《수호자》시리즈의 저자 우에하시 나호코는 오스트레일리아의 원주민 애보리진을 연구하고 대학에서 문화인류학을 가르치는 교수 겸 문학가다. 1996년에 자신의 전문 분야에 문학적 상상력을 접목시킨 작품 『정령의 수호자』를 발표하면서 일약 일본 판타지 문학을 대표하는 작가가 되었다. 『정령의 수호자』의 인기에 힘입어 3년 뒤인 1999년에 후속작 『어둠의 수호자』를 발표하고, 이어서 작품 8편과 단편집 2권을 더해 총 12권에 이르는 대작《수호자》시리즈를 무려 16년에 걸쳐 완성했다.

　이 역작으로 우에하시 나호코는 수많은 문학상을 수상했다. 그뿐만 아니라 해외 여러 나라에서《수호자》시리즈가 번역 출간되면서 국제적으로도 명성을 떨치게 되었다. 특히 2014년에는 아동문학계의 노벨상으로 불리는 국제 안데르센

상 작가상을 수상함으로써 세계적으로 주목받는 작가로 우
뚝 섰다.

일본에서 《수호자》 시리즈의 인기와 위상은 일본 국영방
송인 NHK에서 방송 90주년 기념작으로서 이 시리즈를 실사
드라마로 제작하기로 결정한 것만으로도 충분히 짐작할 수
가 있다. 2016년 3월에 〈정령의 수호자〉라는 제목으로 방영
을 시작하여 약 3년에 걸쳐서 방영할 예정이니, 일본 내에서
《수호자》 시리즈를 둘러싼 열기는 한동안 식지 않을 것으로
보인다. 이제까지 라디오 드라마나 애니메이션으로 제작된
적은 있으나 생동감 넘치고 현실감 있는 묘사가 가능한 실사
드라마의 제작은 처음이다. 게다가 유명 연예인까지 등장한
드라마이다 보니 지금 일본에서는 우에하시 나호코의 원작
소설이 다시금 주목받으며 많은 기대를 모으고 있다.

《수호자》 시리즈는 종종 '아시아의 『반지의 제왕』'으로 비유되곤 한다. 『반지의 제왕』이 그렇듯이 이 작품 역시 아동부터 성인까지 두루 즐길 수 있는, 독자층의 폭이 매우 넓은 대작이다. 그러나 철저하게 현실과 동떨어진 판타지 세계를 그린 『반지의 제왕』과 비교해서, 《수호자》 시리즈가 그리는 판타지 세계는 우리가 살아가는 이 세계와 매우 가까운 곳에 공존한다. 다른 세계를 인정하고 다른 생각을 받아들일 수 있는 열린 마음을 가진 이라면 언제든 그 세계를 볼 수 있으며 두 세계의 경계를 넘나들 수 있다는 점에서 커다란 차이점을 보이는 것이다.

《수호자》 시리즈는 30세인 주인공 바르사가 37세가 되기까지 7년 동안 경험하는 무용담이자 모험담이다. 또한 첫 번째 책인 『정령의 수호자』에서 바르사의 도움으로 목숨을 구한 챠그무가 11세 어린아이에서 18세 성인으로 성장하는 과정을 그린 성장 이야기이기도 하다. 본편 10권 가운데 『정령의 수호자』, 『어둠의 수호자』, 『꿈의 수호자』, 『신의 수호자』는 바르사가 주인공이며, 『허공의 여행자』, 『푸른 길의 여행자』에서는 챠그무가 주축이 되어 이야기를 이끌어나간다. 그리고 이 두 줄기의 이야기는 세 편 연작인 『하늘과 땅의 수호자』에서 하나로 합류하게 된다. 그 과정에서 다양한 민족 문화에 대한 생생한 묘사, 여러 나라의 역사와 정치적 관계에 대한 묘사가 세밀하게 곁들여지면서, 여느 판타지 소설과 차별화되는 《수호자》 시리즈만의 독특한 세계가 형성된다.

주인공 설정 역시 매우 독특하다. 판타지 소설에서 바르사와 같이 서른 살 여성이 주인공으로 등장한다는 것은 이례적인 일이다. 실제로 『정령의 수호자』 출간 당시에 일본 출판사

측에서도 그 점에 대해 난색을 표했다고 한다. 하지만 우에하시 나호코는 무슨 일이 있어도 주인공은 어느 정도 나이가 들어 인생 경험이 풍부하며, 어린 생명을 푸근히 감싸 안을 수 있는 모성애를 지닌 여성이어야 한다는 생각을 떨칠 수가 없었다. 단창을 멘 30대 여성이 어린아이의 손을 잡고 도망치는 이미지가 불현듯 저자의 머릿속에 떠올랐고, 이것이 바로《수호자》시리즈를 저술하는 계기가 되었기 때문이다. 이렇게 해서 강인하면서도 심성 따뜻한 바르사, 약한 생명을 위험으로부터 구하는 역동적인 여성 무사 바르사가 탄생한 것이다.

　바르사의 담대한 캐릭터와 굴곡진 삶 이외에, 황태자 챠그무의 성장 이야기 또한《수호자》시리즈에서 중요한 의미를 갖는다. 연약한 어린아이 챠그무가 어느덧 약한 자를 보호하고 생명을 지킬 줄 아는 강인한 어른이 되고, 나아가 주체적으로 이야기를 이끌어가는 중요 인물로 성장하는 과정을 지켜보는 것도 이 작품을 읽는 또 다른 재미다. 위험을 무릅쓰면서까지 자신을 구해준 바르사한테서 영향받아, 챠그무 역시 자신의 목숨이 위태로워지는 것도 개의치 않고 다른 생명을 구하기 위해 최선을 다하는 가슴 훈훈한 장면을 시리즈 곳곳에서 목격하게 된다.

이 작품을 번역하면서 자연과 생명에 대한 저자의 애정과 경의, 소외받는 이들과 약한 자들을 바라보는 따뜻한 시선에 깊이 감명받았다. 그리고 스스로 선택한 것이 아니더라도 어찌 되었든 자기가 태어난 세계에서 주어진 운명을 받아들이고 열심히 살아가는 사람들의 삶도 이 작품에서 만날 수 있었다. 또한 자칫하면 소홀히하기 쉬운 소중한 것을 지키기 위해 최선을 다하는 아름다운 모습도 곳곳에서 볼 수 있었다. 작품을 번역하며 이런 것들이 작품에 심오한 의미와 다양한 색채를 부여한다는 생각이 들었다.

　번역자로서《수호자》시리즈의 번역은 새로운 세계에 대한 도전이었으며, 기나긴 호흡이 필요한 작업이었다. 많은 노력과 시간이 드는 힘든 작업이었지만, 매우 흥미롭고 가치 있는 도전이었다는 생각이 든다. 우에하시 나호코의 가치관과 세계관이 흠뻑 배어 있는《수호자》시리즈의 한국어판 출간에 번역자로서 동참하게 된 것을 기쁘게 생각한다. 저자가 《수호자》시리즈를 통해 전 세계의 독자에게 보내고자 하는 메시지가 한국의 독자들에게도 제대로 전달되기를 희망한다.

김옥희

하늘과 땅의 수호자 제1부

초판 1쇄 찍은날 2020년 8월 25일
초판 1쇄 펴낸날 2020년 8월 31일
지은이 우에하시 나호코
옮긴이 김옥희
펴낸이 한성봉
편집 조유나·하명성·최창문·김학제·이동현·신소윤·조연주
콘텐츠제작 안상준
디자인 전혜진·김현중
마케팅 박신용·오주형·강은혜·박민지
경영지원 국지연·강지선
펴낸곳 스토리존
등록 2015년 8월 11일 제2017-000039호
주소 서울시 중구 소파로 131 [남산동 3가 34-5]
페이스북 www.facebook.com/dongasiabooks
전자우편 storyzone1@naver.com
블로그 blog.naver.com/dongasiabook
인스타그램 www.instagram.com/dongasiabook
전화 02) 757-9724, 5
팩스 02) 757-9726

ISBN 979-11-88299-12-6 04830
         979-11-957529-0-4 (세트)

이 도서의 국립중앙도서관 출판예정도서목록(CIP)은
서지정보유통지원시스템 홈페이지(http://seoji.nl.go.kr)와
국가자료공동목록시스템(http://www.nl.go.kr/kolisnet)에서
이용하실 수 있습니다.(CIP제어번호: CIP2020034832)

※ 스토리존은 동아시아 출판사의 어린이/청소년/실용 브랜드입니다.

※ 잘못된 책은 구입하신 서점에서 바꿔드립니다.

만든 사람들
편집 안상준
디자인 김현중
본문 조판 김경주